插图本茨威格传记丛书

良心反抗暴力

卡斯台利奥反抗加尔文

[奥] 斯·茨威格 著

张玉书 译

Castellio
gegen Calvin

oder Ein
Gewissen
gegen
die Gewalt

人民文学出版社

Stefan Zweig
Castellio gegen Calvin oder Ein Gewissen gegen die Gewalt

图书在版编目(CIP)数据

良心反抗暴力:卡斯台利奥反抗加尔文/(奥)斯·茨威格著;张玉书译.—北京:人民文学出版社,2017
(插图本茨威格传记丛书)
ISBN 978-7-02-013277-5

Ⅰ.①良… Ⅱ.①斯…②张… Ⅲ.①传记文学—奥地利—现代 Ⅳ.①I521.55

中国版本图书馆 CIP 数据核字(2017)第 208400 号

责任编辑　欧阳韬
装帧设计　黄云香
责任印制　任　祎

出版发行　人民文学出版社
社　　址　北京市朝内大街 166 号
邮政编码　100705
网　　址　http://www.rw-cn.com

印　　刷　三河市宏盛印务有限公司
经　　销　全国新华书店等

字　　数　151 千字
开　　本　680 毫米×960 毫米　1/16
印　　张　12.25　插页 5
印　　数　1—5000
版　　次　2019 年 6 月北京第 1 版
印　　次　2019 年 6 月第 1 次印刷

书　　号　978-7-02-013277-5
定　　价　36.00 元

如有印装质量问题,请与本社图书销售中心调换。电话:010-65233595

杀死一个人绝不是捍卫一种学说,而只是:杀了一个人。

——赛巴斯蒂安·卡斯台利奥

赛巴斯蒂安·卡斯台利奥

塞尔维特

加尔文与塞尔维特

目 录

一 引言……………1

二 加尔文攫取政权……………12

三 《纪律》……………28

四 卡斯台利奥出场……………47

五 塞尔维特案件……………64

六 谋杀塞尔维特……………79

七 宽容宣言……………96

八 良心奋起反抗暴力……………115

九 暴力压倒了良心……………130

十 两级相碰……………154

后记……………163

译者前言

由于纳粹的蛊惑人心的宣传,这批人民公敌被美化成人民救星,俨然也代表"人民"的利益,"工人阶级"的利益,也高举社会主义的大旗,又高呼民族主义的口号。所谓的"纳粹"(NAZI)就是"国家社会主义德国工人党"(Nationalsozialistische Deutsche Arbeiterpartei)的缩写,似乎代表了德国广大人民的利益,是绝大多数德国人的政党。他们标榜民族纯洁,纪律严明,实际上却背叛一切动听的口号,镇压人民,推行独裁专制政治。一九三三年一月底,希特勒上台,三月初便导演了国会纵火案,逮捕共产国际主席季米特洛夫和德国共产党主席恩斯特·台尔曼,接着取消工会和民主党派。于是康德、歌德、贝多芬的祖国竟成了一座其大无比的监狱,集中营林立,盖世太保横行。犹太人、共产党人、进步人士、持不同政见者都纷纷被捕,遭到严刑拷打,长期囚禁。

一九三三年五月十日,在柏林洪堡大学门前的广场上,纳粹大学生大举焚烧书籍,马克思、海涅、弗洛伊德、托马斯·曼的书籍均在焚毁之列,茨威格的作品也未能幸免。听到这个消息,茨威格立刻看出纳粹的罪恶本质。在很多人还对纳粹抱有幻想的时候,茨威格已猛然惊醒。他向克劳斯·曼表示,要以他擅长的武器,文学写作,投入反法西斯的斗争。一九三五年五月二十四日,茨威格收到日内瓦牧师让·肖尔的信件和资料,关于十六世纪宗教改革时期人文主义者卡斯台利奥[①]反

[①] 赛巴斯蒂安·卡斯台利奥(1515—1563),法国神学家、思想家。

抗新教领袖加尔文①的斗争。

十六世纪,马丁·路德②、加尔文等人不满天主教的腐败,反对天主教的宗教法庭镇压民众,把不同政见者当作异端分子处以极刑,于是奋起反抗,展开如火如荼的宗教改革运动。欧洲大陆的基督教一分为二,除了俄罗斯、希腊的东正教外,派别众多的新教——耶稣教崛起,似乎代表开明进步,思想开放,更富人性,和保守反动,缺乏人性的旧教——罗马天主教相对峙。

不料日内瓦的新教领袖加尔文一旦大权在握,从受迫害者转变为统治者,也居然成为迫害者,推行更加残忍的思想迫害,政治高压。新教教规之严格,思想控制之严密,政治迫害之凶残,竟比天主教有过之无不及。茨威格以生动的笔触描写了日内瓦道德契卡(秘密警察)对百姓的全面监督,致使民众动辄得咎,不断受罚,随时皆可抄家,人人都会告密或被人揭发,终日惶惶不安,不知所终。加尔文之所以采取这样阴险凶残的措施,归根结底是由于蔑视人,不把人当人。人只是贱民,只配受他统治,不配享有人权。于是他把日内瓦变成一座思想牢笼,稍有不同意见或对他有所不满者,立即受到控告,遭受酷刑。西班牙神学家塞尔维特③由于在阐释《圣经》时和加尔文的观点略有差异,便被逮捕,遭受酷刑,判处火刑,成为新教建立以来第一个被当作异端分子活活烧死的牺牲品。这一案件使日内瓦全城噤若寒蝉。

生活在这种高压之下,人们通常有三条道路可走。第一是勇敢地奋起反抗,最后遭到镇压,以丧失性命为代价。第二是遁入内心,表面上容忍这种政权,骨子里则是反抗、拒绝,不直接和暴力正面冲突,思想上保持反抗暴力主张人性的态度,人文主义者大多采取这条道路,不卖身投靠,

---

① 约翰·加尔文(1509—1564),法国宗教改革家,与德国的马丁·路德同为宗教改革运动中的领袖人物。在反对罗马天主教会时,坚定果决,旗帜鲜明。新教或耶稣教成立后,加尔文则刚愎自用,无情镇压持不同意见者。他的思想影响深远。
② 马丁·路德(1483—1546),德国宗教改革领袖,威丁堡大学神学教授,一五一七年在威丁堡教堂贴出反对罗马教廷腐败的九十五条论纲,从而掀起了席卷欧洲的宗教改革运动,成为基督教新教,即耶稣教路德教派的首领。信奉新教的德国诸侯曾庇护他。
③ 米盖尔·塞尔维特(1511—1553),西班牙神学家,医生。

助纣为虐,也不引火烧身,以明哲保身,超然物外的姿态,苟全性命于乱世。第三便是去国离家,走上流亡的道路。这本《良心反抗暴力》的主人公,哲学家、语言学家卡斯台利奥看到加尔文采取卑劣伎俩,施行暴力,残杀无辜,感到忍无可忍,拍案而起,公然反抗加尔文,对他的暴行进行无情的揭露和批判。若非英年早逝,眼看就要遭到灭顶之灾。

　　茨威格之所以从尘封的故纸堆里找出十六世纪宗教改革时期发生在日内瓦的这场惊心动魄的斗争,——一场"蚊子抗大象"的力量悬殊的战斗,——撰写人文主义者卡斯台利奥不顾个人安危,孤身一人反抗势力强大的教会领袖加尔文的感人故事,固然是歌颂这位英勇无畏的人文主义者的精神和品质,但并非仅仅是缅怀往日,抒发思古之幽情,而是针对现实,鞭笞现实生活中的施暴者,不遗余力地施行褐色恐怖的纳粹分子。反动血统论,纳粹种族论把人分成高贵的雅利安族和不高贵的贱民非雅利安族,犹太人,反法西斯分子,均属此列,算是"人民公敌","国家敌人"。卡斯台利奥当年提出一个根本性的问题:"什么人是异端分子,谁有权对他们进行迫害?"加尔文等极端分子以是否反对上帝作为衡量的标准,实际上是以是否反对加尔文作为标准。纳粹分子则以反对国家作为罪名,实际上是因为反对了纳粹。纳粹第二号头目戈林直言不讳,明目张胆地承认:"谁是国家的敌人,由我决定。"加尔文当年把持不同政见者打成异端分子,对他们施以极刑,都是加上离经叛道的罪名,实际上是当权者施暴者的私利受到侵犯或仅仅只是权力受到威胁。

　　在十六世纪,天主教以宗教法庭剥夺人民的言论自由。加尔文执政以后,依然沿用这条老路,剥夺人民发表意见的自由。他和纳粹分子一样,采用的最为有效的手段乃是"恐惧"。人人自危,整日忐忑,大家朝不保夕,不敢犯上作乱。似乎人民噤声不语,江山就能稳定,天下才能太平。加尔文斥巨资设立密探网络,鼓励告密,犹如纳粹的盖世太保深入民间、军中、社会的各个方面。

　　可是茨威格不仅批判施暴者,也批评受害者。老百姓的逆来顺受正好助长了敌人的凶焰,人们统统变成顺民,犬儒主义、市侩哲学盛行,人民的素质受到毒害,人民的性格遭到扭曲,独创性、想象力硬遭壅塞。足足两个多世纪,日内瓦硬是没有产生出像样的艺术家和诗人。城市黯淡无光,人民精神委顿,阻碍了社会的发展,艺术的独创。

茨威格批评人文主义者说得多,做得少,是言语中的巨人,行动中的矮子,面对专制暴政,不敢挺身而出,仗义执言。这些批评似乎是冲着十六世纪日内瓦城里的知识分子,实际是针对二十世纪三十年代为德国纳粹分子所裹挟的那些有眼无珠,不辨是非,受过良好教育,却无抗暴勇气的软骨头。这本书也是茨威格的自我批评。纳粹上台后,他也曾经想退缩退让,来逃避这些暴徒们的凶焰,但是焚书的烈焰,使他下定决心以自己擅长的方式来反击纳粹,那就是口诛笔伐。小说《象棋的故事》和回忆录《昨日世界》都是反法西斯的利器,而这本《良心反抗暴力》更是最为强烈的炮火。读过这本书,不会再说茨威格是不问政治的人,遁世避祸,无视哀鸿遍野。面对禽兽不如的暴君,不敢反抗。

张玉书
二〇一二年十月十五日
于蓝旗营

后世不能理解,我们在光明一度显现之后,又不得不生活在如此浓重的深沉黑暗之中。

——卡斯台利奥《论怀疑的艺术》(1562)

一　引　言

> 有人倒下,但勇气长存;虽然死亡危险逼近,信念绝不放松;即使在生命的最后一刻,仍然注视敌人,目光坚定,充满轻蔑。他虽然失败,并非败给我们,而是被命运打败。他虽然死去,但未被战胜:最勇敢的人,有时也最为不幸,同样也有人笑对沉沦,仍渴望着胜利……
>
> ——蒙田[①]

"蚊子抗大象"是赛巴斯蒂安·卡斯台利奥在他反抗加尔文的巴塞尔战斗檄文里的一段亲笔书写的铭文,乍一看令人惊愕,简直就像是人文主义者常用的夸张笔法。但是卡斯台利奥的这句话既不言过其实,也不冷嘲热讽。这位勇士用这突兀的比喻只想向他的朋友阿默尔巴赫[②]明确表示,他自己如何悲哀地清楚认识到,他公开控告加尔文,出于狂热的刚愎自用杀害了一个人,从而也扼杀了宗教改革运动中的信仰自由。这是在向一个多么庞大的敌人挑战。

卡斯台利奥从一开始,举起手中的笔,犹如挺起长矛投入这场危险的斗争,就清楚地知道,反抗一个全身披挂、刀枪不入、拥有优势的独裁者,与之进行任何纯粹精神的战争,自己是软弱无力的,从而也就知道自己的

[①] 米歇尔·德·蒙田(1533—1592),法国作家,哲学家。反对教会。其散文对后世影响很大。

[②] 博尼法茨·阿默尔巴赫(1495—1562),瑞士法学家。卡斯台利奥的好友。

作为毫无胜算。独自一人,手无寸铁,怎么可能向加尔文发动战争并战而胜之,支持加尔文的人成千上万,还有一个国家暴力的战斗机器!凭着无与伦比的组织技术,加尔文成功地将整座城市,整个国家连同成千上万迄今为止一直自由自在的公民都变成唯命是从的机器,任何独立自主性均被消除殆尽,为了维护他那独一无二的学说,任何思想自由均被他褫夺。城里、国内一切权力机构全都置于他的全权控制之下,全部机关、官厅、市政委员会和教会监理会,大学和法庭,财政和道德,牧师、学校、警察、监狱,所有写出的字、说出的话,甚至悄声耳语的谈话全都受他控制。他的学说变成了法律,谁胆敢对此发出丝毫异议,监狱、流放或者柴堆,这些精神专制公然用来终止一切讨论的有效论据,立即会对那人进行教育。于是在日内瓦只有一种真理得到容忍,而加尔文便是这种真理的先知。此人令人望而生畏,他可怕的权力还远远延伸到城墙之外。瑞士联邦各个城市都视他为最重要的政治盟友。新教世界选择这位最为强横暴烈的基督徒充当他们的精神统帅,君王们纷纷争夺这位教会领袖的恩宠,他在罗马天主教会之外,在欧洲建立了基督教世界最强有力的组织。当代没有一个事件的发生他不知道,更没有一个事件会在违背他意志的情况下完成。与彼耶尔教堂①的这位布道师为敌就像和皇帝和教皇为敌一样的危险。

他的反对者赛巴斯蒂安·卡斯台利奥,是个孤独的理想主义者,他以人类思想自由的名义向这种和任何一种精神上的专制暴政宣战,此人究竟是谁?——和加尔文的令人晕眩的强大权力相比——真是蚊子攻大象!就公众影响而言,他是一个无名之辈,是个无足轻重、名不见经传的小人物,而且还是个不名一文、穷得像乞丐的学者,全靠翻译和给人当家教含辛茹苦地养活妻儿,身处异国的逃亡分子,既无居留权,亦无公民权,一个双重的流亡分子:每逢狂热主义统治世界之时,个人总是无能为力形单影只地置身于互相争斗的各派宗教狂之中。这位伟大谦虚的人文主义者多年来一直处于迫害和贫穷的阴影之中,过着极度艰难困苦的生活,永

---

① 彼耶尔教堂,在日内瓦,加尔文为这座教堂的布道师。

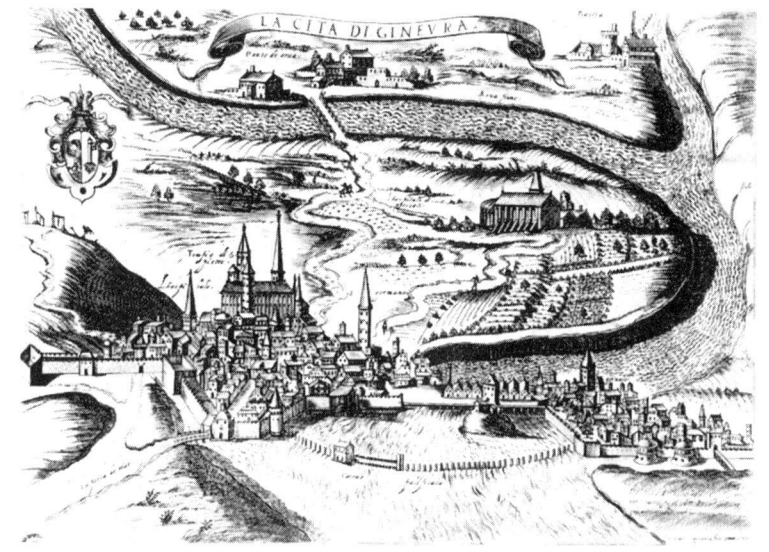

日内瓦

远受到压抑,可是也永远自由自在,既不依附任何党派,也不沾染宗教狂热。只有等到塞尔维特遭到谋杀,他的良心深受震撼,他才放弃平静的著述,拍案而起,以受到损害的人权的名义,控告加尔文。只有这时,他的孤立无援才升华为英雄气概。因为和他能征善战的对手加尔文不同,卡斯台利奥并没有团结一致、组织严密的追随者围在他的身边,为他掩护;没有一个党派,无论是天主教还是新教,会向他提供援助;没有地位显要的人物,既无皇帝,亦无国王像当年庇护路德和埃拉斯姆斯①似的庇护他;甚至为数甚少的几个欣赏他的朋友,也只敢悄悄地给他壮胆打气。因为在其他国家,由于时代的疯狂,异教徒像牲口似的被人驱赶,遭人折磨,他大胆无畏地为这些权利被剥夺,遭到奴役的人仗义执言,并且通过个例,永远否定世上所有的当权派因为世界观而有权对世界上任何人进行迫害。公开站在这样一个人的身边是多么危险,多么性命攸关的危险啊!!在人的心灵阴沉昏暗的那些可怕的瞬间,当各国人民良心都遭到蒙蔽之际,他敢于保持清朗而又人性的目光,直呼其名,称那些以宗教的名义进行的杀戮为谋杀、谋杀、再谋杀,尽管这些杀戮名义上是为了荣耀上帝而进行的!此人深切地感觉到,他的人性受到了最深切的挑战,他就独自一人打破沉寂大声呼喊,表示他对这些不人道行径的绝望,呼声直达天庭,单枪匹马为捍卫众人而战,单枪匹马对抗一切敌人!因为谁若向当时的当权派和掌权者扬声抗议,就别指望会有众人追随,因为世间俗人都有永生不死的怯懦心情。因此赛巴斯蒂安·卡斯台利奥在关键时候,身后除了自己的影子,别无一人相随,除了战斗的艺术家拥有的不可转让的财产:在不畏强暴的灵魂里的那颗不屈不挠的良心之外,别无其他财物。

赛巴斯蒂安·卡斯台利奥从一开始就预感到他在进行无望的斗争,然而尽管如此,服从自己的良心,他依然斗争。这神圣的"尽管如此","依然斗争",使得人类解放斗争中的这位"籍籍无名的战士"世世代代永远成为英雄;单单凭着这股勇气,他独自一人、孑然一身对一种世界性的

---

① 德希德里乌斯·埃拉斯姆斯,又译:伊拉斯谟(1465—1536),荷兰人文主义者,生于鹿特丹,被称为"鹿特丹的埃拉斯姆斯"。反对封建统治和天主教会,但态度和缓,带有保留。

恐怖发起激烈的抗议。卡斯台利奥反抗加尔文的这场斗争,每一个有头脑的人都该铭记在心。但是这种历史性的争论,就其内在的问题而言,也已远远超过了它那时代的契因。因为这里争论的不是一个狭窄的神学问题,不是关系一个名叫塞尔维特的人,甚至也不是只关系到新教中自由派和正统派之间发生的举足轻重的危机:在这场强硬坚决的争论中,提出了一个涉及面广泛得多,时间包括更长的问题,我们的事业行动起来了①!战斗已经打响,这场战斗将不得不用另外的名字,用另外的形式一再重新进行。神学在这里只意味着一种偶然的时代的面具,即便是卡斯台利奥和加尔文,也只是作为一种无形的无法克服的对抗所推出的最为有血有肉的代表人物而已。不论人家把这种张力的两极称作什么——是叫宽容反抗不宽容,自由反抗约束,人性反抗狂热,个性反抗机械性,还是良心反抗暴力——所有这些名字,归根到底只表达最后的、最内在的、最个人的决定,对于每个个人来说,更为重要的是——人性的还是政治性的,是道德还是理念,是个性还是集体性。

  在自由和权威之间需要不断进行必要的界定,每个民族,每个时代,每个有思想的人都不能幸免:因为没有权威不可能有自由(否则自由将导向混乱),没有自由也不可能有权威(否则权威将导向专制)。毫无疑问,在人性的根本,有一种神秘的欲望想自我消融于集体之中。我们原始的妄想无法消除,会找到一种确定的宗教的、民族的或社会的制度,它对大家都极为公平,最终把和平和秩序馈赠给人类。陀思妥耶夫斯基②的大宗教裁判官以残忍的辩证法证明,大多数人其实都害怕自己的自由,广大群众面临千头万绪的问题,人生的复杂,责任的繁重,的确感到疲劳,渴望出现最终的、普世的、断然的秩序,使世界井然有序,人们不必进行任何思索。人们渴望出现救世主,渴望消除人生的种种问题,这种渴望形成真正的酵母,为一切社会和宗教的先知出现扫平道路。每当一代人的理想失去了火焰和色彩,总需要有一个会发生强烈影响的人昂然崛起,以不容

---

① 原文是拉丁文。
② 费多尔·陀思妥耶夫斯基(1821—1881),俄罗斯著名作家。

抗拒的口吻宣称,他,只有他找到了或者发明了新的公式;成千上万人的信任便向着这个所谓的人民的大救星或者世界的大救星涌去——一种新的意识形态(这大概是它的形而上的意义)总是首先在世上创造出一种新的理想主义。因为每一个给人们赠送一种新的统一和纯洁的妄想的人,首先总是从人们当中吸取最神圣的力量:他们的牺牲精神,他们的强烈热情。千百万人像着了迷似的准备为他所俘,为他怀孕甚至甘愿为他强暴;这样一个宣传福音者,预言幸福者,向他们要求得越多,他们就越发迷恋上他。昨天还是他们的最高乐趣,还是他们的自由之物,今天为了他的缘故,他们心甘情愿地去把它抛弃,只是为了更加心悦诚服不加反抗地受他引导。古老的塔西陀①说的话——急忙投入奴役之中②——便一再得到实现,在一种万众一心的热烈陶醉的状态之中,人们自觉自愿地投身到受奴役的状态中去,还要赞美人家用来抽打他们的皮鞭。

　　始终是世上的一种思想,一种最为非物质的力量,一而再地在我们这个古老的、冷静的、技术化的世界里产生这样一些匪夷所思的影响力造成的奇迹。其实对于每一个有头脑的人来说,这种思想本身都含有一些使人上进的成分,人们很容易受到诱惑,去欣赏和赞扬这些使世界为之痴迷的人物,因为他们成功地凭借精神的力量,去转变迟钝的物质。可是灾难深重的却是这些理想主义者,空想主义者一旦胜利,几乎立即变成精神的最恶劣的背叛者。因为权力使人觊觎专权,获胜使人滥用胜利,这些征服者让许多人如此热衷于个人的妄想,兴高采烈地准备为它而生,甚至为它而死,这些征服者对此还不餍足,他们全都受到诱惑,要变获得多数为占领全部,甚至还想把他们的教条强加到无党派人士身上;仅仅控制对他们俯首帖耳之辈,控制他们的追随者,他们心灵的奴隶,仅仅控制每个运动都永远积极参与之徒,他们尚嫌不足,——不,他们还想把自由无羁、无拘无束之人,少数独立分子也变成他们的吹鼓手和他们的奴才。为了把他们的教条变成独一无二的信条,他们便使用国家的名义把每一个不同意见

---

① 塔西陀(55—120),古罗马政治家,历史学家。
② 原文为拉丁文。

全都打成罪行。一切宗教、政治的意识形态,都永远一再重复这一厄运,一旦转变为独裁统治,就蜕化为专制暴政。因为一个才智之士不再信任他的真理所拥有的内在力量,而是采用蛮横的暴力,向人性的自由宣战。不论什么思想,只要它采用恐怖手段来使别人的信念全都与它一致,并且加以监督,它就不是作为理想的观念而存在,而是转化为粗野残暴的行径。即便是纯粹无比的真理,如用暴力强加于别人,它就成为反对精神的罪行。

但是精神是个神秘莫测的元素,像空气一样难以把握,无影无形,似乎任何形式和任何公式都能适应。它总是一而再地诱使专横成性的人物产生这种妄想,认为自己可以完全控制精神,对它封锁、堵塞,把它乖乖地装进瓶子。可是随着每次压迫都产生出精神的强烈反弹,正因为受到压抑、压缩,它就变成火药,变成炸药;任何压迫都迟早会引发暴乱。因为人类道德上的独立自主天长日久,不可摧毁,——这可永远令人欣慰!迄今为止没有一个人能用独裁的手段把独一无二的宗教,独一无二的哲学,独一无二的世界观强加给整个世界,也从来不可能做到,因为精神总会抗拒任何奴役,总会抗拒按照规定的方式思考,拒绝被迫变得平庸浅薄,低头屈服。因此仅仅凭着以暴力贯彻执行的原则,试图把人生的天神般的千姿百态、多姿多彩变成单一的模式,把人类分成非黑即白,好人坏人,敬畏上帝的信徒和离经叛道的异端,分成服从国家的顺民和反对国家的敌人,这种努力是多么庸俗,多么徒劳!任何时代都有独立不羁的精英,奋起反抗这种对人类的自由所施的强暴,总有一些"精神反对派",坚定不移地抗拒任何一种精神强制,从来没有一个时代会如此野蛮,从来没有一种专制暴政会如此周密,总有一些个别人会懂得如何逃脱这种群众性的施暴行径,总会捍卫个人信仰的权利,反抗那些以暴力推行其独一无二的真理的偏执狂们。

十六世纪尽管和我们这个世纪相似,也狂热地信奉施行暴力的意识形态,但是也有自由思考、公正无私的人们。读一读那些时日的人文主义者们所写的信札,我们会像兄弟一般亲切地感受到他们深切的悲哀,因为世界被暴力搅得惊慌失措,他们对于那些教条主义者做出的愚蠢以及大吹大擂的种种预告,打心眼里感到憎恶。我们感同身受,厌恶已极。这些教条主义者每人都宣称:"我们教导的,全是真理,我们不教导的,纯属谬误。"唉,面对这些不人道的人类改造者,什么样的惊恐震撼着这些思想纯净的世界公民。这些人类改造者闯进这些世界公民信奉美丽的世界,唾沫星子四溅地鼓吹他们施行暴力的教条。啊!这些萨沃那诺拉①们,加尔文们和诺克斯②们一心想要摧毁世上的美,把世界变成一所道德神学院!面对这些人类改造者,信奉美丽的世界公民打心眼里感到恶心,感到由衷的、深切的憎恶。所有这些睿智的人文主义者明察秋毫,悲哀地认识到这些疯狂的自以为真理在手的人们必然会给欧洲带来灾难。他们从这些人竭力吆喝的词句背后已经听到武器铿锵之声,在这种仇恨之中,预感到即将来临的可怕的战争。但是这些人文主义者,尽管知道自己拥有真理,却不敢为真理而斗争。人生中的命运几乎总是这样区分,认识者并非实行者,实行者并非认识者。所有这些可悲的,悲哀的人文主义者互致动人的精妙的信函,待在他们房门深锁的书斋里,抱怨喟叹,但是无人挺身而出,向反基督徒迎面走去。埃拉斯姆斯时不时地壮起胆子,从阴影中射出几箭。拉伯雷③阴沉地放声大笑,以小丑的服饰为掩护挥鞭击去。蒙田,这位高贵、睿智的哲学家,在他的散文论述中找到最具说服力的词句,但是没有一个人试图认真干预,或者阻止哪怕是绝无仅有的一次无耻的迫害和死刑。这些人富有人世经验,因而变得谨小慎微。他们认识到,智者不得和疯子争吵;在这种时代,为了不使自己遭殃,成为受害者,最好还是逃回阴影中去。

可是卡斯台利奥,这可是他不会销蚀的荣誉——却在这些人文主义者当中,单枪匹马,独自一人坚定不移地挺身而出,直面他的命运。他敢于为受迫害的同伴们英勇地进行辩护,从而也冒着自己生命的危险。尽

---

① 基罗拉莫·萨沃那诺拉(1452—1489),意大利宗教改革家。反对罗马天主教会,被处以火刑,成为殉道者。
② 约翰·诺克斯(1515—1572),苏格兰宗教改革家,苏格兰长老会创始人。
③ 弗朗索瓦·拉伯雷(1495—1553),法国人文主义者,作家,其长篇小说《巨人传》流传甚广。

管时刻受到狂热分子的威胁,他毫不狂野,也不热情洋溢,而是以一种托尔斯泰式的坚定不移不可动摇的态度,举起一份关于这个阴惨时代的声明,犹如高擎一面战旗:不得把一种世界观强加于任何人,世上任何世俗权势任何时候都不得对一个人的信仰施加暴力。正因为他并非以某一个党派的名义发表这一声明,而是出于不会消逝的人道的精神发出此言,他的思想就和他说的有些话一样,不受时间限制,亘古长存。所有人道的、超时代的思想,如由一位艺术家所塑造,就永远保持其印记,而把全世界联合起来的声明,永远比个别教条主义的、咄咄逼人的声明更为持久。这位业已被人遗忘者的史无前例、堪称榜样的勇气尤其在道德的意义上,对于后世若干代人都堪称楷模,因为当卡斯台利奥不顾世上所有神学家的反对,把那个被加尔文牺牲掉的塞尔维特称作一位无辜遭到谋杀的人时,当他用下面这句永垂不朽的话——"烧死一个人,并不意味着捍卫了一种学说,而只是:杀害了一个人。"——来抗击加尔文的一切似是而非的狡辩时,当他(远在洛克、休谟、伏尔泰①之前,并且比他们更精彩地)一劳永逸地宣布人人有权获得思想自由时,那么此人是以他的生命为他的信念作为抵押。不,请别把卡斯台利奥对于施加在米盖尔·塞尔维特身上的司法上的谋杀所进行的抗议,和伏尔泰在卡拉斯②一案和左拉在德莱福斯③一案中所做的著名千百倍的那些抗议进行比较——这些比较远远达不到他的行动所达到的道德高度。因为当伏尔泰在为卡拉斯而战时,他已经生活在一个更为人道的世纪;此外在这位举世闻名的诗人背后,有着一些国王、王公贵族的支持。同样在埃米尔·左拉身后,聚集着整个欧洲,乃至全世界的赞赏,直如一支看不见的大军。他们两位为了一个陌生

---

① 约翰·洛克(1632—1704),英国哲学家。大卫·休谟(1711—1776),英国哲学家。伏尔泰(1694—1778),法国哲学家,作家。
② 卡拉斯案件,发生于一七六一至一七六五年。法国布商让·卡拉斯为新教胡格诺派教徒,其信仰天主教的长子被人杀害,地方长官判他杀害天主教徒,判处死刑。伏尔泰发动强大的宣传攻势,迫使当局撤销原判,改判卡拉斯无罪,政府给予死者家属赔偿。
③ 德莱福斯案件,发生于一八九四至一九○六年。法国军官德莱福斯为犹太裔,于一八九四年被人诬陷,说他向德国武官出卖军事秘密。法庭判他犯有叛国罪,予以囚禁。作家埃米尔·左拉拍案而起,发表题为《我控诉!》的公开信,反对这一判决。斗争持续多年,到一九○六年才推翻原有的判决,为德莱福斯恢复名誉。

卡斯台利奥

拉伯雷

人的命运,出手相助,的确是冒着失去他们的名誉和舒适生活的风险,但是并不像赛巴斯蒂安·卡斯台利奥那样冒着自己生命的危险。这一差别却是决定性的。卡斯台利奥在他以全部人道的分量,为了维护人道精神而战时,忍受着他那世纪非人道的杀气腾腾的压迫。

赛巴斯蒂安·卡斯台利奥充分使用了他的力量,直到耗尽精力,付出了他道德英雄主义的代价。这位宣扬非暴力的哲人,如何被粗野的暴力扼杀,实在令人震惊,他并没有使用任何武器,而只是想使用精神武器——唉,人们一再发现,当个人,没有其他势力在背后撑腰,只有道德的权利作为依靠来反抗一个结构严密的组织时,每次战斗都如何毫无指望。倘若有一种教条有朝一日成功地攫取国家机器及其他压迫手段,便毫无顾忌地使用恐怖政策。谁若对它的至高无上的权力提出质疑,它就把此人的话语扼杀在喉咙里,大多数情况下也把喉咙予以扼杀。加尔文从未认真回答过卡斯台利奥。他宁可让卡斯台利奥沉默,无法出声。他们把他的著作撕得粉碎,禁止出版,付之一炬,或干脆没收充公。他们以政治压力在邻州①取得禁止他写作的禁令。卡斯台利奥根本来不及回答,来不及纠正,加尔文的追随者便扑了上去,横加诬蔑。不久就不成其为斗争,而是恣意强暴一个无力反抗者。因为卡斯台利奥没法说话,没法写作,他的文章默默地躺在抽屉里。而加尔文却拥有印刷所、报刊和讲台、布道台,教会代表会议,整个国家的权力机器。他毫无怜悯之心地让这部机器运转。卡斯台利奥的一举一动都受到监视,每一句话都遭到窃听,每封信都被截住——这样一个由几百人组成的组织,对付起某个别人来尽占上风,这有什么可奇怪的。只是因为卡斯台利奥英年早逝,才使他免于遭到流放或火刑的命运。即使对于死者的遗骸,这些洋洋得意、高奏凯歌的教条主义者们也不放过。他们大肆发泄疯狂的仇恨,把种种怀疑和各种诬蔑抛进他的墓穴,犹如抛洒腐蚀性强的石灰,把灰尘洒向他的姓名,目的在于世世代代都要忘记这个人,让他永远消逝,此人不仅反抗加尔文的独裁专制,而且反抗每一种思想独裁的原则。

---

① 即巴塞尔。

压制这个手无寸铁者所使用的暴力几乎也达到了极致:那种有条不紊的压迫不仅扼杀了这位伟大的人文主义者当时发生的效果,也一连许多年扼杀了他的死后美名。即使在今天,一位有教养的人士,也丝毫不必因为从未听到过他的名字而感到汗颜羞愧。因为既然他最主要的著作都被书报检查封杀,几十年几百年都不得付印,怎么可能认识他呢!在加尔文的势力范围内,没有一个印刷所敢于发表这些著作。等到这些著作在卡斯台利奥死后多年面世,已经为时太晚,无法给以公正的荣誉。另外,一些人在此期间,接受了卡斯台利奥的思想,这场斗争便以陌生的名字继续进行。在这场斗争中,他作为第一位领袖阵亡,几乎没有引起人们注意。有些人遭到的厄运是,生于阴影之下,死于黑暗之中。——后继者赢得了赛巴斯蒂安·卡斯台利奥的荣誉。时至今日,在每一本教科书里都可以读到休谟和洛克是最早在欧洲宣扬宽容思想的人,就仿佛卡斯台利奥为异端分子辩护的文章从未撰写出来,从未印刷出版。他的道德上的宏伟壮举,他为拯救塞尔维特所进行的斗争,已经为人忘怀。他反对加尔文所进行的战争,"蚊子反抗大象"之战已被人忘却。他的作品,——在荷兰出版的全集中一幅残缺不全的肖像,瑞士和荷兰各图书馆里的一些手稿,他的学生对他表示感谢的一些词句,这就是此人留下的一切痕迹,他的同时代人不仅异口同声地称他为他那世纪最为学识渊博者之一,也是最为高尚者之一——我们对于这位业已被人遗忘的人,还亏欠多少感谢之诚啊!

因为历史没有时间来表示公正。它作为冷漠的编年史家,只计算成功,很少用道德的尺度来丈量成功。它只俯视胜利者而把战败者置于阴影之中。这些"籍籍无名的战士"被毫不在意地踢进宏大的遗忘的深坑里。既没有十字架,也没有花环①,来赞许他们因为徒劳无功,因而无声无息的牺牲。而事实上,没有一种纯粹出于思想的努力,会是徒劳的,没有一次投入的道德力量,会完全消逝于太空之中,无影无踪。那些身处劣势者,一种超前理想的过早宣扬者,作为战败者也实现了他们的意义。因

---

① 原文为拉丁文。

加尔文

为一种思想,只有创造出为它而生、为它而死的见证人和坚信者,它在这个世界上才富有生气。从精神出发,"胜利"和"失败"这两个字,完全获得另一种意义。因此有必要一而再地提醒一个只看见胜利者纪念碑的世界,并不是那些在千百万人的坟墓和毁掉的生命之上建造他们过眼云烟般的王国的人们,是人类真正的英雄,而恰好是那些不用暴力,为暴力压垮的人,像卡斯台利奥反抗加尔文一样,为精神自由和人道精神终于来到人世而战,却在这场斗争中失败的人,才是人类真正的英雄。

二 加尔文攫取政权

一五三六年五月二十一日,星期天,日内瓦的市民为阵阵号角声催动,在公开的广场上庄严集合,万众一心举手宣示,他们从此只愿依照《福音书》和上帝的圣言而生活。通过全民公决——这古老的民主设施,今天在瑞士依然通行——,在从前的主教领地首府,宗教改革后的宗教便成为城市的宗教和国家的宗教,作为惟一有效的,得到允许的教义,引入该城。仅仅几年之久,在这座罗纳河畔的城里,古老的天主教不仅被挤退,也被击垮,连根拔掉。受到暴民的威胁,最后几位神父,本堂神父、修士和修女,全都逃出修道院。所有教堂里的圣像,和其他"迷信"的标记,全被扫荡一空,毫无例外。这个庄严的五月天从此标志着新教的彻底胜利:从此以后,新教在日内瓦不仅在法律上占了上风,变成压倒一切的势力,也成了独一无二的权力。

宗教改革后的新教得以在日内瓦这样极端的、彻底的得到贯彻,基本上是一个极端的恐怖主义者,宣道者法累尔①的功劳。此人是个狂热分子,思想狭隘但是意志如钢,脾气暴躁,同时不顾一切——性情温和的埃拉斯姆斯这样谈论法累尔:"我生平从未见到过这样狂妄自大、厚颜无耻之徒。"——这位"罗曼国家的路德",对市民大众行使权力,既强迫,又威逼。法累尔身材矮小,相貌丑陋,胡子发红,头发直竖,他在宣讲台上以雷

---

① 纪尧姆·法累尔(1489—1565),原为法国神父,后成为宗教改革家,一五三一年领导日内瓦城的市民,进行宗教革命,成立信奉新教的自由城政权。加尔文的亲密战友。

鸣般的嗓音,凭着强暴天性所赋予的极度愤怒,使得台下民众的感情陷入发高烧般的激荡之中。就像作为政治家的丹东①,这位宗教的革命家也善于调动并煽动起街上四下分散的、深藏不露的各种本能去进行决定性的冲击和进攻。在胜利之前,法累尔曾上百次以生命为赌注,在旷野里受到投掷石块袭击的威胁,为各个官厅所逮捕和追捕。但是他只受惟一的思想所控制,仅仅凭着这样一个人所拥有的原始冲击力和绝不妥协的劲头,粗暴地摧毁了每一种阻力。他野蛮地率领他的突击队闯进天主教堂,神父当时正在祭坛上做弥撒,表演耶稣受难。法累尔擅自登上讲经台,在他的拥护者的鼓噪声中布道,反对反基督徒的暴行。他把街上的浪荡少年组成一个少年队,雇佣了一大帮孩子,让他们在举行弥撒时冲进教堂,大叫大嚷,尖声怪叫,不断哄笑,来扰乱圣礼。最后,由于追随者日益增多,变得放肆大胆,他就动员他的突击队作最后一次冲击,让他们行施暴力,冲进各个修道院,从墙上扯下圣像,予以焚毁。这种赤裸裸的施暴方法,取得了成功:一小股积极活动的少数人,只要表现出勇气,不惜施行恐怖手段,会使一大群懒散的多数人吓得手足无措,历来都是如此。天主教徒虽然抱怨他们的权利遭到破坏,一齐向市政委员会呼吁,可是同时他们却无可奈何地待在自己家里。最后主教不加抵抗急忙逃走,把他教区的首府拱手让给获得胜利的宗教改革派。

可是一旦奏凯,法累尔让人看到,他只是一个毫无创意的革命者的典型,虽说能通过热忱和狂热推翻一个旧秩序,却没有能力建造一个新秩序。法累尔是个辱骂者,并非塑造者,是个造反者,并非建造者。他可以愤怒地唤起反对罗马天主教会的强劲风暴,能够激起愚钝的民众去憎恨修士和修女,他能够以他叛逆者的铁拳把镌刻旧日法律的石板击成齑粉。但是站在这片碎石面前他一筹莫展,漫无目标。现在要取代被驱逐的天主教,得有一个新的法令生效,这时法累尔就完全不知所措了。作为一个专务破坏的精灵,他只会给新鲜事物创造一个空旷的空间,一个在街头闹

---

① 乔治·雅克·丹东(1759—1794),法国大革命时的政治家,雅各宾党人的领袖之一。一度大权在握,后被罗伯斯庇尔送上断头台。

革命的人物永远也不会在精神上进行创造性的塑造工作。摧毁旧事物之后,他的事业也就到头了,进行建设必须另找别人。

在赢得了一次过于迅速的胜利之后,当时不仅法累尔一人经历了这一摇摆不定的严重关头,在德国和瑞士的其余地方,宗教改革的领袖们也意见分歧,对于落在他们身上的历史任务并不清楚,因而犹豫不决。路德和茨文利①原来想要贯彻的,只不过是清理和涤净现有的教会,使信仰挣脱教皇和最高宗教会议②的权威,引回到业已被人忘怀的《福音书》的学说。宗教改革,对于他们来说,顾名思义,起初还真只是改革而已,也就是改善、净化、回归。可是既然天主教会顽固地坚持自己的立场,丝毫也不准备妥协,有个任务便出乎意料地落在他们身上,不是在天主教会内部而是在天主教会之外,实现他们所要求的宗教。一旦从破坏转为建设,这些领导者立即分道扬镳。不言而喻,宗教界的革命家,路德、茨文利,和其他的宗教改革的神学家们情同兄弟,应该会一致同意建立新教教会统一的信仰形式和实践。再也没有比这更合乎逻辑的了。但是在历史上,什么时候,逻辑的和自然的事情曾得到贯彻?没有建立起一个新教的世界教会,而是到处都建立起各自的教会③。威丁堡不愿接受苏黎世的宗教教义,日内瓦又不愿接受伯尔尼的宗教习俗。每个城市,都要自己的宗教改革,苏黎世式的,伯尔尼式的和日内瓦式的宗教改革。早在那个危机当中,在乡里精神的缩小镜里事先反映出欧洲各国民族主义的自我倨傲。路德、茨文利、麦朗希通、布塞尔、卡尔施塔特④,他们大家曾一起共同摧毁了普天之下的教会⑤的宏伟大厦,如今彼此争吵不休,在神学上咬文嚼

---

① 乌尔里希·茨文利(1482—1531),原为瑞士神父,一五一八年起主管苏黎世大教堂,后接受人文主义思想,领导瑞士东北各州的宗教改革运动,成为宗教改革运动的领袖之一。
② 宗教会议,原为基督教世界的主教会议,讨论并决定重大方针政策。新旧教分裂后,成为罗马天主教的重要主教会议。
③ 新教或耶稣教,并非统一的世界性教会,没有统一的领袖。苏格兰与英格兰的新教不同,北德与南方的新教也有区别。但在反对罗马天主教这点上,他们观点一致。
④ 菲利普·麦朗希通(1497—1560),德国人文主义者,一五一九年起,成为路德的主要助手,路德去世后,成为路德教派的领袖。马丁·布塞尔(1491—1551),原为法国神父,后受马丁·路德影响,成为宗教改革家。在新教内部纷争中,他持温和态度。卡尔施塔特,原名安德烈阿斯·波登斯泰因(1480—1540),德国宗教改革家,后与路德对立。
⑤ 原文为拉丁文,指天主教会。

纪尧姆·法累尔

字,散发论战小册子,消耗掉他们最旺盛的精力。如今法累尔站在日内瓦站在旧秩序的废墟面前,完全无能为力。他完成了命运赋予他的历史性壮举,却感到承担这一壮举的后果,满足这一壮举提出的要求,实在力不从心——这是他这样的人永恒的悲剧。

因此,当法累尔偶尔听说,加尔文,大名鼎鼎的加尔文,从萨伏耶前来,路过日内瓦,将在此逗留一天,这一消息对于这位悲剧式的凯旋将军不啻幸运女神降临。法累尔立刻前往加尔文下榻的旅店去拜访他,想从加尔文处获得忠告并为建造他的事业求得帮助。因为加尔文虽然比法累尔几乎年轻二十岁,这位二十六岁的加尔文已被公认为无可争议的权威。约翰·加尔文［Jehan Calvin（或 Chauvin）］出生在法国的诺亚容（Noyon）,是位主教采邑的税务官和公证人之子,在严格训练的蒙太古学院①（和埃拉斯姆斯和罗耀拉②一样）受到培养,起先决定当神父,后来改为做法学家。他二十四岁时,由于赞同路德的学说,不得不离开法国,逃往巴塞尔。但是他和大多数流亡者不同,这些流亡者一离开祖国,便失去了内在的力量,而流亡对他却成了一大收获。就是在巴塞尔,这个欧洲道路的交汇处,新教的不同派别在这里相汇,互为寇仇,加尔文以他深谋远虑的逻辑家天才的目光理解到这一时刻的必然性。越来越激进的论点已经从新教学说的核心剥落。泛神论者和无神论者,狂热分子和宗教狂,开始使新教反基督教化和超越基督教化。再洗礼教派③令人恐怖的悲喜剧已经用鲜血和惊恐在明斯特演出。宗教改革已经有分化为若干个别派别,变成民族产物之势,不像它的对立面,罗马天主教会那样,变成一种包罗万象的庞大势力昂然挺立。这位二十四岁的宗教改革家,以先知先觉

---

① 蒙太古学院,又译为:尖山学院,为法国天主教教会学校,以要求严格,纪律严明著称。加尔文、诺克斯、罗耀拉、埃拉斯姆斯均为该校学生。
② 伊纳爵·德·罗耀拉(1491—1556),西班牙贵族,后为天主教神父,反对宗教改革运动,创建耶稣会,培养精英成为修士,旨在捍卫罗马天主教,与新教坚决对立。一五四一年任耶稣会第一任会长。
③ 再洗礼教派,宗教改革中出现的宗派。不承认婴儿所受的洗礼,主张成年后重新受洗礼。其成员于一五三四年参加明斯特起义,天主教徒与富裕的新教徒离城奔逃。起义者没收逃亡者的财产,建立"上帝之国",其首领自称"基督王",这一起义遭到当局镇压。

的预见性,满有把握地看到这一形势,认为必须及时把力量集合起来,对付这种自我崩溃、自我瓦解的状况,必须把新学说的精神提炼出来,凝结在一本书里,一个框架里,一个纲领中,终于必须草拟一份新教教条的具有创意的概要。于是这位籍籍无名的年轻法学家和神学家以年轻人特有的、妙不可言的大胆放肆,在宗教改革真正的领袖们还在为细枝末节争论不休时,从最初时刻开始,便坚定不移地将目标指向全局。在一年之内以他的论著《基督教教理基本纲要》①(1535年)奠定了新教教义的第一个纲领,新教的教材和指导,新教的经典著作。

世界上有十本或者二十本书可以毫不夸张地说,决定了历史发展的进程,改变了欧洲的面貌。加尔文的这本《基本纲要》便是其中之一,它是路德翻译《圣经》以来,宗教改革最重要的一部指导行动的著作。它从一开始就以其逻辑性的铁面无私,独创性的坚定不移,在同时代人当中,产生了决定性的影响。一个精神运动总需要一个富有天才的人来开始它,也总需要一个才气横溢的人来结束它。路德作为发起者,推动了宗教改革运动,加尔文作为组织者,在这种运动四分五裂成为上千个宗派之前,阻止了它的发展。因而从某种意义上说,《基本纲要》结束了这场宗教革命,犹如《拿破仑法典》阻止了法国大革命:二者为革命画了句号,也就总结了这两次革命,两者都把一个奔流不绝、汹涌澎湃的运动开始时期的烈焰奔腾的部分去掉,为了给运动加上法律和稳定的形式。从随心所欲变成教条,从自由变成独裁,从心灵的激动奔放变成生硬的精神规范。当然,就像每个革命停顿下来,总会丧失一些初期时原来的动力,这场宗教革命到了最后阶段,也会失去它原有的冲劲;但是现在有一个新教教会作为精神上统一的世界大国,从此和天主教会分庭抗礼。

加尔文的力量在于,他丝毫没有缓解或者改变最初撰写此文时表述的僵硬态度。他的这部作品以后发表的各个版本只是扩大,而不是修正他最初的决定性的认识。在二十六岁时他就像马克思或者叔本华那样,在经历一切之前,就已从逻辑上思考过了他的世界观,并且想得十分彻

---

① 原文为拉丁文。

底。此后所有的岁月只是用来把他组织方面的思想在现实的空间予以贯彻执行而已。他再也没有改变过任何实质性的词句,尤其没有改变自己。他不会后退一步,也不向任何人迈进一步。这样一个人你只能把他砸碎,或者被他砸烂。所有居于中间的感觉,无论是拥护或者反对他,全都枉然。只有一种选择:否定他或者完全屈服于他。

这一点,法累尔在和加尔文初次相遇的交谈中就立刻感觉到了,这里可以看出他人性的伟大。尽管他年长加尔文二十岁,从此时此刻起,却完全屈从于加尔文。他承认加尔文是领袖和大师,他从此刻起,使自己成为加尔文精神上的仆人,他的下属,他的奴仆。在今后三十年里,法累尔永远也不敢说一句话来反对这位比他年轻的人。在每场斗争中,在每件事情上,他都站在加尔文一边,听从加尔文的每一声召唤,从任何地方赶到加尔文的麾下作战。法累尔首先作了那种彻底服从的榜样:不提疑问,不加批评,完全自我献身。加尔文这个狂热分子要求别人绝对服从,在他的学说中正是要求每一个人把这种服从视为最高职责。而法累尔相反,一生只向加尔文提出仅有的一个要求,便是他此时此刻提出的这个要求:希望加尔文作为惟一配有这种身份的人,承担起日内瓦的精神领导工作,以他优势的力量建设宗教改革事业,而法累尔自己过于软弱,无法完成这一任务。

加尔文后来报导,他如何长时间地激烈反对,拒绝听从这一出人意表的召唤。对于才智之士来说,要下定这一决心,离开思想纯净的天地,进入现实政治污浊的氛围,永远是责任重大之举。加尔文此时也体验到这样一种暗自心悸的感觉。他举棋不定,指出自己年纪太轻,经验不足;他请求法累尔,最好还是让他与书籍为伍,思考各种问题,进行创造性劳动。加尔文顽固倔强,一个劲地想要挣脱任命,最后激怒了法累尔,使他失去耐心,以《圣经》中先知的力量大声斥责那犹豫不决的加尔文:"你用研究工作作挡箭牌;但是我以全能之主的名义向你宣告:你若拒绝出手相助上帝的事业,听从自己的愿望甚于听从基督,上帝的诅咒将落到你的头上。"

这番号召才打动了加尔文,决定了他的一生。他表示准备在日内瓦建立新的秩序:他迄今为止用语言和思想宣示的一切,从此得以化为行动和事业。他从此将试图不把他个人意志的印记赋予一本书,而是把它强加在一座城市和一个国家之上。

每个时代的人总是对自己的时代知道得最少。最为重要的瞬间,总是悄然飞逝,不被他们注意。真正决定性的时刻几乎从来没有在他们的编年史里得到相应的重视。所以日内瓦市政厅的记录在一五三六年九月五日也就这样记载了法累尔的申请:持续聘用加尔文为《圣经》的宣讲者。但认为没有必要写上此人完整的姓名。而这个人将在全世界面前给日内瓦带来无上的荣耀。市政厅的书记官只是干巴巴地记上了这一事实:法累尔建议,"让'那个高卢人'继续他的布道活动。仅此而已。又何必费劲去拼写此人的姓名,并把它登记到档案中去?似乎这只是一个并无约束力的决定,批准给这个衣食无着的外国布道师一份小额的薪金。因为日内瓦市政委员会还是认为,只不过任用了一名下级官员,别无其他。这位下级官员今后将和任何一位新任用的学校教师、财会人员或者刽子手一样地谦虚谨慎,服从听命。

当然,这些忠厚老实的市政官员并非学者,他们闲暇的时候并不阅读神学著作。他们当中肯定没人事先,哪怕只是翻阅一下加尔文的《基督教教理基本纲要》一书,否则他们一定会大吃一惊。因为书中,用明白无误的语言,十分霸道地规定,"那个高卢人"要求赋予布道者在教区里多么巨大的权力:"这里要明确描述一下布道者在教堂里应该拥有的权力。他们既然被任命为上帝圣言的保卫者和宣示者,他们得冒险去干一切,去迫使这个世界上一切大人物和有势力的人物,在上帝的无上尊严面前低头臣服,为之效力。他们有权向所有人,从最显赫者到最卑下者,发号施令。他们必须树立起上帝的章程,破坏撒旦的王国,爱护羔羊,消灭豺狼。他们必须提醒并教导服从听命之人,控告和消灭那些倔强反抗之人。他们可以联系一切也可以解除一切,能用闪电霹雳手段,但是所有这一切都是依照上帝的圣言行事!"

加尔文的这句话:"布道者有权向所有的人,从最显赫者到最卑下者发号施令",显然为日内瓦市政当局的官员们所忽视。否则他们绝对不会冒冒失失地把自己交到这个要求如此之高的人手里。他们浑然不觉地径自委任他以职务和荣誉,不知道他们派到他们教堂去工作的这个法国流亡者从一开始就下定决心要成为这座城市和这个国家的主人。但是从这天开始,市政当局自己的权力就此结束,因为,凭着他毫不妥协的干劲,加尔文将把一切攥到自己手里,毫无顾忌地把他的极权主义的要求化为事实,从而使一个民主的共和国变成一个神权政治的独裁专制国家。

　　加尔文采取的最初几个措施,就证明此人的思维逻辑清晰、高瞻远瞩、目标明确、意志坚定。他后来这样写道他的这段日内瓦时期:"我首先走进这座教堂时,教堂里几乎一无所有。有人布道,仅此而已。大家把圣像收集起来,加以焚毁。但是这还不算宗教改革,一切都乱七八糟。"加尔文是个天生的组织天才:一切不规则的、不系统的东西,都和他那像数学一样精确的天性格格不入。要想对人进行教育,使他们信奉一种新的宗教,首先就必须要使他们知道,他们信仰什么,承认什么。他们必须能够清清楚楚地区别,什么是允许的,什么是禁止的。每一个精神王国都和尘世王国一样,要有清晰可见的界限和法律。因而加尔文上任才三个月,便向市议会提出一份教理问答①。共二十一条,以浅显易懂、简明扼要的文字,表达了新教的基本原理。这份教理问答——在某种意义上是新教教会的十诫②——得到市议会原则上的赞同,获得通过。

　　但是加尔文并不满足于市议会仅仅表示赞同,他要求市议会彻头彻尾、毫无保留地表示服从。他绝不满足于这个学说得到表述,因为这样一来,个别人依然还保有一些自由,看是否服从这个学说,在什么程度上服从这一学说。可是加尔文在学说和生活各项事情上,绝对容不得半点自由。他根本不打算在宗教和精神事件上给个人的内心确信留下些许回旋的余地。根据他的看法,教会不仅有权,而且有责任把无条件尊重权威的服从用暴力强加在所有的人身上,甚至无情地严惩不温不热的保留态度。"不论别人想法如何不同,我不认为,我们的职务会受到这样严重的限

---

① 教理问答,原为天主教的教理入门,言简意赅地把天主教的教理以问答的方式告诉信众,尤其是儿童。
② 十诫,基督教原有的十条诫命,信徒应该遵守,不得违背。以此规范信徒的思想行为。

制,以至我们在布道之后,就像已经尽了我们的职责,万事大吉,可以无所事事。"他的教理问答不仅应该表现出虔诚的准则,而且应该成为国家的法律。因此他还要求市议会,从官方出发,迫使日内瓦城所有市民依次逐一公开宣布承认并且宣誓信奉这份教理问答。市民们得每十个人一组,像小学生似的由"长官"带领,走进大教堂。在那里举起右手,重复市政秘书宣读的誓词,进行宣誓。谁若拒绝宣誓,就被迫立即离开这所城市。这就清清楚楚、一劳永逸地表示:从此以后没有一个市民,若想生活在日内瓦的城墙之内,可以在宗教事务上,哪怕有一丝一毫背离约翰·加尔文的要求和观点。在日内瓦,路德所要求的"基督徒的自由"就此告终,宗教观作为一种个人良心的事情就此告终。理性战胜了伦理,宗教改革的词句战胜了宗教改革的意义。自从加尔文踏进日内瓦,任何自由在这座城市里全告终结。一个人的意志现在开始统治一切。

任何独裁专制,若无暴力,都难以想像,难以为继。谁若想保持权力,手里需要有权力的手段;谁若想发号施令,必须有违令则罚的权力。根据任命加尔文的法令,他并没有丝毫权力向犯了教会罪孽的人发布驱逐出境的命令。市政委员会只不过任命了一位"圣言的宣讲者",以便他向信众阐释《圣经》,任用了一位布道者,以便他公开布道,提醒社区民众信奉正确的上帝的信仰。但是对于市民法律上、道德上的举止进行惩罚的权力,他们不言而喻认为应该保留在他们自己的司法权限之内。无论是路德,还是茨文利或者宗教改革的任何一位其他领袖,迄今为止都从未试图否认市民行政当局的这一权利和权力。可是加尔文则不然。他天性专横跋扈,立即凭借他个人强大无比的意志,把市政委员会强压下去,使之仅仅变成他个人命令和法规的执行机构。可是既然从法律的角度来看,加尔文并无任何依据可以这样行事,那他就利用他自己手里的权利通过行施逐出教门律来给自己创造这一依据:他用天才的手法,把宗教里关于圣体的神话[①]转化为个人的权力手段和压制手段。因为加尔文教的布道师

[①] 基督教把极薄的面饼当作耶稣的身体,称之为"圣体"。信众必须忏悔,涤净自己的罪孽,方能从神父手里领取圣体。谁若未经忏悔,便领圣体,乃是对上帝的亵渎。

只允许他个人认为品行端正,毫无问题的人才能领圣体,参加"主的圣餐"①。布道师若拒绝谁领圣餐②,——这里显示出这一武器的全部强大威力——,这个人作为市民也就彻底毁了。从此谁也不许和此人说话,谁也不许和此人进行买卖。这样一来,这个由教会施行的,看上去似乎只是教会采取的措施,立刻变成社会对他的封锁,商业上的封锁。倘若这个遭到开除的人还一直不肯缴械投降,而是拒绝进行布道师规定的公开忏悔,加尔文便下令把他放逐。这样一来,加尔文的敌人,哪怕平素是最受尊敬的市民,也无法在日内瓦再继续生活下去。从此以后,每一个遭到神职人员憎恶的人,作为市民的生活也受到威胁。

加尔文手握这道霹雳,可以把每一个反抗他的人击成齑粉。他采取了这一大胆的举动,把火焰闪电和轰雷巨石放在自己手掌之中,这是在他之前城里的主教也未能做到的事情。因为在天主教教会里,教会在决心把一名教徒公开驱逐出教之前,需要经过一段漫长无边的审理过程,要经过高级机关直到最高机关的逐一批准。逐出教会是个超乎个人的行动,完全不由个人恣意妄为。而加尔文目的性更强,意志更加坚定不移,定要攫取权力,他就每天都把革出教门的权力随意地放在布道师和教会监理会手里。他把这可怕的威胁几乎变成常规的惩罚。作为心理学家,他对恐怖的效果计算得颇为精准,就利用人家害怕这种惩罚的心理,把他这种个人的暴力无限提高。加尔文要求把分送圣体的仪式规定为每月一次,市政委员会克服重重困难,结果总算成功地把这项规定改为每三个月分送圣体一次。但是加尔文再也不让人家把他最强有力的武器从手里夺走,因为只有凭着这件武器,他才能展开他自己的斗争:为全面夺取权力而进行的斗争。

一个民族大多数情况下往往要过一段时间才能认识到,一个独裁专制暂时的好处,它的更加整肃的风纪,它的强化的集体战斗力,是要以丧失个人的自我权利为代价的,而每一项新法律的代价必然是失去一项旧

---

① 主的圣餐,即从神父手里领取圣体。
② 领圣餐,即神父把圣体放在信众嘴里。神父有权拒绝把圣体放在有罪之人的嘴里,以此表示,此乃罪人。

的自由。在日内瓦这种认识也是渐渐觉醒的。市民们真心诚意的赞同宗教改革,他们自觉自愿地聚集在露天广场上,作为独立自主的男子,举手表示皈依新的宗教。但是相反,叫他们在一名警察的监视下,每十个人一组像苦役船上的犯人似的依次被驱赶着走过全城,然后在教堂里对加尔文先生的每一条条文庄严宣誓,这可大大挫伤了他们共和主义者的自尊心。他们之所以赞成一种更为严格的风习改革,并不是为了现在每天都受这个新来的布道师轻率地用逐出教门相威胁,仅仅因为他们有一次喝了杯葡萄酒,喝得欢快一些,或者穿的一些衣服,被加尔文先生,或者法累尔先生觉得过于花哨或者过于华丽。老百姓开始反躬自问,这样神气活现、指手画脚的一些人到底是谁。他们是日内瓦的市民吗?他们世世代代都是本地人?为本城的壮大和富裕也都做过贡献?还是些久经考验的爱国主义者,若干世纪以来,都和名门贵族关系密切,沾亲带故?不,他们都是新近才来的外来户,是从别的国家,从法国过来的逃亡者。大家殷勤好客地接纳了他们,给他们吃住,给他们收入可观的职位。现在这个来自邻国的税务官的儿子,马上就把他的弟弟和妹夫一起接到这个温暖的窝里来,来辱骂和训斥他们这些土生土长的市民!他,这个逃亡者,这个由他们雇佣的人胆大妄为,擅自决定谁该留在日内瓦,谁不该留!

每次在一个独裁专制开始的时候,只要自由的灵魂还没有被踩躏,独立自主的灵魂还没有被驱逐出境,反抗还有一定的分量:在日内瓦具有共和思想的人们,谁也不想让自己被人恣意呵责,"就仿佛他们是剪径蟊贼似的"。整条整条大街尤其是德国人大街拒绝按照要求去进行宣誓,他们大声抗议,态度叛逆。他们既不会宣誓,更不会按照这些跑来要饭的法国饿殍之命离开他们的故乡之城。加尔文虽然成功地强迫那个臣服于他的"小小的议会",的的确确向那些拒绝宣誓者发出驱逐出境令,但是他们不敢把这个不得人心的措施实际予以贯彻执行,新一届市民选举的结果清清楚楚地表明,全城大多数人已经开始反抗加尔文随心所欲的恣意妄为。他的铁杆追随者在一五三八年二月选出的市议会里不占上风。民主在日内瓦又一次得以贯彻自己的意志,反抗加尔文的威权要求。

加尔文往前走得过于迅猛。搞政治的意识形态专家们总是过于低估根植于人性中惰性的抵抗。他们总说,决定性的革新在现实的空间就和在他们的精神结构中一样可以迅速实现。现在睿智想必命令加尔文,在他没有赢得世俗的官厅之前,必须更加柔和地行事,因为现在他的事业还依然处于有利的形势,新当选的市议会也只是向他表现出谨慎的态度,并未露出敌意。即便是他最顽强的敌人在这样短暂的时间里,也不得不承认,一种坚定不移的整肃风化的意志是基于加尔文的狂热信仰。这个不顾一切的人并非为了狭隘的个人野心,而是为了一个伟大的理想而采取这种行动。他的战友法累尔依然是年轻人和街上少年的偶像。倘若加尔文稍稍施展一点外交的机敏,使他侮辱人的激进要求适应市民阶级更为悠闲从容的观点,完全可以轻易地缓解一下二者之间的紧张关系。

可是在这点上,恰好碰到加尔文坚如花岗岩的坚守原则的性格,碰到他钢铁般不可动摇的倔劲。这个狂热分子,终其一生最最看不得的莫过于妥协。对加尔文而言,没有中间道路,只有一条路,他自己的路。要么达到全部目的,要么什么也达不到,不是获得全部权威,便是放弃一切。宁为玉碎,不为瓦全。他永远也不会迁就妥协。因为对他而言,真理在手,有理有据。这是始终有效的特点,他根本就无法理解,也不会想到,竟然另外有人认为自己同样有理。对于加尔文而言,公理便是只有他可以教育别人,别人得向他学习。他就是这样满怀真诚的信念直言不讳,他说:"我的教导取自上帝,这坚定了我的信念!"他以一种令人惊愕并不寒而栗的自信心把他所说的话语等同于绝对真理——"上帝给我恩典,让我宣称,什么是善,什么是恶"。倘若另外有人胆敢发表反对他的意见,这位自我着迷的狂人又会勃然大怒,深受震撼。反驳本身在加尔文身上便引发一种神经病发作,精神上的敏感促使身体也有反应。他的胃发生痉挛,使他口吐胆汁。尽管反对者实事求是、温文儒雅地提出反驳意见,但是他胆敢怀有不同的想法,这一事实就使他转变成加尔文的死敌,从而也成为一个世界公敌,上帝的敌人。这位在私人生活中极有分寸,举措得体到过火程度的人,竟把同时代最初的一批人文主义者和神学家斥为向他嘶嘶乱叫的毒蛇、猖猖狂吠的恶狗,斥为野兽、无赖、撒旦的奴才。只要有人哪怕只是在学术上稍微反驳一下加尔文,这位上帝的"仆人"立刻感到"上帝的荣誉"受到侮辱,只要有人敢于说圣·彼耶尔教堂的布道者个人有统治欲,加尔文立刻认为"基督的教会"受到威胁。和别人交谈,对于加尔文而言只是别人皈依他的意见,赞同他的意见:这位平素目光清晰的人一辈子没有一时一刻怀疑过,就他一人才有权阐释上帝的圣言,就他一人才知道真理何在。但是,正好多亏他的这种冥顽不化的自我信任,多亏这种先知般的自我癫狂,这种超群出众的自我偏执狂,加尔文在现实的空间里总保持有理;单凭他的这种坚若磐石的不可动摇的态度,这种冷若寒冰、不近人情的僵硬态度,他在政治上的胜利才能得到解释。因为只有这样一种自我癫狂,这样一种了不起的褊狭的自信才使此人在世界历史上成为领袖。永远屈从于诱骗者的人类从来也不会屈从于有耐心的人和公正无私的人,而总是只屈从于伟大的自我癫狂者们。这些人有勇气把他们的真理当作惟一可能的真理,把他们的意志当作世界法律的基本公式来加以宣扬。

所以新的市议会的大多数都反对加尔文,他们很客气地嘱咐他,为了和平起见,希望他不要采用狂野的威胁口吻,动辄把人开除教籍,希望他接受伯尔尼教会会议的较为温和的观点。这些都丝毫也影响不了他。像加尔文这样倔犟的人,哪怕只是要他在细枝末节上让一小步,他也不会接受任何廉价的和平。他天性飞扬跋扈,根本不可能做出任何妥协。在市政委员会反驳他的那一瞬间,这个自己曾经要求其他所有的人必须无条件地屈服于任何上级的人,几乎不假思索地变成了反抗他上级机关的革命者。他在布经台上公开辱骂"那小小的议会",并且宣布,"他宁可自己死去,也不愿把吾主的神圣的肉体扔到这些狗仔面前。"另一位布道师在教堂里把市议会说成是"一群醉鬼的会议"。加尔文的追随者们像一块山岩,冥顽不化,难以移动,竭力和官厅对抗。

这些布道师向市政委员会的权威这样挑衅,这样叛逆,市政委员会无法容忍。它首先毫不含糊地发出指示:布经台不得继续为政治目的加以滥用,在那里只能对上帝的圣言进行解释。可是既然加尔文和他的部下满不在乎地完全忽视这道官方的命令,那就除了禁止布道师登上宣讲台外,别无良策。这些布道师中最善挑衅的一位古尔托尔,由于公开激起叛乱而遭到逮捕。这一来,教会权力和国家权力之间便公开宣战。但是加尔文坚定不移地接受这次战争。他在追随者们的簇拥下,冲进圣·彼耶尔大教堂,倨犟蛮悍地登上禁止他上去的布道台,双方的拥护者和反对者全都戴着佩剑挤进教堂,一部分是要强制夺取被禁止的布道权利,另一部分则是想用武力阻止对方得逞,于是乱成一团,几乎要酿成流血的复活节。此刻市政委员会的耐心已到尽头,它召开二百人大会,这是最高权力机关。会上提出问题,加尔文及其他被雇佣的布道师态度倨强,公然蔑视市政委员会的命令,是不是应该让他们滚蛋。压倒的多数人投票表示赞同。这些叛逆的神职人员被免除职务,得到严厉的指示,在三天之内离开日内瓦城。加尔文在最近一年半内以流亡的刑罚威胁该城这么多市民,现在这一刑罚落到他自己头上。

加尔文向日内瓦发起的第一次冲击遭到失败。但是这样一种挫折在一个独裁者的一生中并不意味着什么危险的事情。相反,一个权力不受限制的当权者在最终登上权力巅峰之前,起先总要遭受这样一种戏剧性的失败。流亡、监禁、流放,对于这些伟大的世界革命者而言,从来就不是阻碍,永远只是有助于促进他们的人气,更加受人爱戴。为了让群众对他们顶礼膜拜,他们首先得成为殉道者;只有受到遭人憎恶的制度的迫害,这才能为一位人民领袖日后在群众当中决定性的成功,先创造心理上的先决条件,因为只有通过显而易见的考验,未来领袖头上的光环才能在人民面前提高到神秘莫测的高度。对于一位伟大的政治家而言,没有什么比暂时退到后台去更为必要的了,因为大家一时看不见他,他就变成了传奇;声誉犹如一片云霞,围绕着他的名字,给他无上荣光,等他再次返回,面对着的是提高了一百倍的期待。这种期待自然而然地不消他自己费劲,就仿佛自成气候。历史上几乎所有的英雄,都是通过流亡,对他们的民族拥有最为强大的感情的威力。譬如恺撒在高卢,拿破仑在埃及,加里波的①在南美洲,列宁在乌拉尔,都是因为他们不在场而变得更加强大,

---

① 恺撒(前100—前44)于公元前五十四至公元前五十三年远征高卢,即今日的法兰西;拿破仑(1769—1821)于一七九八年远征埃及;裘塞佩·加里波的(1807—1882),意大利建国三雄之一,毕生为推翻奥地利统治和意大利独立而战。一八三四年失败后,逃亡南美,一八四八年回国,参加意奥战争,继续为意大利独立而战。

比他们亲自在场要强大得多。加尔文也是如此。

当然,在那遭到放逐的时刻,加尔文根据人们的预见,已经彻底落魄。他的组织都被击溃,他的事业完全失败,他的成绩只剩下狂热的要求秩序的意志和几十个可靠的朋友,此外别无所有。他和一切政治性人物一样,在危险关头,不是与人达成协议,而是坚决撤退。这时跑来帮忙的是他的继任和对手所犯的错误。市政委员会费了九牛二虎之力,找到了几个驯从听话的布道师,来取代加尔文和法累尔这样宏大伟岸的人物。这些驯从的布道士害怕采用严酷的措施会受到民众的厌恶,宁可把缰绳放松,让它松松垮垮地拖在地上也不要把它拉得太紧。在他们的作用下,加尔文在日内瓦如此起劲,甚至过分起劲地开始建造的宗教改革的大厦,不久就陷于停顿。市民在信仰问题上如此犹豫不决、把握不定,以至被排挤的天主教会又渐渐重新鼓起勇气,试图通过聪明的中间人卷土重来,又重新争取日内瓦回到罗马天主教会的怀抱中去。情况紧急,越来越急。这些宗教改革派人士原来觉得加尔文过于粗暴过于严厉,同样的这些人,现在渐渐开始不安起来。他们反躬自问,这样一种钢铁般的纪律说到头来,是不是比具有逼人之势的混乱状况,更符合他们的愿望。越来越多的市民,甚至于有些旧日的反对派催着逼着官方,把那些流放的布道师都找回来。最后市政委员会眼看别无出路,只好听从一般民众的愿望。最初写给加尔文的那些消息和文件,还只是轻声细语,小心谨慎的询问,渐渐地就变得更为坦率,更为迫切。邀请已经不容置疑地变成请求:市议会不久不再写信给加尔文"先生"(Monsieur),请他回来,帮助城市,而是写信给加尔文"大师"(Matre)。最后,一筹莫展的市议会的先生们简直跪地请求"这位好兄弟和惟一的朋友",重新接受布道师的职位。信上已经附了这样的允诺:他们"要这样对待他,使他有理由感到满意"。

倘若加尔文只是一个格局很小的人物,这样廉价的胜利已经可以使他满意,两年前人们把他这样鄙夷不屑地赶出日内瓦城,而现在大家这样苦苦哀求,要他回到这座城去,那么他完全可以心情舒畅,心满意足。可是渴望赢得全局的人,从来不会满足于半吊子的结果的。对于加尔文来说,他这件最神圣的事业并不关乎个人的虚荣心是否得到满足,而是关乎权威是否获得胜利。在他的事业中,他不愿有任何官厅再一次来妨碍他的工作。他若回到日内瓦去,在那里就只能有一个意志有效,那就是他的意志。只要日内瓦城不是自缚双手完完全全地降服于他,奴颜婢膝地宣布彻底服从他的意志,加尔文拒绝表示任何赞同。他老谋深算,以夸张的厌恶姿态,长时间地拒不理会日内瓦城提出的迫切建议。他写信给法累尔:"我宁可千百次地去死,也不愿再一次展开这从前的痛苦万分的斗争。"他一步也不向他旧日的对手走近。等到最后市政委员会终于跪地请求加尔文回到城里,甚至连他最亲密的朋友法累尔也忍耐不住,写信给他:"莫非你还在等待,连石头也召唤你?"加尔文纹丝不动,坚定异常,直到日内瓦彻底投降,是生是死全凭他来摆布。一直等到他们发誓,根据他的意志恪守教理问答和"纪律",市政官员们向斯特拉斯堡城写出措辞谦卑的信函,向那里的市民像兄弟般地提出请求,把这位不可或缺的人恩赐给他们,一直等到这样日内瓦不仅在他个人面前,而且在全世界面前降低身份,这时加尔文才做了让步,终于宣布以崭新的充分的权力,同意接受他旧日的职位。

就像一座被击败的城市在准备迎接它的征服者,日内瓦也在准备加尔文的入城式。一切想像得到的事情全都做了,为了平息他的愤懑。旧日严峻的敕令又急急忙忙地生效,只是为了让加尔文一开头就发现他的宗教的命令已经贯彻执行。小市议会亲自负责在花园旁边为这位久盼的人选择一幢合适的住宅,并且准备好必要的设备。圣·彼耶尔大教堂古老的讲经台特地翻修一遍,以便加尔文能更加舒适地演讲,而加尔文的身影随时随地都能被在场所有的人看见。一个荣誉接着一个荣誉:加尔文还没有从斯特拉斯堡动身,一位传令官已经派来迎接,以便中途就能以日内瓦城的名义向他表示欢迎。市民出资,十分庄严隆重地迎接他的全家。最后在九月十三日,旅行马车渐渐驰近科尔纳文城门,大量的人群立即聚集起来,在欢呼声中把这位重新返回的客人接进城去。于是这座城市在加尔文手里就像一块烂泥一样柔软驯从。若不把这座城市造就成一件符合他思想的艺术品,他绝不罢休。从此时此刻起,加尔文和日内瓦,精神和形式,创造者及其造物,这二者就再也不可分离。

三 《纪律》

自从这个身材瘦削、神情严峻、身穿黑色拖地牧师长袍的男子走进科尔纳文城门之时起,古往今来最值得纪念的试验之一就此开始:一座有着无数生命细胞、呼吸畅快的国家一下子变成一部僵硬的机械,一个拥有各种感觉、各种思想的民族变成了一个独一无二的制度。这是在欧洲范围内进行的最初尝试,以一种理念的名义把整个民族完全变成平等划一的人群。加尔文怀着一种妖魔般的严肃态度,经过深思熟虑,想得精致周密,条理分明,着手进行他的大胆计划,把日内瓦变成世上第一个上帝之国:一个没有人世间卑劣行径,没有腐败、紊乱、恶行和罪孽的集体,真正的、新颖的耶路撒冷,全世界的幸运福祉都该从这里发出——这个理念,也是惟一的理念从此成为他的人生,而他的一生又反过来只为这惟一的理念效劳。对于这位拥有崇高乌托邦思想,像钢铁一样坚忍不拔的思想家而言,这可是严肃到可怕程度的事情,神圣而又真诚。在加尔文推行精神独裁的四分之一个世纪里,他从未怀疑过,只要毫无顾忌地夺走人们的每一个个人自由,只会对人产生促进作用。因为这个虔诚的专制暴君认为,他提出的所有要求和一切无法忍受的过分要求,其实无非是要求人们应该正确地生活,也就是依照上帝的意志和规定正确生活,别无其他。

事实上这话听上去的确非常简单、清晰、无可争辩。但是怎么才能认清上帝的意志呢?什么地方可以找到上帝的指示?加尔文答道:在《福音书》①里。上帝的意志和圣言,以永远生动活泼的文字生意盎然地存在于《福音书》里。这些神圣的书籍保存在我们手里,并非偶然,上帝十分明确地把自古以来的流传写成文字,以便他的诫命能清清楚楚地被人认识并牢记在心。《福音书》的产生先于教会,地位也高于教会。除了《福音书》,背离了《福音书》,再无其他真理。因此在一个真正信奉基督教的国家里,《圣经》的语言,"上帝的圣言"是道德、思想、信仰、权利和生活的惟一准则,因为这是一本汇集一切智慧、一切公正、一切真理的书。对于加尔文而言,《圣经》是世上万物的始与终,所有事情做出的一切决定都建立在《圣经》里的圣言之上。

用《圣经》里的文字裁定世上一切行动在加尔文看来,其实只是重复宗教改革耳熟能详的最初要求而已。而事实上他大大地超越了宗教改革,甚至完全远离了宗教改革原来的思想范畴。因为宗教改革开始时是一种心灵的、宗教的自由活动。它想把《福音书》自由自在地放在每个人的手里;不是罗马的教皇和宗教会议,而是每个人凭着自己个人的信念来组成其基督教。这种由路德倡导的"基督徒的自由"却被加尔文毫无顾忌地连同精神自由的任何其他形式又从人们手里夺走;对他个人而言,上帝的圣言是十分清晰的,因此他专横地要求,不得再对上帝的学说进行一切其他方式的解释和阐述。《圣经》里的话,必须像大教堂里的石柱一样"巍然屹立",不得撼动,这才不致使教会发生动摇,《圣经》里的圣言,从此不得成为理性胚胎②,不得成为永远不断日益更新,日益改造的真理发生作用,而永远只能在加尔文所确定的解释之中发挥作用。

加尔文提出这个要求实际上就是用一种新的新教的正统教义来取代教皇的正统教义,人们完全有权利把这种教条主义的独裁专制的新形式称之为《圣经》专制主义。因为现在惟一的一本书在日内瓦成了主人和法官,成了立法者的上帝,而它的布道者便是这种法律惟一有资格的解释

---

① 《福音书》,主要指《圣经》中的《新约全书》,内含《马太福音》《马可福音》《路加福音》等。
② 原文是拉丁文。按照古希腊斯多葛派哲学家的观点,神性被视为宇宙的理性胚胎,从中发生和发展宇宙万物。

者。加尔文成了《摩西圣经》①意义上的"法官",他的权力不可争辩地置于各国国王及民众之上。现在只有教会监理会对《圣经》的解释,决定什么是允许的,什么是禁止的,而不是市政委员会和市民权利。谁要是胆敢在某个细节上反对这种强制,那他就惨了!因为谁若反抗布道者们的独裁就将作为反对上帝的叛乱者判处死刑,不久将以他的鲜血来书写对《圣经》的评论。从自由运动中脱颖而出的教条主义的暴力统治,对待自由思想,总比任何世袭的权力更为严酷,更为凶狠。那些多亏革命自己才获得统治权的人,日后在镇压每种革新运动时,永远是最为无情、最不宽容的人。

所有的独裁专制总是始于某一理念,但是任何理念一定要在实现它的人身上,才能获得自己的形状和色彩。加尔文的学说作为精神的产物,必然要和它的创造者在外貌上相似。只消看一看他的脸,就能预见到,这种学说比以往任何一种基督教教义的诠释都更为严酷,更令人厌烦,更使人不快。加尔文的脸就像一片喀斯特地形,一块岩浆熔成的石头,那种孤独偏僻的山岩风景,沉默不语,心扉紧闭,只令人想起上帝,任何具有人性之物,他一概想不起来。使生活变得滋润、丰富、欢快、欣欣向荣、温暖而肉感的一切,在这张缺乏善意,毫无慰藉,难辨年龄的禁欲者的脸上丝毫看不出来。这张阴沉狭长的椭圆形的脸,轮廓生硬、丑陋瘦削,毫不协调:额头狭窄、冷峻,下面是两只眼窝深陷、经常熬夜的眼睛,就像燃烧的煤球发出灼热的光芒,尖削的鹰爪鼻,面颊深陷,突出一张惯于发号施令的嘴巴,薄得像用小刀切开似的,难得看见这张嘴边漾着笑意。他那干瘪皱巴、泛灰发干的皮肤,很少发出温暖的肉色,就仿佛内心的寒热像吸血鬼似的从他面颊上吸走了鲜血,于是两颊皱了起来,呈土灰色,一副病容,憔悴不堪,除了他发火的短暂时间,愤怒使他面颊升起一阵肺痨病患者的红晕。那副像《圣经》里的先知一样飘落胸前的长髯(他所有的学生和门徒都驯从地模仿着蓄起这样的胡须)试图赋予这张肝火极旺,颜色蜡黄的

---

① 《摩西圣经》,指《圣经·旧约》前五卷,从创世纪开始,以以色列人的历史为主要内容。摩西为以色列人的领袖。茨威格文中提到的"法官"实乃以色列人当时的"首领",权力在众人之上。

面孔一种男性力量的模样,可是徒劳。即便是这副长髯也不见得滋润丰腴,它不是像圣父上帝那样气势强大地垂落,而是形成薄薄的、一绺一绺的胡子掉了下来,就像从山岩间挣扎出来的小小的灌木丛。

所以加尔文在画幅上看上去就像一个热切的狂热信徒,被他自己的精神燃烧过后消耗殆尽。人家恨不得要对这个过度疲劳,过分劳累,被自己的热诚耗得油干灯尽的人表示同情;可是,低头一看,瞥见他的双手,不觉大吃一惊。这双手就像一个贪得无厌者的手,冷冰冰的,瘦骨嶙峋,就像两只爪子,凡是能用强韧吝啬的关节抓到的一切,都会拼命抓住,死也不放。难以想像,这些皮包骨头的手指,会温柔地摆弄一朵鲜花,爱抚一个女人温润的肉体,会亲切地欢快地向一个朋友直伸过去。这是一个心如铁石者的双手,单凭这双手,就可以预感到加尔文一生散发出来的那股强大的、残酷的统治一切、把握一切的力量。

加尔文的这张脸,多么暗淡无光,毫无欢乐,多么孤独,拒人于千里之外!有人居然愿意把这个冷酷无情地向人提出要求提出警告的人的肖像挂在自己房间的墙上,简直无法理解:倘若有人时时刻刻感到这个众人中最为令人不快者的警惕窥视的目光在关注他每天的一举一动,他嘴里喷出的呼吸都会更加冷凝。只能设想,楚尔巴朗①最适合绘制加尔文的肖像,用那种西班牙式的狂热笔触,像绘制禁欲主义者和隐士似的,黑暗的背景,黑黝黝的人影,与世隔绝,栖息在山洞之中,面前放着一本书,总是一本书,必要时再放上一个骷髅或者一个十字架作为精神生活与宗教生活的惟一象征;身边别无其他,只有一片阴冷漆黑,难以接近的幽寂。因为这种空间一辈子冰冻在加尔文的四周,人们无法接近,只能敬而远之。早在青年时代,他就从头到脚穿了一身同样的无情的黑色衣衫,短短的额头上面戴的教士的四角帽是黑色的,半似僧人的斗篷,半似士兵的头盔,宽大的一直拖到鞋子的长袍是黑色的,是不断惩罚人的法官的服装,是永远在治愈人们的罪孽和溃疡的大夫穿的衣服,黑色,总是黑色,总是选用严肃,死亡和冷酷无情的颜色。加尔文几乎从来没有露出过别的样子,总

---

① 弗朗西斯科·德·楚尔巴朗(1598—1664),西班牙画家,作品以宗教画为主。

是身着他职务的象征,因为他只愿意让别人看到他是上帝的仆人,只是身穿他执行职务时的服装,从而让人对他心生畏惧,不愿别人像对待普通人,对待自己的兄弟一样来爱他。不过他对这个世界严苛,对自己也同样严苛。他一辈子约束他自己的身体。为了精神生活,他只让自己的肉体得到最少量的食物和休息,夜里最多只睡三四个小时,白天只吃一顿简单的饭菜,迅速吃饭的时候,旁边还放着一本打开的书本。从不散步,从不游戏,从来没有快乐,从不放松一下,尤其是从来没有一次真正的欢乐:归根到底,加尔文在他狂热献身于精神事业时,总是在发挥作用,在思考、写作、工作、战斗,从来也没有一个钟头他是在为自己而活。

这样绝对的杜绝情欲和永无青春是体现加尔文性格的最本质的特点。因此对他的学说而言,他也就变成最危险的人,这毫不足奇。因为当其他的宗教改革家们认为,最忠实地为上帝服务的办法,便是满怀感激之忱,把人生的一切馈赠全都从上帝手里接收过来,作为身体健壮的正常人,享受健康,乐享人生。茨文利在第一次担任牧师时马上就留下一个私生子,路德有一次哈哈大笑地说出这句话来:"要是老婆不干,就让使女干嘛。"他们大吃大喝,纵声大笑,而在加尔文身上,一切肉欲的冲动全都压抑下去,或者只留下影子似的一层痕迹。作为一个狂热的知识分子,他完完全全只生活在文字和精神之中,只有逻辑清晰明确之物对他来说是真实的,只有规规矩矩的东西他才理解,并且容忍;不规矩的东西,永远遭他排斥。一切使人陶醉,使人心醉神迷的东西,不论是美酒、女人、艺术或者上帝在人间的任何赐予,这位狂热的保持冷静的人,从不要求从中得到欢乐,或得到过欢乐。只有绝无仅有的一次,为了满足《圣经》的要求,他前去求婚。而这次求婚进行得像演戏一样,干巴巴就事论事,冷漠异常,就仿佛他去订购书本或者购买一顶新的四角帽。加尔文不是自己去寻找新娘,而是委托他的朋友们,给他选择一位合适的太太。这个对肉欲深恶痛绝的男子,差一点碰上一个淫荡的女孩。加尔文大失所望,最后娶了一个经他说服、皈依新教者的遗孀为妻。但是命运决定他无缘得到幸福或者使人幸福,他的妻子为他生下的惟一的孩子,难以存活。人们几乎要说,他身上的血这样苍白,他的感官这样冷淡,生下这样的孩子纯属不言

沉思中的圣弗朗西斯
弗朗西斯科·德·楚尔巴朗 绘

而喻的事情。没有几天孩子就夭折了,不久他的妻子也随之死去,留下他一个人成为鳏夫。于是对于三十六岁的鳏夫而言,不仅男女婚事就此告终,就是对于女性他也不再感兴趣。直到他死为止,那就是说,还有二十年男子最佳的年华,这位自觉自愿的苦行僧,再也没有接触过另外一个女人,只是献身于精神生活,献身于宗教事业,只是献身于"学说"。

但是一个人的肉体也和精神一样要求发展。谁若强使肉体压抑,必然受到惩罚。在人的尘世间的肉体内,每个器官出于本能都渴望着充分享受。它本性所希望的欲念、鲜血希望有时能奔流得更加狂野,心脏希望跳动得更加热烈,肺脏希望欢呼,肌肉希望活动,精液希望浪费。谁若只顾智力,经常阻碍这些生机勃勃的意愿,尽量予以抵制,这些器官最后必然奋起反抗。加尔文的肉体对付拘囚它的狱卒所进行的复仇殊为可怕:这个禁欲者这样对待神经,就仿佛神经根本就不存在;这些神经就不断地发明各种痛苦来对付它们的暴君,来向这个禁欲者证明它们的存在。也许只有少数脑力工作者曾经像加尔文那样一辈子由于身体不好,疾病缠身而大受其苦。一个毛病接着另一个毛病,毫不间断。加尔文的每封信几乎都要报告他又受到新的疾病的阴险恶毒的袭击。一会儿是偏头疼把他一连几天撂倒在床上,一会儿又是胃疼、头疼、痔疮、肠绞痛、感冒、神经痉挛、口吐鲜血、胆囊结石和长了痈疽;一会儿发高烧,接着又发冷,关节炎和膀胱疼。医生得时时刻刻地守护着他。因为在这个娇气脆弱的身体里没有一种器官不向他造反,不恶毒地让他痛苦。加尔文有一次呻吟着写道:"我的健康真糟,使我生不如死。"

但是这个男子把这句话选作他的座右铭:"积聚力量从绝望的深渊里破土而出"①;这个人的妖魔一样的精神力量绝不让人夺走哪怕只是一个小时的工作时间。加尔文经常受他身体的阻碍,他便总是重新向他的身体证明,他具有精神的超强意志。倘若他在发烧,无法爬上布道台,他就叫人用一乘轿子把他抬进教堂,在那里布道。倘若他不得不缺席市政委员会的会议,市政委员会的人员就到他家里来听取他的忠告。他若发

---

① 原文为拉丁文。

着寒热躺在床上,在他冷得发僵、冷得颤抖的身上盖上四五条焐热了的被子,那么在他床旁就坐着两三名实习助手,他轮番向他们口授。他若有一天到附近一家庄园去看望朋友,为了吸取更加自由的空气,秘书们就乘车陪同前往。刚到庄园,信使就赶回城里。他又执笔开始工作。无法想像,加尔文会闲着什么事也不做。这是一个勤奋的妖魔,一辈子一刻不停地在工作。家家户户还在酣睡,天未破晓,在夏努阿纳大街他的办公桌上台灯已经亮起;而到午夜之后,大家早就全都上床安寝,在他的窗前还一直亮着这盏仿佛永不熄灭的油灯。他工作的成绩难以想像,人们都以为他是用四五个脑子在同时工作。因为事实上的确如此。这位总是疾病缠身的病人,在做着四五种职业的工作。他那歇斯底里的权力欲渐渐把许多职务抓在手里,他的本职工作,担任圣·彼耶尔大教堂的布道师,只是众多职务中的一种而已。单单他在这座教堂里宣讲的布道词就印制成册,装满一个壁柜,足够一个抄写员抄写一辈子,尽管如此,这仅仅只是他全集中的一小部分。他是教会监理会的主席,没有他就无法做出任何决议。作为不计其数的神学书籍和论战著作的作者,作为《圣经》的译者,作为大学的缔造者和神学院的发起人,作为市议会的常任顾问,作为宗教战争中的总参谋部的政治官员,作为新教的首席外交官和主要组织者,这位"圣言部的部长"引导和领导他那神权政治国家的其他各部于一身。他监视来自法国、苏格兰、英吉利和荷兰的布道者们写的报告,建立一种面向外国的宣传,通过书籍印刷工人和书籍兜售商制造一个特务机构,延伸到全球各地。他和其他新教的领袖进行讨论,和各国君王和外交官进行谈判。每天,几乎每小时都有客人来自外国。没有一个大学生,没有一个年轻的神学家途经日内瓦不去向加尔文请教,或者向他表示敬意。他住的房子就像一个邮局,或者对于各种国家事务或个人私事常设的问讯处。他有一次叹息着写道,他想不起来,在他办公时间会有两个小时不受人骚扰。他的亲信每天会从最远的国度,从匈牙利和波兰寄信给他。与此同时,不可胜数的人都来找他,求得他的帮助,为了得到灵魂上的帮助,要求和他个别谈话。不久有一个流亡者想在这里住下,并把他的家眷带来:加尔文为他募集金钱,帮他寻找住房,安排他的生计。这里有人想结婚,那里又有人想离婚,两者的道路都通向加尔文。因为在日内瓦没有一件宗教事务,可以在没有得到他的首肯,他的忠告的情况下进行。但是这种独断专行的乐趣,只限于它自己的王国,只限于宗教事务!然而对于加尔文而言,他的权力是无限的。因为作为神权政治家他认为,世上一切事务都隶属于神性事物和精神事物。他霸气十足地把全城所有事情都置于他坚强无情的手掌之下:几乎没有一天,在市议会的记录里没有这样一条附注:此事须请问加尔文大师。没有一件事情,能被这双一刻不停地在警觉审视的眼睛所疏忽,所忽视。人们不得不把这个不停活动的大脑赞为奇迹,这样一种精神上的禁欲主义不是同时也意味着一种巨大的危险吗!因为谁若这样完完全全地放弃个人生活的享受,也会把这种——在他身上可是自愿的——放弃,变成其他所有人的法律和标准,对他而言是自然不过的事情,却变成有违自然的事情强加在别人身上。禁欲主义者历来是最为危险的专制暴君的典型,罗伯斯庇尔①便是一例。谁若自己不充分欢快地享受人性的欢乐,便永远会毫无人性地对待别人。

但是严加管束和冷酷无情乃是加尔文学说大厦的基础。根据加尔文的理解,人根本没有权利昂首挺胸、直视前方、良心坦荡、心情欢快地走过我们的世界。人应该不断处于"害怕上帝"的状况下,弯腰低头,谦卑愧悔,感到自己缺点累累,无可救药。从一开始,加尔文的清教徒的道德就把心情欢快、大大方方地享受这一概念和"罪恶"的概念等同起来。一切使我们尘世间的生活得到修饰,显得生机盎然的东西,一切想使灵魂幸福地得到放松,得到高扬、解脱和松快的东西——也就是说首先是艺术——加尔文的清教徒的道德都鄙夷不屑地斥为虚荣,令人厌恶,完全多余。加尔文甚至毫无例外地把他自己意识形态上的就事论事的劲头,都带到宗教的王国中去,而自古以来宗教的王国就一直和神秘、迷信的东西,密切相联。凡是使感官活跃起来,使感情柔软模糊地得到慰藉的东西,都得毫无例外地从教堂和礼拜中驱逐出去,彻底消灭。因为真正的信徒并不是

---

① 马克西米利安·德·罗伯斯庇尔(1758—1794),法国大革命时期雅各宾党人的领袖,一度成为政府实际首脑,推行激进主义政策,使无数无辜者死于断头台上,自己最后也被推翻,遭到同样命运。

怀着一颗得到艺术感染的灵魂接近神性。真正的信徒并不是为甜丝丝的乳香的烟雾弄得迷迷糊糊,被音乐弄得魂不守舍,被那些所谓的虔诚的(实际上是罪恶的)画像和雕塑的美所引诱的情况下接近神性。真理只存在于清晰明快之中,确切的含义只存在于上帝明确的圣言之中。因此,必须排除一切"偶像崇拜",把一切画像和雕塑从所有的教堂里全部清除,把所有的法衣、祈祷书和神龛都从上帝的神坛上弄走,——上帝无需任何华丽修饰。把一切麻醉灵魂,使之晕眩的东西统统扬弃,在向上帝进行礼拜仪式时不要音乐,不要管风琴演奏!甚至日内瓦教堂里所有的钟,从此也噤声沉寂,不得敲响:真正的信徒不该由铁制的死物来提醒他们的职责,虔诚永远不是通过外在的事物,永远不是通过祭献和捐赠来得到证实,而只是通过内心的驯从。因此他把大型弥撒和各种典礼,把一切象征物品和各色小型仪式都逐出教堂,停止举行一切庆典和节日!加尔文大笔一挥,把日历上所有的节日全都废除。早在基督教早期、在罗马的地下墓穴中就已庆祝过的复活节和圣诞节也就此废止,所有圣人的纪念日也被废止,久已深入人心的风俗习惯全遭废止;加尔文的上帝不要大家崇敬,甚至也不要大家热爱,永远只要大家畏惧。倘若世人试图怀着狂热的心醉神迷的激情,奔放狂喜的情绪接近上帝,而不是永远怀着敬畏之情,远远地侍奉上帝,那纯属狂妄自大。因为这就是加尔文重新估价的最深层的意义所在:为了尽可能地提高神性,使之凌驾于人世之上,加尔文便把世俗性尽可能地压到难以估量的深层地下;为了赋予上帝的理念以最为完美无缺的尊严,他就剥夺了人的思想的权利,把它百般贬抑。这位憎恶人类的宗教改革家从来就认为人类只不过是一群卑劣不堪、放荡不羁的罪人。加尔文一生就无比厌恶我们世界气势浩荡,不可阻挡地从千百个源泉迸涌出来的欢娱之情,对它怀有一种僧侣般的畏惧和惊恐。加尔文一再喟然叹息,上帝凭着什么样难以理解的意旨,把他的造物——人——创造得这样残缺不全,这样违背道德,总是倾向于犯罪,没能认出神性何在,急不可耐地要沉湎于犯罪之中!每次看到他的弟兄们,他总产生一身寒噤,也许从来没有一个伟大的宗教缔造者把人的尊严贬抑到这样低下的程度;人只是一只"难以驯化的狂野的野兽",更为恶毒的是,他把人称作"一堆垃圾"。他在《基督教教理基本纲要》中这样坦率直白地写道:"只要看一看人的自然的禀赋,你就在他身上从头顶到脚底都找不到丝毫善的亮点。在他身上还值得称道的东西,全都来自上帝的恩典……我们所有的公正,都是不公正,我们的功劳乃是污秽,我们的荣誉乃是耻辱。我们身上产生出来的最好的东西,还始终通过肉体的不洁遭到污染,变得堕落下贱。"

谁若在哲学意义上把人看成是上帝的如此失败、如此变态的拙劣产品,那么,不言而喻,作为神学家和政治家的他,永远也不会承认,上帝会允许这样一个怪物哪怕得到最少量的自由或者独立自主。因此必须毫不仁慈地把这样一个毁得不成样子,为他的生活的贪欲所毁的东西予以监护,不得自由行动。因为"如果任由人自己为所欲为,他的灵魂只会从事邪恶之事"。必须彻底打断亚当之子的脊梁,不得狂妄自大地认为,凭着他个人的身份,自己就有什么权利,可以形成他和上帝的关系以及他和尘世的关系。这种顽固意志摧毁得越狠,使人越处于从属地位,对人约束得越严,对他越有好处。就是不能给他自由,因为给他自由,他就滥用!只有用暴力使他屈服于上帝的伟大!只有让他冷静下来不复狂妄自大,使他胆小怕事,直到他不发怨言不做反抗乖乖地进入那虔诚的驯从的一群羊羔之中,直到一切与众不同之处全都消融在普遍的秩序里,个人融化于群众之中!

为了这样无情地剥夺个人的人权,为了这样野兽似的掠夺个人,使集体获益,加尔文使用了一种特别的方法,这就是那著名的"纪律","教会管教"。直到我们今天,还从来没有一个更严酷的进行管教的空间强加在人类身上。从最初的时刻开始,这位天才的组织者就把他的"羊群",他的"集体"圈在一个由条文和禁令组成的铁丝网的后面——那所谓的"各种训令",与此同时特地建立了一个独立的机构,来监督他的道德暴政的施行,这就是"教会监理会"。其任务的定义首先就极为模棱两可:"监督集体,以便上帝得到纯粹的尊崇。"但是这个道德监察官厅的势力范围只是看上去限于宗教生活。因为在加尔文的极权主义的国家观中,世俗的东西和世界观的东西完全紧密相连。因此从此以后即便是最为私人的生活内容也自动地落在官厅的控制之下。教会监理会的差役,那些"长官"奉命"对每个人的生活都要注意"。他们的注意力什么也不得遗漏,不仅是人们"说的话,便是他们的意见和看法都得受到监督"。

不言而喻,这样一种包罗万象的检查在日内瓦开始执行之日起,那里也就没有私人生活了。加尔文一跃就超越了天主教的宗教法庭。宗教法庭还得根据控告和告密,派出特务和探子,而在日内瓦根据加尔文的世界观制定的制度,每个人经常都想作奸犯科。因此每个人从一开始就被看成有犯罪的嫌疑,每个人都必须接受检查。自从加尔文回来之后,家家户户一下子都门窗敞开,四壁突然都由玻璃制成。时时刻刻,不分白天黑夜,都会有人使劲敲门,一位精神警察就会出现,进行"探访",市民不得反抗。从豪富到赤贫,从显贵到卑微者,每月至少有一次得详细回答这些职业的道德警探的询问。一连几个小时——因为在训令中写道:"每人得花些时间,以便在闲暇之中进行检查。"——白发苍苍、备受尊敬、久经考验的男子,得像学童似的经受考查,看他是否能流畅地背诵祷告词或者如何回答,他为何——譬如说——没去聆听加尔文的一次布道。但是单单回答教理问题,接受道德说教,访问并未结束。因为这种道德契卡①无缝不入。他们用手指触摸一下妇女的衣衫,看它是否太长或者太短,是否镶了多此一举的花边,或者领口太低有伤风化。他们打量头发,看发式耸起是否过于花哨,数数手指上戴几枚戒指,柜子里放几双鞋。从盥洗室一直查到厨房的桌子,看是否有一小碗汤或者一小块肉超过了惟一允许的一道菜的命令,或者还在什么地方藏匿了一点点心和果酱。虔诚的警察继续往前检查全屋。他伸手到书柜里,看那里什么地方搁着一本未经教会监理会的审查盖章的书籍,他们翻遍了抽屉匣子,看里面是不是藏着一帧圣像或者一串念珠②。仆人受到盘问,要他们揭发主人。孩子受到盘问,要他们揭发父母。同时这虔诚的警察又谛听窗外,看外面是否有人在唱低俗的歌曲,或者奏乐,或者甚至在痛享欢乐这种魔鬼的恶行。因为从

---

① 契卡,为苏联的秘密警察。道德契卡,指加尔文手下控制市民的监督人员。
② 圣像、念珠,均为天主教所采用,宗教改革后为新教所严禁。

现在开始,在日内瓦就对任何形式的娱乐进行毫不间断的逐猎,逐猎每种"下流故事",市民若在工作之余想到酒店去喝上一杯,或者甚至于掷下色子玩玩纸牌取点乐子,这小子可就惨了!日复一日逐人不休,即便在礼拜天这些道德密探也绝不休息。大街小巷新近都察看了一遍,挨门挨户地敲门而入,看是否有哪个懒鬼或者吊儿郎当的家伙宁可赖在床上,不去认真聆听加尔文的布道,从中得到精神滋养。在教堂里又另有一些密探在注意,准备揭发每个去教堂时迟到早退的家伙。这些官方的道德捍卫者无处不在,工作卖力,不知疲倦。晚上他们逐个搜寻罗纳河畔黝黑的树丛,看是否有一对犯罪的男女在悄悄地亲热,忘情陶醉,在旅店里,他们把陌生人的床铺和箱子翻个乱七八糟。他们拆开从日内瓦寄出或寄到日内瓦来的每封信件,教会监理会组织严密的警觉系统远远地一直延伸到城墙之外。在旅行马车里、在船上、在小艇里、在外国的市场里、在邻城的旅馆客栈里,到处都坐着那些花钱雇佣的密探;任何哪一个不满时局的人在里昂或在巴黎说的每一句话,都会一字不落地向这里汇报。但是使这些原本已经无法忍受的监督工作,变得雪上加霜的是,这些担任官方职务,花钱雇来的监视员之外,不久又出现不计其数的、不招自来的监视员。因为只要一个国家用恐怖拴住他的百姓,那里就必然会有自愿告密的令人反感的植物疯狂滋长。哪里从原则上允许告密,甚至期待人们告密,那么平素正直诚实的人出于恐惧,自己也会变成告密者:只不过为了摆脱嫌疑,免得人家说自己"犯了有损上帝荣誉之罪",每个市民都斜眼偷觑自己身边的人。恐怖激发的热忱焦躁不耐地走在一切告密者的前头。几年之后,其实教会监理会"完全可以停止布置任何监视",因为所有的市民已经自觉自愿地变成了监督者。污浊的告密洪流不分日夜,恣意涌流,使得精神上的宗教法庭的磨轮不断地旋转。

既然加尔文把一切使生活欢乐,使生活有价值的东西全都予以禁止,在这种不断施行道德恐怖的情况下,人们动辄都有逾越上帝诫命之罪嫌,又怎么可能感到安全?剧院、娱乐场所、民间庆典,各种形式的跳舞游戏全都被禁;甚至像溜冰这样一种无害的体育也引起了加尔文的肝火,使他恼怒异常。除了最质朴,直如僧侣长袍的服装之外,其他任何服装全都被禁。所以如果没有市政委员会的允许,裁缝不得缝制任何新款式的衣服。女孩子在十五岁之前禁穿绸裙,过了十五岁又禁穿天鹅绒的裙子。凡有金银刺绣,饰有金丝带金纽扣的衣裳、金发夹、金鞋扣统统被禁。同样严禁使用任何黄金和首饰。男子禁留长发。妇女的发式不得把头发往上梳起,或使头发打卷。禁止使用带花边的女子头饰、手套、镶边、开口皮鞋。禁止乘坐轿子和豪华马车。禁止举办超过二十人的家庭庆典;禁止在洗礼或订婚礼的宴会上,提供超过一定数量的菜肴甚至加上甜食,诸如加工过的水果。除了本地酿造的红酒之外,禁止饮用其他酒类。禁止互相敬酒,禁止食用野味、家禽和有馅点心。禁止新婚夫妇在婚礼上,或在婚后六个月互赠礼物。任何婚外性交不言而喻全都禁止,即便是订了婚的未婚夫妇,也不得宽容。本地人禁止进入旅馆,客店老板也禁止向外地来人提供饮食,除非此人先做祈祷,此外客店老板奉到严格命令,有义务暗中侦察他的客人,努力地①注意可疑的一言一行。禁止未经许可,付印任何书籍,或向国外写信。各式各样的艺术一律禁止。圣像和雕塑被禁,音乐被禁。即使在演唱虔诚的赞美诗时,"训令"也下令要大家"仔细认真",注意力不得集中在赞美诗的旋律上,而要注意词句的精神和意义,因为"上帝只应该在鲜活的词句中得到赞美。"甚至在洗礼时给孩子取受洗的名字,从前一向是由市民自由选择,如今也不允许。沿用几百年大家熟悉的名字克劳德(Claude)或者阿玛黛(Amadé),现在禁止使用。因为《圣经》里没有这两个名字,而把《圣经》里的名字诸如伊萨克(Isaak)和亚当(Adam),强加给市民。禁止用拉丁文念诵"天主经",禁止庆祝复活节和圣诞节。一切打破灰色冷漠的日常生活的庆祝活动,全都禁止。不言而喻,以印刷的文字或者口头的语言表示出来的任何一种精神自由的影子或者光芒,都得禁止。而对加尔文的独裁专制进行的任何批评,则被视为一切罪行中最严重的罪行,——自然遭到严禁。全城击鼓发出严正警告,"对公共事务发表的意见千万不要和市议会的意见不同。"

严禁、严禁、严禁:令人毛骨悚然的节奏。人们错愕地反问自己:有那

---

① 原文为意大利文。

么多禁令,究竟还有什么事情是允许日内瓦的市民做的呢?可做的事不多。允许你活,允许你死,允许你工作,允许你听话、服从、上教堂去。或者不如说,最后一条不仅允许,还是法律上严格命令,非做不可,否则将受到最严厉的惩罚。因为市民如若耽误时间,没去听他本教区的布道,那他就惨了。星期天布道两次,每周布道三次,这是孩子们怡养德行的时光!即使在主日(即礼拜天)强制的枷锁也不会松动,尽忠职责的过程无情地循环往复,尽忠职责、职责、职责。为了赚得每天的面包顽强效力,接着便为上帝效力,一个星期干活,星期天便去教堂。只有这样才能把附在人身上的撒旦杀死,这样一来,每种自由和生活的乐趣自然也一同消灭。

人们不胜惊讶地反躬自问,一座共和主义的城市,几十年来生活在赫尔维蒂安①的自由之中,怎么可能忍受这样一种萨沃那罗拉式②的独裁专制,迄今为止,一直是南国欢乐开朗的民族,怎么能容忍人家这样扼杀生活乐趣?一个知识分子型的禁欲主义者怎么可能孤身一人这样完完全全地强奸成千上万人生存的乐趣?加尔文的秘密并非崭新的独创,只是自古以来一切独裁专制永恒的秘密:恐怖。请别弄错。暴力,遇到什么东西都不会吓退,把任何人道思想都视为弱点,肆意嘲笑,这种暴力是强大无比的力量。一种经过周密系统思考的国家恐怖,以专制独裁的方式予以施行,麻痹了个人的意志,使集体社会解体掏空。恐怖就像一种侵蚀性很强的疾病,逐步侵入人的灵魂,不久——这就是它最后的秘密——普遍的怯懦成为它的助手和帮凶。因为人人感到受人怀疑,也就怀疑别人,出于恐惧,那些胆小怕事的人,甚至热心过头,跑到专制暴君的命令和禁令之前。一种组织完备的恐怖政权,总能创造奇迹。倘若关系到他的权威,加尔文从来也不犹豫,总是一再使这奇迹成为现实。就坚决无情而言,没有哪一个精神暴君超过他。加尔文的顽强——犹如他的一切性格特点——其实只是他意识形态的产品,但这无法为他开脱。这位纯粹精神的人物,

---

① 赫尔维蒂安:公元前的赫尔维蒂人占领高卢南部地区及今日的瑞士,是为赫尔维蒂人之国。至今瑞士仍自称赫尔维蒂安。
② 基罗拉莫·萨沃那罗拉(1452—1498),意大利神父,鼓吹一种神权统治的民主,主张以严格的禁欲主义措施改革教皇治下的腐败,与教皇发生冲突,后被处死。

这位神经敏锐的人,这位知识分子,肯定极端厌恶鲜血——就像他自己所承认的——他无法忍受残忍。他也许永远也无法亲自参与一次在日内瓦进行的严刑拷打或者施行火刑。可是这全都是这些理论家们最严重的罪行,他们自己没有坚强的神经哪怕就观看一次执行死刑,或者甚至亲自去执行死刑,——再说一遍:罗伯斯庇尔的类型,——但是只要他们觉得,内心得到他们的"理念",他们的理论,他们的制度的掩护,他们就毫无顾忌地下达几百道这样的死刑判决书。态度顽固,对每个"罪人"都毫不怜悯,这被加尔文视为他的制度的最高章程,而不折不扣地执行这一制度,从世界观而言,又被视为上帝加诸他的一项工作。这样他就认为,违反他的本性来教育自己变得冷酷无情,再把这种冷酷无情经过培训,系统地锻造成残忍,这只是他的职责所在。他"练习"变得严酷无情就像训练自己掌握一门崇高的艺术:"我训练自己采取严厉态度,来战胜普遍的恶行。"当然,这位具有钢铁意志的人极为成功地掌握了自我约束的能力,学会态度冷酷。他公开承认,他宁可看见一个无辜的人受到惩罚,也不愿看见一个罪人逃脱了上帝的审判。有一次,由于刽子手动作笨拙,行刑延长,成了并非故意的折磨。加尔文写信给法累尔表示歉意。"被判刑的犯人不得不忍受这样延长的苦刑,肯定没有上帝的特别意志不致如此。"加尔文于是论证:倘若需要维护"上帝的荣誉",宁可过严,不可过宽。只有不断惩罚,才能产生一个有道德的人类。

　　把基督设想成这样冷酷无情,把上帝设想成要不断地"维护自己的荣誉",这样的论点只能在一个还是中世纪的世界里化为现实,不难想像,这会多么草菅人命。在加尔文统治的最初五年,在这座相对来说比较小型的城市里,就有十三人处以绞刑,十人斩首,三十五人活活烧死。除此之外,还有七十六人被扫地出门。许多及时逃脱这种恐怖的人还不计算在内。于是在这座"新的耶路撒冷"里,所有的监狱不久就人满为患。监狱长不得不向市政委员会报告,他已无法再接纳其他囚犯。这种令人心惊胆战的刑罚,不仅用来对待已经判刑的犯人,也用来对付稍有嫌疑的人。受到控告的人宁可自我了断,也不愿被拖进刑讯室去。最后市议会甚至不得不发布命令,因犯必须白天黑夜都戴上手铐,为了阻止"这种意外事件发生"。但是从来没有人听见加尔文说一句话,来停止这种令人毛骨悚然的酷刑。相反,根据加尔文的建议,在叫人痛苦的行刑拷问之际,除了拧转大拇指和牵引肢体绳之外,还加上烧烤双脚,烧灼脚底。这座城市为了"秩序"和"教化"所付出的代价,实在大得可怕。因为日内瓦在加尔文以上帝的名义统治该城之前,还从来没有做出过这么多血腥的判决,还从来没有采用过这么多刑罚、拷打,还从来没有那么多人流亡。所以巴尔扎克完全有理由说加尔文的宗教恐惧,远比法国大革命时发生的一切血腥暴行更为令人发指。"加尔文狂暴的宗教褊狭,缺乏宽容,比罗伯斯庇尔的政治上的缺乏宽容从道义上讲更加周密,更加无情。倘若他得到一个比日内瓦更加广阔的施展身手的空间,加尔文一定会比主张政治上一律平等的可怕的使徒①,溅洒更多的鲜血。"

尽管如此,加尔文用来摧毁日内瓦人热爱自由的感觉的手段,主要的并不是这些野蛮的血腥判决,而是系统的烦恼和每天对人的恐吓。乍一看,加尔文在他的《纪律》里掺进去的那些芝麻绿豆般无足轻重的小事,也许显得可笑。但是请别低估这种方式的精妙绝伦。加尔文故意把他禁令的网编织得细小紧密,结果就完全不可能从中溜走,或置身事外;他故意把禁令设置在琐碎小事,鸡毛蒜皮之上,这样每个人就不断地感到自己有罪,于是便出现一种对无所不能、无所不知的权威持续不断的恐惧状态之中。因为,在人们每天行走的道路的前后,设置的陷阱越多,此人就越发不容易自由自在、昂首挺胸大步前进。不久,在日内瓦,已不可能感到安全。因为教会监理会其实也把无拘无束地自由呼吸宣布为罪行。只消翻阅一下会议记录的名单,就可以理解这种吓唬人的方法实在精妙绝伦。有个市民在一次洗礼上发出微笑:判三天监禁。另一个市民由于夏天炎热感到疲劳,在布道时睡着了:关进监狱。工人把肉馅饼当作早餐:罚三天只能喝白水吃面包。两个市民玩了保龄球:坐牢。另外两个掷色子,赌注是四分之一升葡萄酒:坐牢。有名男子拒绝在他儿子受洗礼时给予亚伯拉罕这个名字:坐牢。有个瞎眼的小提琴手奏乐让人跳舞:驱逐出城。

---

① 使徒,主要指耶稣的十二门徒,他们的责任在于传播福音,这里指的是罗伯斯庇尔。

另一个人赞美卡斯台利奥的《圣经》译文:驱逐出城。一个女孩在溜冰时被人撞见,一个女人扑倒在她丈夫的坟上,一个市民在做礼拜时给他身边的人一撮鼻烟:都被传到教会监理会去,受到警告、受罚忏悔赎罪,如此等等,如此等等,没完没了,没有止境。快活的人们在三王来朝日把一粒豆子放进蛋糕①:被罚二十四小时只许喝白水吃面包。有个市民称加尔文为先生,而不是叫他大师。有几个农民按照古老的习俗上了教堂之后谈论生意:坐牢,坐牢,统统坐牢!有名男子玩了纸牌:被捆在耻辱柱上,把纸牌挂上他的脖子。另一个市民在大街上忘乎所以地唱起歌来:罚他"到外面去唱",这就是说:放逐到城外。两个船夫的小伙计斗殴,并没有打死任何人:统统处死。三个未成年的男孩相互之间做些下流的事情,先被判处火刑,后来得到赦免,罚他们站在熊熊燃烧的柴堆旁示众。当然,反对加尔文在治国和宗教方面无错误论的任何活动,受到的惩罚最为厉害。有个人公开发表讲话,反对加尔文的天命注定论的学说,罚他在全城各个十字路口,受到鞭笞直到鲜血直流,然后遭到流放。有个印书匠醉酒之后,辱骂加尔文,便用灼热的铁条刺穿他的舌头,然后把他赶出城去。雅克·格吕哀②遭到刑讯拷打,然后处死,只因为他称加尔文为伪君子。每个过失,哪怕小到微不足道的地步,全都认真仔细地载入教会监理会的档案。这样,每个市民的私人生活全都一览无余。加尔文的道德风纪警察和他本人一样,既不会遗忘什么,也不会原谅什么。

这样一个警钟长鸣的恐怖统治,最后不可避免地必然会摧毁个人和群体的尊严和力量。倘若在一个国家制度里,每个市民必须时刻准备好被人询问,受人审查,遭到判刑,倘若他知道,每做一件事,每说一句话,都会有看不见的密探在对他窥视侦察,倘若不分白天黑夜,大门就会出乎意料地突然打开,"搜查"就会破门而入,那么人们的神经就会渐渐松弛,群众性的恐惧就会产生,即使最突出的勇敢分子受到传染也会渐渐染上惊恐。抗争这样徒劳,最后维护自我的意志必然麻痹。通过加尔文的管教

---

① 把一粒豆子放进蛋糕,然后把蛋糕分而食之,吃到豆粒者胜。原是游戏,亦可变为赌博。故遭禁。
② 雅克·格吕哀(?—1547),日内瓦自由派代表人物之一,因反对加尔文被处死。

加尔文

制度,通过这种纪律,日内瓦城不久果然变成了加尔文所希望的那样:敬畏上帝,胆小怕事,冷静冷漠,不做反抗,心甘情愿地屈服于惟一的意志:加尔文的意志。

  这种纪律施行几年之后,日内瓦开始发生变化。就像有一张灰蒙蒙的纱幕笼罩在这座以往自由自在欢乐欣喜的城市之上,花花绿绿的衣裳就此消失,斑斓绚丽的色彩洗刷尽净,教堂的钟楼不再发出钟响,大街上再也听不见欢快开朗的歌声。每幢房子全都变得光秃秃的毫无修饰,就像加尔文教的一座教堂。从此提琴不再奏响邀人翩翩起舞,保龄球不再欢蹦乱跳地滚进球道,骨制的色子不再在桌子上轻轻叮咚乱撞,饭店也就无人光顾。舞池里空无一人,幽暗的林荫道,以往一直是钟情的爱侣出没的地方,现在阒无人迹。只有教堂里空旷无物的内厅,每逢星期天聚集了神情严肃、沉默无语的人群。城市得到了另外一副容貌,严峻、郁闷,加尔文的容貌。城里其他居民,由于恐惧或者无意中想要适应,渐渐地也全都接受了他那僵硬的态度,他那阴沉的喜怒不形于色的自我封闭的态度。他们走路,再也不是步履轻盈,体态放松,他们看人,目光再也不敢显示温暖的眼神,唯恐亲切被当成好色。他们已不会举止大大方方,由于害怕这个阴鸷的人,他自己可是从来也不流露欢快的情绪。甚至在至爱亲人最狭小的圈子里,他们也养成悄声耳语的习惯,不再扬声说话,因为隔墙有耳,门背后也许会有仆役和使女窃听。恐惧已成为慢性病,使他们到处都感到有隐身不露的暗鬼和密探,在暗中监视他们的一举一动。尽量别引人注意!千万不要因为服装怪异、说话冒失、表情欢快而引人注意!千万别引人怀疑,只求被人遗忘。日内瓦人恨不得就待在家里,至少门闩和墙壁在一定程度上还能保护他们免遭窥视和遭人怀疑。但是倘若他们碰巧看见有个教会监理会的人沿着大街走来,马上就吓得脸色苍白,心惊胆战地从窗口退了回来。有谁知道,邻居向上面报告了他们什么事,或者说了他们什么话?倘若不得不出门上街,他们就低眉敛目、一声不吭地、穿着黑色的大衣默默地溜着墙根往前走,仿佛是去听布道,或者去参加葬礼。甚至于孩子,在这种新式的严厉的训导下长大成人,从小在"修身课"上吓得要命,游戏时已经不再纵情疯玩,不再大声喊叫,他们也都缩着脖子,畏首畏尾,就像害怕会挨到看不见的重重一击。他们就像那些终年不见阳光,只在寒冷的阴影中成长的花朵一样,这些孩子也没有鲜活气息,一副怯生生的样子。这个城市的生活节奏,犹如钟表,滴答滴答。节奏分明,悲悲惨惨,冷冷清清,从来不被喜庆节日打断,单调乏味,循规蹈矩,切实可靠。倘若外地人初次走过城里的街道,定会以为全城都在举丧。人们的目光是这样阴沉冷漠,大街小巷是这样沉寂,毫无欢乐气氛,绝不兴高采烈,而是压抑沉闷。当然训导严格,纪律严明,这都妙不可言。但是加尔文强加给此城的这种严格的循规蹈矩,安分守己,代价惊人,这是以不可估量的损失为代价换来的,失掉一切只有在精力充盈、狂放不羁时才能产生的神圣的力量。尽管这座城市能说自己拥有一大批信仰虔诚、敬畏上帝的市民、布道勤奋的神学家和态度严谨的学者,可是即使在加尔文身后二百年,日内瓦也未能创造出一名拥有世界声誉的画家、音乐家和艺术家。与众不同的特色,牺牲于四平八稳之中。独创性的自由精神,为委曲求全的驯从奴性所压倒。等到又有一位艺术家在这座城市里诞生,他整个一生都在为捍卫个性不遭强暴而进行反抗。只有等到此城最为独立无羁的市民,让·雅克·卢梭①出生,日内瓦才完完全全地从加尔文的精神桎梏下解放出来。

---

① 让·雅克·卢梭(1712—1778),法国启蒙运动思想家,哲学家,文学家。生于日内瓦。对法国大革命有巨大影响。

四　卡斯台利奥出场

　　对一个独裁者敬而远之绝不意味着对他无比爱戴,谁若表面上屈服于一种恐怖,并不因而就完全承认它有理由存在。当然:在加尔文重返日内瓦的最初几个月里,市民和官厅还都一致对他赞赏有加。所有的党派似乎都倾向于他这一边。从此只有一党存在,大多数人起先都热情洋溢地沾染上一党统治的热狂。可是不久,大家开始冷静下来。因为那些把加尔文请来维持秩序的人,不言而喻,都暗暗希望等到"纪律"一旦稳固,这个阴狠的独裁者所推行的超乎道德的严峻措施也会随之松弛下来。可是情况完全不同。他们发现,勒住人的缰绳,一天比一天绷得更紧。他们丧失了个人的自由和欢乐,做出了重大的牺牲,却从未听到过片言只语的感谢。他们只能愤怒地听到从布道台上传来这样的话语,诸如:绞死七八百年轻的日内瓦人,极有必要竖立绞架,这样终于可以把真正的德行和风纪引进这座道德沦丧的城市。现在这些人才发现,他们没有请到治愈心灵病患的医生,而是把束缚他们自由的监狱看守召进了他们城里。加尔文采取的日益严厉的强制措施,最终使他最忠实的追随者也无比恼火。

　　所以仅仅几个月之久,日内瓦城里新近对加尔文出现了不满情绪:他的"纪律",远远看去,作为一种人们心向往之的景象,远比在它霸气十足的现实里要诱人得多。于是罗曼蒂克的斑斓色彩逐渐脱落,昨天还欢呼雀跃的人,现在开始轻声呻吟。可是每一次都需要有个十分明显、人人理解的缘由,来震撼独裁者头上的光环。而这个缘由旋即出现。可怕的黑死病在城里猖獗施虐达三年之久(从1542年到1545年)。在这三年里,日内瓦人从人性的角度看，对于教会监理会永远正确不会产生谬误这点，开始表示怀疑。因为布道师们平素要求每个病人必须在三天之内请神职人员来到床前，否则便威胁着要施以最严厉的惩罚。可是等到这批布道师中有一个人染病死亡，他们就听任黑死病医院里的病人在得不到宗教安慰的情况下苟延残喘，逐一死去。市政委员会苦苦哀求，"至少能够有一位教会监理会的成员愿意在精神上鼓励黑死病院里可怜的病人，给他们安慰。"可是除了学校的校长卡斯台利奥之外，没有一个教会监理会的成员应召前来报名。可是这项任务并没有委托给卡斯台利奥，因为他不是教会监理会的成员。加尔文自己则叫他的同事们宣布他是"不可缺少的人员"，并且自己公开承认，"这事和我无关。不能为了帮助一部分人，而把整个教会置之不顾。"可是其他布道师并没有这样举足轻重的使命要捍卫，也都顽固地躲在后面，远离危险。市议会向这些胆怯的灵魂的牧人发出的一切请求全都枉然：其中一人甚至不加遮拦，坦率宣布，"他们宁可去绞刑场也不去黑死病医院。"一五四三年一月五日，日内瓦经历了一个令人瞠目结舌的场景。城里所有宗教改革后的布道师，以加尔文为首，出现在市议会会议，在那里公开发表一篇令人羞愧的自白。他们当中没有一个人有勇气踏进黑死病医院，尽管他们都知道，无论是在顺利的日子里或是恶劣的日子里，侍奉上帝和上帝神圣的教会是他们的职责所在。

　　再也没有比领袖个人的勇气对于人民发生的影响更加令人信服的了。在马赛，在维也纳，在其他许多城市几百年后还在纪念那些英勇的布道师，他们在大闹瘟疫的时期，给医院里的病人送去安慰。人民永远也不会忘记领袖们的这种英勇事迹，更不会忘记领袖们在关键时刻表现出来的怯懦。现在日内瓦人暗含嘲讽，观察和取笑这些布道师，他们在讲经台上慷慨激昂地要求大家做出最大的牺牲，可是自己却并不准备做出最细小的奉献。为了分散大众普遍的愤怒，他们想出了一场很不光彩的戏剧，可是徒劳。那就是，奉市议会的命令，把几个饿饭的家伙抓起来，极为残酷地严刑拷打，直到他们承认，他们用魔鬼的屎尿制成油膏，涂抹在各家的门把上，从而把黑死病带进日内瓦城里。加尔文作为人文主义者非但没有挺身而出，十分轻蔑地反驳这种老太婆瞎说的胡言乱语，这位从不理睬往昔的聪明人,居然承认自己对这种中世纪的奇思妄想坚信不疑,竭力捍卫。他公开宣称,这些散播黑死病的家伙纯属活该,这话很伤他的威信。但是他在讲经台上说有人因为不信上帝,在大青白日被魔鬼从床上抓起来,扔进罗纳河里,这话可比那句话对他更为有害。加尔文不得不第一次经历到,有些听众丝毫不加掩饰他们对这种迷信态度露出的嘲笑神情。

总而言之,对领袖无错误论①的信念,是每一个独裁者都不可缺少的权力心理因素,这种信念在这次黑死病施虐的时期破坏了一大部分。人们开始明显地冷静下来:反抗出现,范围越来越广。对于加尔文而言,这种反抗幸亏仅仅是扩大范围,并未聚集起来。因为对于任何时期的独裁专制而言,暂时的优势在于,它在数量上,虽说早已只占少数,它的军事化的意志却表现得坚强一致。而反对它的意志来自四面八方,动机千差万别,永远不可能团结起来,或者一直要到以后才能凝结成真正的冲击力量。许多民众,哪怕再多的民众内心反抗独裁专制,只要他们没有团结一致,制定一种统一的计划,拥有一种严整紧密的组织结构,他们的反抗就毫无用处。因此一个独裁者的权威从最初受到震撼到他最后垮台,在大多数情况下,还有一条漫长而艰难的道路要走。加尔文、他的教会监理会、他的布道师们和他的从境外流亡而来的追随者们意志坚定,坚若岩石,这股力量团结一致,目标明确。相反,他的反对者们来自各个领域,各个阶级,彼此毫无关联。一方面是从前的天主教徒,他们还秘密地信奉旧日的信仰,除了他们以外,也有嗜饮的酒友,当局关闭了他们通常畅饮的酒店,还有那些不得再浓妆艳抹的妇女们,再就是旧日日内瓦的城市贵族,他们对于这些一无所有的新生穷鬼十分恼火,这些人刚从流亡地回来就得到接纳,安插在各个官厅里面——这股在数量上大占优势的反对派,一方面包括城里最高贵的人士,另一方面又包括最寒碜卑下的分子。但是只要这种不满情绪不和某种思想挂钩,他们只是茬弱无力的瞎吵瞎闹

---

① 领袖无错误论,源于天主教主张的教皇无错误论,都是教会愚民的手段。领袖或教皇的言行全都正确,不会有错,不得怀疑。谁若胆敢怀疑,便犯了弥天大罪,必须惩罚。

之辈,只是一股暗藏的力量,而不是真正的力量。七拼八凑的乌合之众从来也不可能抗击一支武装齐备的军队,未经组织的不满情绪,永远无法抗拒组织完备的恐怖势力。因此在开头几年,对于加尔文而言,控制这批四分五裂的人群,轻松异常。因为这些人永远也不可能作为一个整体和他对垒。他不时左刺一剑右刺一剑就能把他们统统干掉。

对于一个怀有某种理念的人,真正危险的永远只可能是向他提出另外一种思想的人。加尔文以他洞察一切,疑心很重的目光立即看出这点。因为从最初的时刻到最后的时光,他在所有的反对者中,最害怕的就是那惟一的人。此人在精神上和道德上和他平起平坐。他以一个有着自由信念者的全部激情,奋起反抗加尔文的精神独裁专制:此人便是赛巴斯蒂安·卡斯台利奥。

流传给我们的卡斯台利奥的肖像仅仅只有一帧,可惜只是一帧平庸的肖像。像上显示的是一张精神灵动、神情严肃的脸,有着一双坦诚直率,你甚至想说,真实可信的眼睛。额头高爽开阔:就相貌而论,这张脸并没有表示更多的内涵。这不是一幅可以让人直窥性格深处的画像。但是这个人的最为本质的性格特点,还是表露了出来,不致让人误解:那就是他内心的安稳和平衡。若把加尔文和卡斯台利奥这两个对手的肖像放在一起互相比较,那么两人日后在精神方面表现出来的这样泾渭分明的差别,在感性方面便已看得清清楚楚:加尔文的脸神情紧张,有一股痉挛般病态地汇集起来的干劲,迫不及待地想要发泄出来,难以遏制。卡斯台利奥的脸温和柔顺,一副从容不迫耐心等待的神气。一个的眼光火焰熊熊,另一个的目光幽暗平静。焦躁不耐冲着沉稳忍耐,狂躁的激情冲着沉着的决心,狂热盲从冲着人文精神。

我们对于卡斯台利奥的外表知之甚少,对于他的青年时代,我们几乎也同样了解不多。一五一五年他出生在瑞士、法国和萨伏依之间的边界地区,比加尔文小六岁。他的家庭自称夏蒂容(Chatillon)或者夏塔容(Chataillon),也许在萨伏依统治下有时又叫卡斯台利奥纳(Castellione)或卡斯蒂利奥纳(Castiglione),但是他的母语并非意大利语,而是法语。当然不久之后,他自己真正采用的语言却是拉丁语,因为在二十岁时,卡斯台利奥在里昂大学当了大学生,除了掌握法语、意大利语之外,还精通拉丁文、希腊文和希伯来文,后来又学习了德语。即使在其他一切学科方面,他的勤奋好学和丰富知识也十分出众,人文主义者和神学家都异口同声地称他为当时最为博学多识之士。起先是音乐艺术吸引了这个青年学生,他极为穷困,却勇气百倍地以授课维持生计,从而产生了一批拉丁文的诗文。可是不久,一股更加强烈的激情超过他对业已逝去的往日所怀的激情:他对当代的新问题感到浓烈兴趣。古典的人文主义,我们若从历史的角度来观察它,其实只有很短暂的一段光辉灿烂的时间,就是伟大的覆盖全世界的文艺复兴和宗教改革时期之间的短短几十年。只有在这短暂的时间,年轻人希望通过古典作家的复兴和系统的教育,来解救世界。可是不久这一代人当中最为激情奔放,最为优秀出色的人才发现,从古老的羊皮纸里把西塞罗和图基狄德斯①的作品一再进行加工,只是老年人的工作和低下的车夫的工作,与此同时,一场宗教革命,犹如一阵森林大火似的从德国传来,攫住了千百万人的灵魂。不久在所有的大学里讨论得更多的是新教和旧教,而不是讨论柏拉图和亚里斯多德。教授们和大学生们不再研究古老的法学家演说摘录的汇编,而去研究《圣经》。就像在以后的年代里,政治、民族或者社会的波浪席卷了欧洲全部年轻人,在十六世纪则是一种不可阻挡的激情驱使他们在当代宗教思想上一同思考,一同讨论,互相帮助。卡斯台利奥也为这股激情所攫住,而对他的人道天性的形成起决定作用的,则是一段个人的经历。他在里昂第一次目睹了焚烧异端分子的场景。一方面是宗教法庭的残忍,另一方面则是牺牲者视死如归的英勇气概,使他心灵深处极受震撼。从这一天起,他下定决心,要为新的学说而生,为这种学说而奋斗,他在这种学说里看到了自由和解放。

不言而喻,这位二十五岁的年轻学者在内心决定支持宗教改革之时起,他在法国,生命便遭到危险。不论在什么地方,只要一个国家或者一

---

① 马库斯·图利乌斯·西塞罗(前106—前43),古罗马政治家,演说家。图基狄德斯,又译:修昔底德(前460？—前404？),古希腊军事家,历史学家。

个制度使用暴力来镇压信仰自由,对于那些不愿屈从、不愿让自己的良心遭到强暴的人,只有三条道路可供选择:可以公开反对国家恐怖,从而成为烈士;贝尔甘和哀济埃纳·多莱①选择的便是这条进行公开反抗的勇敢至极的道路。当然他们为自己奋起反抗,付出了焚身柴堆的惨痛代价。或者为了保持内心的自由,同时也保住自己的生命,可以表面上屈从,隐匿自己的意见——这就是埃斯拉姆斯和拉伯雷的技巧。他们表面上和教会与国家保持和平状态,披着学者的外衣或者戴着小丑的小帽,从背后射出浸了毒汁的剑矢。他们灵巧地避开暴力,以奥德赛②的方式,用计谋蒙骗残暴行径。第三条出路乃是流亡国外:他们在国内遭到迫害和唾弃,便试图把内心自由完整无缺地带到另一个地方,在那里可以不受干涉自由自在地呼吸。卡斯台利奥生性耿直,但是软弱,他选择了加尔文一样最和平的道路。一五四〇年春,他在里昂心情沉痛地看到第一批新教的殉道者被活活烧死以后不久,他就离开祖国,决定从此以后作为新教学说的信使和传播者。

卡斯台利奥首先前往斯特拉斯堡,为了接近加尔文③,是为了加尔文的缘故,就像大多数这类宗教流亡者一样。因为自从加尔文在他《基本纲要》的前言里,如此英勇大胆地向弗朗茨一世④要求宽容和信仰自由以来,尽管他年纪还轻,已被全体法国青年公认为新教学说的宣告者和旗手。受到同样迫害的流亡者都希望向他学习。他善于提出要求,并确定目标。大家希望从他那里获得终身为之奋斗的任务。因为卡斯台利奥天性渴望自由,还认定加尔文就是精神自由的代表,便作为学生,一个热心的学生,立即前往加尔文的家里,加尔文太太在斯特拉斯堡为传播新学说的未来传教士设立了一个大学生旅舍,卡斯台利奥在那里住了一个礼拜。可是期望和大师建立进一步的关系,一时还不可能,因为加尔文不久在沃

---

① 路易·德·贝尔甘(1490?—1529),法国人文主义者,因"异端"罪被宗教法庭判处死刑。哀济埃纳·多莱(1509—1546),法国人文主义者,后被判处火刑。
② 奥德修斯,荷马史诗《奥德赛》中人物,此人足智多谋,特洛伊城因其木马计而被攻陷。
③ 原文为拉丁文。
④ 弗朗茨一世(1494—1547),法国国王。

尔姆斯和哈格瑙①的两次宗教会议上被撤职。第一次建立联系的机会错过了。但是当时才二十四岁的卡斯台利奥已经给加尔文留下了极为深刻的印象,这点不久就获得证明。因为加尔文最终被召回日内瓦的事刚一确定,根据法累尔的建议,无疑也得到加尔文的赞同,卡斯台利奥这位年纪轻轻的学者就被任命为日内瓦学校的教师,并且特地给他加上校长的头衔,有两位助理教师充当他的助手。此外,还交付给卡斯台利奥他所期望的职责,在日内瓦的一个教区梵德娄弗的教堂里布道。

卡斯台利奥完全不负所望,此外他的教学活动还给他带来特别的文学上的成功。为了更好地激发学生学习拉丁文的动力,卡斯台利奥把《旧约》和《新约》中最为形象生动的插曲翻译成拉丁文对话的形式。这本小书,原来只是作为日内瓦的孩子学习拉丁文的辅助教材,不久竟成为举世闻名的著作,就文学和教育学的效果而言,也许可以和埃拉斯姆斯的《知心的谈话》②相提并论。在几世纪后,这本小书还一再重版,起码出版了四十七次之多,几十万学生用它学会古典拉丁语的基础知识。尽管就他人文主义的抱负而言,这本拉丁文的初级课本仅仅是部次要作品,偶然之作。但是卡斯台利奥通过这本处女作已登上时代精神的前台。

但是卡斯台利奥的雄心壮志远远不止于为学童撰写一本受人欢迎、十分有用的手册。他放弃人文主义的研究,并不是为了在许多小事上分散他的力量和学问。这位理想主义的年轻人胸怀崇高的计划,在某种意义上是要一举重复和超越埃拉斯姆斯和路德的惊人壮举:他的计划乃是把整部《圣经》再次译成拉丁文和法文。他的民族,法兰西人民也得拥有全部真理,就像通过埃拉斯姆斯和路德的独创性意志,使整个人文主义的世界和德语世界获取全部真理一样。卡斯台利奥凭着他性格中坚忍不拔、默默无言的信念,开始着手去完成这一规模宏大的任务。这位年轻的学者白天通过薪金菲薄的工作为全家挣得每日寒碜的吃穿用度,夜里他就一夜一夜地从事这最为神圣的计划,他将为之奉献终生。

---

① 沃尔姆斯和哈格瑙,两次最高宗教会议在此二城召开。
② 埃拉斯姆斯的《知心的谈话》(1518),极为畅销。

然而，在卡斯台利奥迈出这第一步时，就碰到了坚决的反对。日内瓦的一位书商表示，准备印刷他的《圣经》拉丁文译文的第一部分。但是在日内瓦，一切有关精神和宗教的事务，加尔文都是一个权力无限的独裁者。没有他首肯许可，在城墙之内，任何书籍都不得付印。书报检查历来都是一切独裁专制自然而然的近亲之子。

于是卡斯台利奥便去见加尔文，一位学者去见另一位学者，一位神学家去见另一位神学家。他以亲切友好的态度恳请加尔文给他出具出版许可。但是具有威权思想的人，总把独立思考者看成无法忍受的敌对者。加尔文的第一个反应便是生气，难以掩饰的恼火。因为他自己给他一个亲戚译的《圣经》法文译本写了前言，在某种意义上也是一部普遍赞赏的作品①，新教世界公开承认的译文。"这个年轻人"怎么这样"大胆"，竟然那样狂妄，毫不谦虚，敢于不承认他亲自肯定的，他自己也参加译述的这个版本是惟一有效、惟一正确的版本，而是标新立异，取而代之，另外再搞一个他自己的新版本！在加尔文给维累②的信里可以清楚地感觉到他对卡斯台利奥的"放肆"火冒三丈。"现在请你听听我们赛巴斯蒂安的想像力：让我们有理由大笑，但是也有理由大怒。三天前他跑来见我，请我给予许可出版他的《新约全书》的译文。"从这讽刺的口吻就可以想像，他是如何亲切地接待他的竞争者的。事实上他十分干脆地就把卡斯台利奥打发走了。他说，他乐于给卡斯台利奥出具一张出版的许可，但是要有一个条件。他得先读一下译文，并把他认为需要修改的地方予以改正。

卡斯台利奥的性格并没有毫无虚荣的自我欣赏或者自以为是的特点。他从来不像加尔文那样，认为自己的意见是惟一正确的，自己对任何事情的意见是无懈可击无可指摘的。他日后为这一译本所写的前言，简直在学术上、人性上都可看作谦虚的典范。他在前言中坦率地写道，他自己并没有全部明白《圣经》的所有段落。因而警告读者，不要毫无顾虑地信任他的译文。因为《圣经》一书，晦涩难懂，充满了矛盾。他所提供的

---

① 原文为拉丁文。
② 彼耶尔·维累(1511—1571)，瑞士宗教改革家。

埃拉斯姆斯

只是一种解释,绝非满有把握的译文。

可是尽管卡斯台利奥如此谦虚,富有人性地评价自己的译著,可是对自己作为一个人而言,他却把个人的独立性的高贵置于无可估量的崇高地位。他意识到,作为希伯来文和古希腊文学者而言,绝不在加尔文之下。他完全有权认为这种想要居高临下地进行审查的打算,这种要他"进行改正"的威权要求,是对他的一种贬抑。在一个自由的共和国里,学者和学者之间,神学家和神学家之间,地位相当,一律平等。他不愿意把自己和加尔文之间的关系置于师生关系之中,不愿让他的作品任人像学童的作业一样用红笔划来划去。为了寻找一条人性的出路,并且向加尔文表示他个人的敬意,他建议,在加尔文认为合适的任何时候,向加尔文朗读他的手稿,并且事先表示,愿意采纳加尔文的一切忠告和建议。但是加尔文的原则是反对任何形式的妥协。他不愿意只做做顾问,他要的是发号施令。他干脆利索地断然拒绝:"我告诉他,即使他答应给我一百枚金币,我也不准备受到束缚,在某个待定的时间前去会晤,然后说不定花两个小时讨论一个字。接着他就悻悻然地走了。"

两柄宝剑第一次交锋。加尔文感到,卡斯台利奥并不打算在宗教和精神事务上乖乖地屈从于他。他终于在众口一词的谄媚奉承中认出了那个永恒的敌人,那个特立独行之人。从此时此刻起,加尔文便下定决心,只要一有机会,就要把这个不为他效劳而要为自己的良心效力的家伙从他的职位上赶走,如果可能,把他赶出日内瓦。

要找借口,随时都会找到。加尔文不用等很长时间,因为卡斯台利奥单靠他那极其菲薄的学校教师的工资,无法养活他那子女众多的家庭,他力争获得一个"上帝圣言宣讲师"的职位。他自己觉得,这个职位更加符合他的性格,而且待遇也更好。从他离开里昂之时起,他人生的目标便是去做新教学说的仆人和宣扬者。几个月以来,这位出类拔萃的神学家已经在梵德娄弗教堂布道,在这个风纪严谨的城市里并未引起丝毫非议。在日内瓦没人能够提出同样要求,盼望接纳到布道师的行列中去。事实上卡斯台利奥谋求这一职位的申请,获得了市政委员会的一致赞同,委员会在一五四三年十二月十五日做出决定:"有鉴于赛巴斯蒂安是位博学之士,极为适合为教会效力,兹决定,任命他在教会事务上供职。"

但是市政委员会没有把加尔文考虑进去。怎么回事?市政委员会竟然事先没有十分恭顺地征求加尔文的意见,就贸然下达命令,把卡斯台利奥任命为布道师,从而成为他的教会监理会的成员之一?而此人刚愎成性,特立独行,会给他造成麻烦!加尔文立即对卡斯台利奥的任命表示抗议。在他给法累尔的信里为他的这种很不仗义的处理方法做出论证,措辞极为晦涩暧昧:"有些重要的原因阻碍了他的任命……当然我在市政委员会里只是暗示了一下这些原因,并没有明说,但是与此同时我也批驳了一切错误的怀疑。为了使他的名声不致受到攻击。我的目的旨在保护他。"

读到这些参不透的神秘兮兮地绕来绕去的词句,不由得让人首先产生一种很不舒服的怀疑:这话听上去不是就像卡斯台利奥的确有什么见不得人的事,使他不配拥有布道师荣誉的资格吗?一定有什么污点,为了"保护"他,加尔文极为仁慈地用基督教的宽容精神把他的污点掩盖起来。大家暗自问道,这位备受尊敬的学者究竟犯了什么罪过,让加尔文这样宽大为怀地对此秘而不宣?他是侵吞了别人的财产,还是和什么女人有染?他的品德无可指摘,这点全城闻名。莫非盛名之下还隐藏着什么秘密的不轨行为?但是加尔文故意说得不清不楚,听任卡斯台利奥头上笼罩着这种把握不定的怀疑。而对于一个人的名誉和威望最为致命的乃是一种"庇护性的"模棱两可。

可是赛巴斯蒂安·卡斯台利奥不愿受到"庇护"。他襟怀坦荡,问心无愧。刚刚听说是加尔文在背后施出阴谋诡计,想要破坏他的任命,他便站了出来,要加尔文在市政委员会公开解释,什么原因拒绝给他布道师的职位。这一来加尔文不得不表态,明确揭示卡斯台利奥的秘密罪愆。人们终于获悉,加尔文如此宽厚地秘而不宣的卡斯台利奥的罪行:卡斯台利奥在两个无关紧要之处对《圣经》的神学阐述和加尔文的意见不尽相同,真是滔天大罪啊!第一处是,卡斯台利奥发表了这样的意见——所罗门的《雅歌》并非宗教诗歌,而是世俗诗歌——在这一点上所有的神学家都表示赞同,有的大声,有的小声。所罗门的《雅歌》是对苏拉米特①的颂歌,赞美她的乳房像两只小鹿,在草地上欢蹦乱跳。这首颂歌表达的是一首完全世俗的情诗,绝对不是赞美教会的诗篇。第二个偏离之处也无足轻重:卡斯台利奥对基督的地狱之行赋予的意义与加尔文不同。

加尔文"宽厚地秘而不宣"的卡斯台利奥的罪行原来就是如此微不足道,如此无足轻重!为此之故居然拒绝给卡斯台利奥以布道师的职位。但是对于加尔文这样的人而言,在学说问题上没有小事,也没有小气。这点可是关键。他那井井有条的精神,追求的是新的教会的最高一致和权威,任何最细小的偏离行为都和最大的偏离一样的危险。加尔文要在他设计得宏伟之极的逻辑大厦上的每块石头,每个石子,都各居其位,不得挪动,无论在政治生活中还是在风俗和权利上,他认为也像在宗教意义上一样,任何形式的自由,原则上是无法忍受。新教教会若想长存,必须从地基一直到最后一个最细小的装饰全都显出霸气和权威。谁若不承认他加尔文这领袖的原则,谁若试图在自由的意义上独立思考,这个国家就没有他容身之地。

因此市政委员会要求卡斯台利奥和加尔文互相公开阐明各自的观点,以便极为妥善地消弭他们之间意见的分歧。这一努力从一开始就是白费力气,徒然浪费时间。因为大家必须一而再地重复这一点——加尔文归根到底只愿意教育别人,从不愿意听人教训或者被人说服;他从不和任何人讨论,只是下达命令。刚说第一句话,他就要求卡斯台利奥"皈依我们的意见",警告卡斯台利奥,不要"相信自己的判断"。他这样做是完全本着他的世界观,在新教教会里必须意见统一,必须树立权威。但是卡斯台利奥也忠于自己的信念。因为信仰自由对于卡斯台利奥而言,是最高的心灵财富,为了信仰自由,他不惜付出任何尘世的代价。他清楚地知道,他只需要在这两桩微不足道的枝节上屈从加尔文,立刻就能满有把握地获得在教会监理会中的收入甚丰的职位。但是卡斯台利奥性格独立,

---

① 苏拉米特,《圣经·旧约·雅歌》中的新娘。

刚正不阿,他回答道,他不能遵守的事情,没法允诺。他不能违背他的信念,采取任何行动。于是这次两人的交谈,无果而终。这一时刻,两种宗教改革在这两人之间交锋。自由的宗教改革,要求每一个人在宗教事务上都有自己的自由,再就是正统的宗教改革。加尔文在和卡斯台利奥经过这次毫无结果的论争之后,满有理由地在信中这样评论卡斯台利奥:"经过我们的谈话,我可以这样说,他这人对我有这样一些看法,很难假设,我们之间有朝一日会意见一致。"

那么,卡斯台利奥对加尔文有哪些"看法"呢?加尔文自己并没有说明那些"看法"是什么,他写道:"赛巴斯蒂安脑子里产生这样的想法,认为我渴望主宰一切。"实际情况也的确不可能表达得更加正确。卡斯台利奥不久就认识到,其他人日后将要认识的事情:加尔文依照他专横的天性决心在日内瓦只容忍一种意见,那就是他的意见。大家只有像德·贝兹①和他其他跟屁虫一样,奴性十足地屈从于他的教条的每字每句,才有可能生存于他的精神领域。可是卡斯台利奥却不愿呼吸这种精神强制统治下的牢狱空气。他之所以离开法国,逃离天主教的宗教法庭,并不是为了来屈从于新教的新的信仰监督,他之所以抛弃旧教条,不是为了充当新教条的奴仆。对他而言,基督并不是像加尔文所看见的那样:一个顽固无情、拘泥形式的法学家,他的《福音书》是部僵死的,一成不变的法典。而卡斯台利奥则只把基督看成最富人性的人,一个伦理上的楷模,每个人在自己心里都以自己的方式谦卑地按照他的榜样生活,并不因此就狂妄地声称,他,只有他一个人,才知道真理。卡斯台利奥看到日内瓦的那些新任命的布道师如何夸夸其谈、自以为是地解释上帝的圣言,就仿佛这些圣言只有他们才能明白,这位心灵自由的人就不由得怒火中烧,愤慨不已:他的怒气冲着这些狂妄傲慢的家伙,他们不停地自诩自己神圣的使命,而谈到其他所有的人,却像谈及令人厌恶的罪人和毫无尊严之辈。在一次公众大会上他们对使徒的圣言做出这样的评述:"我们必须在一切事情上通过巨大的耐心,证明我们是上帝的使者。"这时,卡斯台利奥突然起

---

① 台奥多尔·德·贝兹(1519—1605),法国作家,神学家,加尔文的忠实追随者。

立,要求这些"上帝的使者"审查一下自我,不要老是审查别人,惩罚别人,裁决别人。看来卡斯台利奥也许知道许多事情(这些事后来在市政委员会的记录里也透露出来),证明日内瓦布道师的私生活,并非毫无错误可言,过的生活也不大像清教徒那样,因此他觉得有必要在大庭广众之下教训一下这些狂妄傲慢的伪君子们。卡斯台利奥发出攻击的原文,可惜我们只在加尔文告诉我们的那个版本里找到(加尔文拿到敌人的文章,一向擅自改动,从来没有特别的顾忌)。但是即使从他片面的阐述也可以看出,卡斯台利奥在承认大家都有谬误时,也把自己包括在内,因为他说道:"圣保罗①为上帝效劳,而我们只为我们自己效力。他很有耐心,我们则非常缺乏耐心。他曾经遭受过别人的不公正待遇,而我们却迫害无辜的人。"

加尔文也出席了那次会议,似乎对卡斯台利奥的攻击毫无思想准备,深感意外。若是一个激情如炽、脾气暴躁的参加讨论者,若是路德,定会霍然跳将起来,发表一通火爆的演讲作为回答。若是埃拉斯姆斯,若是一个人文主义者也许就会温文尔雅、从容不迫地参加讨论。然而加尔文首先是个现实主义者,精通战略通晓实战,善于控制自己的感情。他感觉到,卡斯台利奥的话对在场的人产生何等强烈的影响。现在和他正面冲突并不可取。于是他一言不发,把他薄薄的嘴唇抿得更紧,事后为他这种特殊的收敛态度做出解释:"我在这一时刻保持沉默,但只是为了不要在众多的陌生人面前激起一场激烈的讨论。"

以后他会在熟人的圈子里进行激烈讨论吗?他会单挑独斗,和卡斯台利奥针锋相对地争论一番吗?他会把卡斯台利奥召到教会监理会,要求他列举姓名和事实来为他所做的普遍性的指控提供论据吗?满不是这么回事。加尔文在政治上从来不讲信义。对他来说,任何批评的企图,不仅是理论上的意见背离,也立刻就犯了国法,就是罪行。而罪行则归世俗官厅处理。他不是把卡斯台利奥拽进教会监理会,而是拽到世俗官厅去,

---

① 圣保罗,《圣经》中的人物,天主教的圣人,原为罗马士兵,迫害基督徒,后皈依天主教,努力传教,遂被尊为圣人。

把一场关于道德的讨论转变成一个违反国法的案件。他向日内瓦市的市政厅提出的控告是:"卡斯台利奥贬低了神职人员的威信。"

市政委员会于是召开会议,但心里并不十分自在。它并不喜欢布道师之间的这种争吵,甚至给人这样的印象,现在终于有人敢于出来对教会监理会的狂妄自大公开发表激烈的言辞,对此,世俗官厅似乎并不认为这有违他们的心意。首先,市政委员会的官员们延宕许久不做决定,他们最终做出的判决竟是惊人的模棱两可。卡斯台利奥受到口头责备,但并未受到惩罚,或免除职务;只不过他在梵德娄弗教堂的布道师工作就此停止。

对于这样一个不温不火的惩戒,卡斯台利奥照理应该感到满意才对。但是他内心已经做出决定。他新近发现,在日内瓦有加尔文这样一个如此专横跋扈的人物,思想自由的人是没有栖身之地的,这点已经得到证实。于是他就要求市政委员免去他的职务。但是从这第一次力量的较量,他已对他对手的战略有了足够的认识。这下他就知道,这种党派观念十足的人总是自作主张,随意摆弄真理,要真理为他们的政治服务;他预见到,他自愿地放弃职位和荣誉,表现得富有男儿气概,可他们事后会把此事歪曲成,他是由于某些不大体面的原因丢掉了他的职位,他这样估计有充分的理由。因此卡斯台利奥要求在他离开日内瓦之前要为这个事件给他一份书面的证明。这一来加尔文便被迫亲自签署证明(今天还可以在巴塞尔的图书馆里看到这份文件)。卡斯台利奥之所以未被任命为布道师,只是因为在两个个别的神学问题上有所背离。在文件中还有以下字句:"为了不至于有人把卡斯台利奥的离城而去归咎于其他原因,谨在此全面证明,他是自愿地①辞去教师的职位。他先前担任教师职务殊为称职,使我们认为他完全有资格属于布道师之列。但他尽管如此未能当上布道师,并不是由于他的举止有任何瑕疵,而仅仅是由于上述原因。"

把惟一的和他旗鼓相当的学者从日内瓦排挤出去,对于加尔文的独裁专制而言,意味着一大胜利,但是实际上这是个皮卢斯②的胜利。因为

---

① 原文为拉丁文。
② 皮卢斯(前319—前272),古希腊伊庇鲁斯国王。曾引兵至意大利,与罗马人作战,战胜罗马军队,但自己牺牲惨重,从此以"皮卢斯的胜利"表示得不偿失,牺牲惨重。

在极大的范围内,人们都把这位享有崇高威望的学者卡斯台利奥就此离去视为严重的损失,对此深表遗憾。有人公开宣称,"卡斯台利奥大师是通过加尔文遭受这一不公正的待遇的。"通过这一事件,在整个世界主义人文主义的圈子里,加尔文在日内瓦只还容得下对他顶礼膜拜之徒和一味追随之辈,这点已得到证实。在两个世纪之后,伏尔泰还把卡斯台利奥受到压迫一事,当作决定性的案例来加以引用,以证明加尔文专制的精神态度。"从他①让卡斯台利奥蒙受的迫害可以衡量他专制暴戾的精神态度。卡斯台利奥是一位比他自己更为伟大的学者,被他出于嫉妒从日内瓦赶走。"

加尔文从此听到非难和指责,就变得敏感,过分敏感。他立刻感觉到,排除卡斯台利奥激起了人们普遍的反感。他刚达到目的,把这惟一有地位有身份,特立独行的人从日内瓦驱逐出去,立刻就担心起来,舆论也许会怪罪于他,让卡斯台利奥从此完全身无分文地在世上踯躅。事实上,卡斯台利奥做出这一决定完全是出于绝望,不顾后果。因为他公然宣布自己是政治上最为强大的新教领袖的对立面,他在整个瑞士境内的任何地方就都不可能指望会在宗教改革的教会里马上找到职位,他一时冲动做出的决定使他陷入极为困难的境地。日内瓦宗教改革学校的前任校长沦为乞丐,饿饭的乞丐,挨家挨户地乞讨。加尔文有足够的远见,能够认识到,他的一个遭到排挤的竞争对手,公开处于困境,必然会给他带来极为严重的损害。既然卡斯台利奥现在不再待在身边打扰他,他便设法给卡斯台利奥搭起金色的桥梁,帮他寻找出路。为了给自己开脱罪责,他便一封接一封地向他的朋友们写信,其热心令人惊讶。他告诉他们,他如何使劲给这个穷困潦倒的卡斯台利奥谋求一个合适的职位(此人之所以沦落到落魄穷困的地步完全是咎由自取)。"我希望,他能在什么地方顺顺当当地安顿下来,而不引起激愤。我在这方面将伸出援手。"但是卡斯台利奥并没有像加尔文所希望的那样,闭上他的嘴巴。他到处无拘无束、自由自在地公开讲述,他如何由于加尔文权欲熏心,不得不离开日内瓦。这

---

① 即加尔文。

正好打中加尔文最为敏感的部位,因为加尔文从来没有公开承认他拥有独裁专制的权力,始终只想作为一个极为谦虚最为谦卑的仆人在执行他沉重的职务,让大家赞赏。于是信件里的口气顿时改变;对卡斯台利奥的同情便一下子然无存。他向朋友抱怨,"你真该知道,这条狗——我指的是赛巴斯蒂安——如何向我狺狺狂吠。他说,他只是由于我的专制独裁才丢掉他的职位,以便我能独自掌权。"几个月以前,加尔文曾经亲自签署文件,证明卡斯台利奥完全有资格担任上帝的仆人这一神圣的职位。这同一个人,在同一个加尔文眼里,在短短几个礼拜之后竟变成了野兽,变成了狗,仅仅因为卡斯台利奥宁可承受最为严酷的穷苦潦倒的困境,也不愿为了谋求肥缺而出卖自己,接受招安。

卡斯台利奥自愿选择贫穷,富有英雄气概,已经在同时代人当中激起赞佩。蒙田强调说,一个像卡斯台利奥这样功绩卓著的人,竟然不得不承受这样的苦难,实在可悲,他接着补充一句,倘若有许多人及时获悉此事,肯定会给以帮助。但实际上人们并不愿意出手相助,哪怕让卡斯台利奥免除最露骨的穷苦,他们也不愿意。不知还要持续多少年,这位逐客才找到一个和他的渊博学识和超群品德勉强相称的职位。起先没有一所大学聘用他,他也得不到布道师的职位。因为瑞士各城在政治上依赖加尔文已经过于严重,没有人敢公开任用这位日内瓦独裁者的反对派。这位逐客最后好不容易在巴塞尔的奥坡林印刷厂找到一个校对员这样低下的职位,得到一些生计。但是这不规则的工作不足以使他养活妻儿。卡斯台利奥不得不另外担任家庭教师,挣得必要的铜板来喂饱桌旁嗷嗷待哺的六张或者八张嘴巴。难以名状的卑微可怜的穷困苦难,每天敲击着他的心灵,麻痹他的力气,就这样他不得不苦撑苦熬许多阴暗的年头,最后大学终于把这位受过通才教育的学者任命为希腊文教师!但是就是这个职位也是荣誉多于收益,很长时间未能使卡斯台利奥免于从事那永恒的徭役。他这一生将继续充当伟大的学者,有些人甚至称他为他当时学识最为渊博的学者,但却不得不从事低下的辅助工作。在巴塞尔市郊他自己的小屋子里,他亲手铲土。既然白天的工作不足以使他养家糊口,他便整夜整夜地苦干,校阅印刷样稿,改正外文著作,从事各种语言的翻译。为了谋生,他为巴塞尔的出版商们从希腊文、拉丁文、意大利文、德文翻译的作品达到数万页之多。

但是这种成年累月的贫穷匮乏只能摧垮他的躯体,他那虚弱敏感的身体,永远也不可能彻底摧毁他高傲的灵魂所保有的特立独行和坚定不移。因为尽管从事这种遥遥无期的徭役,卡斯台利奥并没有丝毫忘记他真正的任务。他不可动摇地继续从事他的毕生事业,把《圣经》译成拉丁文和法文,与此同时还撰写一些时评文章、论战文章、评论和对话。没有一天,没有一夜,卡斯台利奥不在工作。这位永恒的苦役工人从未体验过旅行的乐趣和放松的恩典,从来也不曾享受过荣誉和财富给人的感性的酬报。这个自由的精神宁可永远充当贫穷潦倒的奴隶,放弃夜里的睡眠,也不放弃他独立自主的良心——那些秘密的精神英雄给他树立了无与伦比的榜样,他们不为世人所知,在遗忘的黑暗之中为他们最神圣的事业进行斗争:为了言论的不可侵犯的权利,为了维护自己思想的不可动摇的权利而进行斗争。

卡斯台利奥和加尔文之间真正的决斗还没有开始。但是这两个人,两种思想已经互相直视对方的眼睛,认识到对方是不可调和的对手。这两个人哪怕就一个小时,也不可能住在同一座城市里,同一个精神的空间中。尽管两人已经彻底分开。一个住在巴塞尔,另一个住在日内瓦,他们都彼此十分警觉地观察着对方。卡斯台利奥没有忘记加尔文,加尔文也没有忘记卡斯台利奥,他们的沉默只是在等待着那决定生死的一句话。因为那种最为内在的矛盾,已经不再是不同意见而已,而是世界观和世界观之间的根本对立,相互之间不可能保持和平。精神自由永远不可能在独裁专政的阴影之中感到自己已经实现;只要有那惟一的独立自主的人昂然屹立在国境之内,独裁专制制度也不可能无忧无虑地生存下去。总是需要有一个原因,把潜在的紧张关系引向爆发。只有当加尔文点燃了焚烧塞尔维特的柴火堆,挂在卡斯台利奥唇边的话语才会燃放,发出控告。只有当加尔文向每一个自由的良心宣战,卡斯台利奥才会以良心的名义向他发起殊死的战斗。

五　塞尔维特案件

有时候,历史在千百万人当中选拔出个别的人,为了在此人身上形象地表现出一种世界观上的论争。这样一个人并不总得是顶级的天才不可。命运往往满足于在芸芸众生中找出一个偶然发现的姓名,为了把它写进后世的记忆中永不磨灭。所以米盖尔·塞尔维特并非由于天才出众,而仅仅是由于他遭到可怕的下场,才变成一个值得纪念的人物。这位奇人天资聪慧,多才多艺,可惜杂乱无章,他是个坚强、聪明、好奇、偏执的文人,但是蜻蜓点水似的从一个问题转向另一个问题,有着纯粹的追求真理的意志,但是并无能力达到具有独创性的清晰明白的程度。这位浮士德式的学者,没有对任何一门学问进行过深入研究,尽管对每门学科他都欣然一试,像游击队似的东打一枪,西打一枪,既涉及哲学,同时也涉及医学、神学,有时候是大胆的观察者,令人刮目相看,可有时又轻率地采用江湖骗术令人生气。当然有一次在他做出预见性宣告的书中,明确闪现开拓性的观察,在医学方面发现了所谓的血液小循环。但是塞尔维特并不想把他发现的宝藏进行系统化的充分利用,在学术上予以深入研究。这道天才的闪光映现在他那世纪阴暗的墙壁上,就像一道过早发光的闪电转瞬即逝。在这位独来独往者的身上蕴藏着许多精神的力量,然而只有内心对明确目标的执著追求才能把一个坚强的学者造就成一个具有独创性的人物。

据说每一个西班牙人身上都含有一定分量的唐·吉诃德特点。这话已经重复多次,多到过分的程度;但是在米盖尔·塞尔维特身上,这种观察还真是妙不可言,简直可说逼真已极。不仅从表象上看这位身材瘦弱,脸色苍白,蓄着山羊胡子的阿拉哥尼亚人酷似那位瘦骨嶙峋,身材细长的德·拉·曼恰的英雄①;便是在他心里也燃烧着同样了不起的稀奇古怪的激情,要为荒诞不经的事情而奋斗,怀着盲目炽烈的理想主义要向现实中的一切阻力发起冲锋。这位四下漫游的神学骑士,毫无自我批评精神,总在发现什么,或者主张什么,他策骑冲向时代的一切围墙和风车。只有冒险才能激起他的兴趣,只有对荒诞不经、离经叛道、危机四伏的事情,他才觉得趣味盎然。怀着活跃的好斗精神,他和身边其他一切刚愎自用之徒混战一场,既不和任何派别有瓜葛,也不属于任何团体,总是孤军奋战,既充满幻想,也奇幻耀眼,因而是一个古往今来绝无仅有的稀奇古怪的人物。

  谁若这样突出地高估自己,经常感到自己鹤立鸡群,势所必然会跟所有的人搞坏关系。塞尔维特大概和加尔文同年,还是个半大不小的孩子,他已经和世界发生了第一次冲突。十五岁那年,他就为了躲避宗教法庭被迫从故乡阿拉哥尼亚逃到吐鲁斯,在那里继续上大学。卡尔五世②的忏悔师后来直接把他从大学里抽调出来,充当秘书,带到意大利,后来又带到奥格斯堡会议上。这位年青的人文主义者在会上和他所有的同时代人一样,沉溺于当时的政治热情,关注伟大的宗教争论。亲眼见到这一具有世界历史意义的新旧两派宗教学说之间的论战,他那骚动不宁的精神立即沸腾起来。哪里有争论,他就要到哪里去参加论战。大家试图对教会进行改革,他也要一同改革。怀着年轻人的激进情绪,这个热血沸腾的学者认为迄今为止一切脱离旧教教会的方法,全都过于迟疑不决,过于不温不火,过于缺乏决断。甚至于路德、茨文利和加尔文这些大胆的革新者在他看来,在净化《福音书》方面都还远远不够革命,他们不是还把三位

---

① 即唐·吉诃德。西班牙作家塞万蒂斯名作《唐·吉诃德》的主人公。
② 卡尔五世(1500—1558),神圣罗马帝国皇帝,反对宗教改革。

一体①的教条吸收到他们新的学说中去了吗？而塞尔维特以一个二十岁年轻人所有的不依不饶的劲头干脆宣布尼西亚宗教会议②无效，认为上帝永远是三位一体的教条完全和上帝本质的统一性不相协调。

这样一种激进的观点在一个宗教问题上反应如此激烈的时代也并不显得怪异。每当一切价值和法律开始动摇的时候，每个人都为自己独立思考，背离传统寻找理由。但是糟糕的是塞尔维特从所有那些争论不休的神学家那里不仅吸取了讨论之乐，也吸取了他们最不可取的性格，狂热的自以为是。因为这位二十岁的小伙子立即要向宗教改革的领袖们证明，他们对教会进行的改革很不彻底，只有他，米盖尔·塞尔维特才知道真理是什么。他急不可耐地拜访当时伟大的学者们，在斯特拉斯堡访问马丁·布赛尔和卡彼托，在巴塞尔访问欧柯拉姆帕迪乌斯③，要求他们尽快把耶稣教④里关于三位一体的教条彻底去除。这些德高望重、功成名就的布道师和教授们突然看到一个没长胡子的西班牙大学生贸然闯进屋来，脾气火暴，歇斯底里，野性十足地要求他们立即推翻他们所有的观点，驯从地接受他的激进论点，他们的惊讶不难想像。就仿佛魔鬼亲自把他们地狱里的一个兄弟送进这些人的书斋，他们看见了这个野性勃发的异端分子，连连划着十字。欧柯拉姆帕迪乌斯把他像条野狗似的赶出家门，骂他是"犹太人，土耳其人，亵渎上帝者，妖魔附体者"。布赛尔在讲经台上痛斥他是一个魔鬼的奴才，茨文利公开警告大家，"防范这个作恶多端的西班牙人，他的错误的邪恶的学说想否定我们整个基督教。"

德·拉·曼恰的愁容骑士在他的迷途之中，不为羞辱和殴打所吓退，

---

① 三位一体，按照基督教的教义，上帝或天主系由圣父、圣子和圣神（或圣灵）三者组成。为了救赎世人，圣父派圣子作为圣母玛利亚之子降生人间，是为耶稣基督。对此不容有任何怀疑。新教也接受这一教条。
② 尼西亚宗教会议。基督教原来在罗马帝国受到迫害。公元325年，罗马帝国皇帝君士坦丁大帝在尼西亚召开最高宗教会议，确认上帝为圣父、圣子、圣灵三位一体，确立基督教为国教。君士坦丁大帝自己也皈依基督教，后被尊为圣人。
③ 马丁·布赛尔（1491—1551），法国宗教改革家。沃尔夫冈·法布里齐乌斯·卡彼托（1478—1541），德国人文主义者。约翰·胡思根·欧柯拉姆帕迪乌斯（1482—1531），德国人文主义者。
④ 耶稣教即新教。新教派别甚多，有时统称耶稣教，以示与旧教，即罗马天主教有别。

他的神学界的老乡①在斗争中也不为别人的论据或者驳斥所动摇。既然领袖们不明白他的意思，既然智者和聪明人不愿在书斋中听他诉说，那就必须让这场斗争公开进行，让整个基督教世界都阅读他写在书里的论证吧！二十二岁，塞尔维特把他最后一点钱都掏了出来，在哈格瑙把他的全部论点付印。这下子可激起了强烈的狂风暴雨公开向他击来。布吕赛在讲经台上宣布这个亵渎上帝的罪人该受的惩罚不多不少，就该把"他的五脏六腑都活活地从他腔子里剜出来"。从此刻开始，在整个耶稣教的圈子里，塞尔维特被当作活生生的撒旦派来的特命使者。

以这样挑衅的姿态反对整个世界，既把天主教会，也把耶稣教会的学说全都宣布为荒谬之说，这样一个人，在整个信奉基督教的西方世界，不可能再找到一个平静的所在，既找不到安身的房子，也找不到遮风的屋顶。自从米盖尔·塞尔维特出版了他的书籍，就被认为犯了"阿里安教派②的异端邪说"，此人受到的驱赶和迫害甚于一头野兽。惟一可以拯救他的小路，想来想去只有一条：完全消失，无影无踪，别让人看见，别让人发现，把他的姓名像件着火的衣裳从身上剥去。这位被人追杀的家伙，化名为米歇尔·德·维勒内夫返回法国，顶着这个假名在里昂的一家印刷厂里充当校对员。他这个外行，有强烈的适应能力，在这个领域不久也找到了新的刺激和进行论争的可能性。在校阅托勒密③的地理书时，塞尔维特一夜之间发展成地理学家，给这部作品加上了一篇详尽的前言。在修订医学书籍时，这个思想活跃的人，又把自己培养成医学家。不久之后他已认真学习医学，他前往巴黎，想要继续深造，他和维萨利乌斯④一起为讲授解剖学预做准备。但是就像先前在神学上一样，这个焦躁不耐的家伙在医学上也没有真正学到家，大概也没有取得博士称号。就在这个

---

① 指塞尔维特。两人都是西班牙人。
② 阿里安教派，因阿里乌斯而得名。阿里乌斯(250—336)，生于利比亚，古代基督教神学家，反对三位一体说。三二五年的尼西亚会议才针对他们的这派教义，确定三位一体说。阿里乌斯给斥为异端，遭流放。
③ 克劳狄乌斯·托勒密，公元二世纪时的天文学家。他的地心中心论在哥白尼之前影响极大。
④ 安德烈亚斯·维萨利乌斯(1514—1564)，比利时医师，近代解剖学奠基人。

新的学科里,他立即开始想要教训和超越其他所有的人。他在巴黎的医学院大胆地预告,要开设一门跨数学、天文学、星占学的课程,但是星相学和医学这样搅在一起的杂拌和他有些骗人的把戏惹恼了医生们。塞尔维特-维勒内夫和权威人士发生冲突,最后在议会公开受到控告,控告他用星占学这样一种受到教会法律和市民法律都严厉批判的学科,尽干些荒诞不经的胡作非为。塞尔维特再次迅速消失,潜伏下来,以便官方调查时不致查明他和那个被官方拼命追捕的大异教徒是同一人。一夜之间,维勒内夫讲师在巴黎消失,就像当年神学家塞尔维特逃离德国一样。好久没有再听到他的消息,等他新近浮出水面,他又戴上了另一张面具:谁能估计到,维埃纳的大主教保罗米尔,一位虔诚的天主教徒,每个礼拜天都去望弥撒,而他新任的御用医生,竟然是一个受到追杀的极端异教徒,被议会判罪的江湖郎中?当然,米歇尔·德·维勒内夫在维埃纳十分明智地不去传播他的异端邪说的论点。他安安静静地待在那里,绝不引人注意。他探望病人,治愈许多病患,挣了大量的钱财。老实巴交的维埃纳的市民看到大主教大人阁下的御用医生米歇尔·德·维勒内夫大夫先生神气十足带着西班牙贵族的气派从他们身边走过,总要毕恭毕敬、浑然不觉地脱帽致敬。一个多么高贵,多么虔诚,学识多么渊博,又是何等谦和的人啊!

但是事实上,在这个激情如炽、野心勃勃的人身上的那个极端异教徒丝毫没有死灭。在米盖尔·塞尔维特的心灵深处,那个旧日拼命探索极不安分的精灵依然不屈不挠地存活着。倘若一个人迷上了某种思想,这种思想就控制着他直到他思想和感觉的最后一根纤维之中,从而不可阻止地就会产生一种内心的热狂。一个生气勃勃的思想永远也不甘心在惟一的世俗的人身上存活和消逝,它要扩大空间,征服世界,争取自由。因而每一个思想家身上都会有这样一个时刻来临。他毕生的思想从内心向外部迸涌而出,犹如扎进肉里的一根木刺从一根化脓的手指拱了出来,一个孩子从娘胎里生了出来,一枚果子从果壳里脱了出来。像塞尔维特这样富有激情和自信的人长此以往无法忍受,他毕生的思想就他一人独自享有。他不可阻挡地渴望,最后全世界都会和他一样思考。眼睁睁地看

塞尔维特

着那些耶稣教的领袖们把他认为是错误的婴儿洗礼①和三位一体的教条大肆宣告,基督教的信仰如何一直为这些"反基督的"谬误所玷污,这一如既往,一直是他每天都在遭受的痛苦。终于挺身而出,给全世界带来真正信仰的讯息,这难道不是他的责任所在?这些年他被迫保持沉默,想必实在是可怕的重负压在他身上。一方面是有话说不出口,心里憋得难受,另一方面,他作为一个被追杀的隐姓埋名之人,又不得不抿紧嘴唇。最后就是身处这种痛苦的境地之中,塞尔维特终于试图至少在远方找到一个和他思想相同的兄弟,可以和他进行精神上的对话,这是一种可以理解的渴求。既然在家乡,他不敢和任何人在精神上互相交流,他就以书信的方式说出他神学方面的信念。

糟糕的是,这个有眼无珠的家伙把他的全部信任,恰好都交给了加尔文。塞尔维特想从这位福音学说的最激进最大胆的改革者那里得到对《圣经》的一种更严格更大胆的解释:也许这一来他可以把从前只是口头表述的意见加以革新。因为早在大学阶段这两个同年的朋友曾在巴黎邂逅过一次;但是一直要到多年后,加尔文已经变成了日内瓦的主人,米歇尔·德·维勒内夫成了维埃纳大主教的御用医生,他们俩才通过里昂的一位书店老板建立起通信联系。由塞尔维特率先开始。他以一种叫人难以拒绝的急迫态度,甚至可说是以逼人之势,致函加尔文,想争取宗教改革的这位最坚强的神学家支持他进行反对三位一体教条的斗争。他的信一封接一封。起先加尔文回信时,只是以恪守教条的口气警告他。他有责任教育迷失者,使之迷途知返。作为教会的领袖,他有责任把离群游荡的羔羊引入修筑完善的羊栏之中,便试图向塞尔维特指出他的谬误。可是最后无论是塞尔维特的离经叛道的论点,还是他表达这些论点时的狂妄放肆,骄横自负的口气都使加尔文极为恼火。像加尔文这样霸道的性格,哪怕有人在琐细之极的小事上提出些许异议,都会激起他的怒火,可是塞尔维特竟然写信给他说:"我经常提醒你,竟然同意在上帝本性的三

---

① 按照基督教的教理,人出生时带有原罪,需经过"洗礼"涤清原罪。婴儿受洗礼为人生接受的第一圣礼。成年人皈依基督教首先需受洗礼。

大组成部分上具有极为严重的差异,你可真是走上了歧途。"光是这句话就意味着塞尔维特以最为危险的方式激怒了一个如此危险的敌人。但是当塞尔维特最后把加尔文撰写的那本《基督教教理基本纲要》一书寄到此书的那位举世闻名的原作者加尔文家里,并且像小学教师教导学生似的在该书的书页边上做出标记,指出他认为是错误的地方,那么日内瓦的主人加尔文碰到一个业余神学家的这种放肆行为时,心情如何,不难描述。加尔文以鄙夷不屑的口气写信告诉他的朋友法累尔:"塞尔维特扑到我的书上,用侮辱人的评语,在书上乱涂一气,就像一条狗咬住一块石头啃个不停。"何必浪费时间去和这样一个不可救药的糊涂脑瓜进行讨论?他一脚就踢开了塞尔维特的论点。"我不再注意此人的话语,充其量只把它当作一头驴的号叫①。"

但是这个不幸的唐·吉诃德,非但没有及时感到他手举细细的长矛直冲过去,遇到的是一副什么样的自以为是的钢铁铠甲,反而咬住不放。恰好是这一位,这惟一的不想理睬他的人,塞尔维特却偏偏要不惜任何代价来赢得此人支持他的思想,他死不放手。就像加尔文写的,塞尔维特的确像是"撒旦"附体。他非但没把加尔文当作可想而知最为危险的敌人,避之唯恐不及,反而把他正在准备的神学著作中还未付印的章节充当阅读材料寄给加尔文。别说内容必然会激起加尔文的怒火,便是题目也使他勃然大怒!因为塞尔维特称他这本表白性的著作为《基督教教理修正》②只是为了在全世界面前更加引人注目地强调,加尔文的《基督教教理基本纲要》需要进行一次"修正"。这一来对于加尔文而言,这位反对者病态的劝人皈依的瘾头和他小丑似的逼人太甚的态度实在过于嚣张。他清楚明了地告诉那位之前介绍他们两人通信的书商弗莱龙,他的确有更加紧迫的事情要做,不愿和这样一个自吹自擂的傻瓜浪费时间。与此同时,他写信给他的朋友法累尔:"塞尔维特不久前写信给我,随信附上厚厚的一本他的胡思乱想,并且以难以想像的狂妄口气宣称,我会从其中读到不少令人惊讶的东西。他表示准备到这里来,只要我愿意……但是我不愿为此说话;因为他

---

① ② 原文是拉丁文。

若前来,只要我在这座城市里还有一些影响力,我就绝对无法忍受他活着离开此城。"这些话在日后将会具有可怕的分量。

不知道塞尔维特是否知道这一威胁,或者(在一封丢失的信件里)加尔文曾经亲自警告过他,——反正塞尔维特终于产生一种预感,他已落到一个把他恨之入骨的人手里。他第一次感到有些不自在。他以密封邮件给加尔文寄出的那份危险的手稿,还依然落在此人手里,而此人曾公开表示对他敌意森然。突然惊醒的塞尔维特写信给加尔文:"既然你认为,我对你而言是个撒旦,那我就此罢手。请把我的手稿寄还给我,你就好自为之吧。倘若你当真认为,教皇是个反基督徒,你也必然会确信,三位一体和婴儿洗礼作为教皇学说①的一部分,也是妖魔的教条。"

然而加尔文避不回信,更不想把那份作为罪证的手稿寄回给塞尔维特。加尔文仔细地把这份异教徒的文稿珍藏在一只抽屉里,就像一把危险的武器,打算在必要时再取出来。因为经过这最后一次交换意见两个人都知道,必然会有一场恶战。怀着阴沉的预感,塞尔维特在这些日子里写信给一位神学家:"我现在完全明白,我将为了这个事业而送命,但是这个念头不能使我丧失勇气。作为基督的学生,我正步我老师的后尘。"

卡斯台利奥和塞尔维特以及其他上百个人,每人都已知道对于加尔文这样一个刚愎自用的狂热分子,哪怕只是在他学说的无足轻重之处,反对过他一次,这也是非常放肆大胆,性命攸关的事情。因为加尔文的仇恨就和他性格中的其他特性一样,都是僵硬不变,彻头彻尾的,并非突然迸发出来又自然平息下去的怒火,就像路德那样暴跳如雷,大发脾气,和法累尔那样态度粗暴、破口大骂。加尔文的仇恨是怀恨在心,坚硬、尖锐、犀利,犹如矿石,不像路德的那种仇恨来自血液,由于脾气,由于火气太大或者肝火太旺。加尔文的韧性、冰冷的仇恨来自脑子,他的仇恨具有极好的记性。加尔文从不遗忘,从不忘记任何人。德·拉·马累牧师这样说加尔文:"他要是生谁的气,就永远不会忘记"。他要是用这支石笔在他内

---

① 即天主教学说。

心深处刻上一个名字,就永远也磨不掉,除非此人自行从人生的大书中消失。所以这些年,加尔文没有再听到塞尔维特什么事情,也就相安无事;但这并不是说加尔文已把他忘怀。他不声不响地在抽屉里保存着那些有损名誉的书信,在他的箭囊里存放着箭矢,在他顽固坚硬冷酷无情的灵魂深处,埋藏着旧日不可更改的仇恨。

事实上在这漫长的时间里塞尔维特表面上态度非常沉寂。他已放弃说服这个不可教诲的人;他的全部激情现在都倾注在他的著作上。这位大主教的御用医生以寂静无声,确实令人震撼的献身精神悄悄地继续写作他的《基本纲要修正》。他希望这本书在真实可信性上远远超过加尔文、路德和茨文利的宗教改革,最终解救全世界,使之皈依真正的基督教。因为塞尔维特根本不是那个"极端蔑视《福音书》的人",后来加尔文试图把他当作这样一个人来加以批判,同样,塞尔维特也不是大胆的自由思想家和无神论者,人们今天有时把他这样进行赞美。塞尔维特始终停留在虔信宗教者的范围之内。他在自己这本著作的前言里发出以下的号召,证明他是如何感到自己是个虔诚的基督徒,愿意为信仰神性而奉献生命:"啊,耶稣基督啊,上帝之子,你是上天赐给我们的,请你把你自己显现给你的仆人,以便用真实的方式使我们明白这样重大的一次启示。我遵循内心神性的冲动,设法予以捍卫的,正是你的事业。早在从前我就做出过第一次尝试,而现在,既然时间当真已经来临,我又被迫重新再做尝试。你教育我们不要藏匿我们的光芒。因此,我若不去宣扬真理,那就让我活该倒霉!"

塞尔维特在付印他的著作时采取特别谨慎的措施,这证明他充分意识到发表此书将会引起的危险。因为大主教的御用医生竟然把一本长达七百页的离经叛道的作品拿去付印,这在一个喜欢蜚短流长的小城市里可是一件骇人听闻的大事!不仅作者,便连制作者及其助手,参与这一风险惊人的事件,可都是赌上了性命。但是塞尔维特愿意把他多年来行医治病辛辛苦苦地挣得的一笔财产作为牺牲,来贿赂那些犹豫不决的工人,让他们不顾宗教法庭,悄悄地印制他的作品。为了谨慎起见,他们把印刷机从原来的印刷厂搬进一幢废置的房子里,塞尔维特本来就是为了印书才租下了这幢房子。一批可靠的工人就在房子里工作,他们全都赌咒发誓,保守这一秘密,以绝不引人注目的方式印制这本异端邪说的著作。不言而喻,在这本大功告成的著作里,任何表示印刷地点和出版地点的印记全都隐而不显。就是在最末一页塞尔维特让人在该印出版年份的地方,印上了暴露实情的作者姓名的缩写第一字母 M. S. V. (米盖尔·塞尔维特·维拉诺乌斯),给宗教法庭的猎犬提供了一个无法反驳的证据,证明塞尔维特是作者,从而造成灾难性的后果。

但是塞尔维特根本用不着自我暴露,他那冷酷无情的敌人所怀的仇恨,似乎在沉睡之中,而实际上正目光如炬地在一旁窥伺,自会查个一清二楚。加尔文在日内瓦建立的极为精彩的密探和侦察的组织越来越井井有条,越来越细致周密,已经远远超出本城的范围,延伸到邻邦各地,它在法国的组织甚至比教皇的宗教法庭工作得更加细致精确。塞尔维特的作品还根本没有真正出版,一千册书,捆成一包一包,存放在里昂或者没有打包,就装进运书车,源源不断地送到法兰克福的书展上去。塞尔维特自己也没有亲手寄出过几册,以致今天总共只有三册书保留下来,而加尔文当时已经弄到一册。他立即动手一举消灭二者:这个异教徒和他的作品。

加尔文对塞尔维特所进行的这第一次(比较鲜为人知的)谋害企图,就其阴险卑劣而言,其实远比日后在香佩尔集市广场上所进行的公开的谋杀要令人反感得多。因为如果加尔文在收到这本被他视为极端离经叛道的书籍之后,就把他的敌人送到宗教官厅里去,那他走的是一条公开的诚实的途径。他只消在布道台上号召基督教世界警惕这本书,那么天主教的宗教法庭就会在短时间内亲自在大主教宫殿的阴影之中发现此书的作者。但是这位宗教改革的领袖省掉了教皇的官厅为此进行调查研究的辛苦,而且是以最为好刁的方法帮了他们的大忙。为加尔文大唱赞歌的人试图在最阴暗的这一点上也对加尔文进行辩护,那是徒劳。因为他们没有认清他性格的最深层,却在试图洗刷他的性格:加尔文就他个人而言,无疑极为真诚热忱,具有最为纯净的宗教意志,但是问题如果涉及他的教条,关系到"事业",这时他就立刻变得无所顾忌。为了他的学说,他的党派，他就立刻愿意（在这点上，他和罗耀拉①之间的天壤之别竟变成了完全一致）赞同任何手段，只要行之有效。塞尔维特的著作一到加尔文的手里，他的最亲近的朋友之一，一位名叫纪尧姆·德·特吕的信奉新教的流亡者，就在一五五三年二月十六日从日内瓦写了一封信到法国给他的表兄安多阿纳·阿尔耐，此人是个狂热的天主教徒，正如德·特吕变成一个狂热的耶稣教徒一样。在这封信里，德·特吕首先泛泛地赞美了一下信奉新教的日内瓦如何精准地镇压了一切异教徒的为非作歹，而在信奉天主教的法国却让这类杂草遍地丛生。可是突然之间，这亲切友好的闲聊变得严肃起来，暗藏杀机：德·特吕写道，譬如说现在还有个异教徒在法国那儿正逍遥法外，此人不论在哪里，只要被人找到，就理应活活烧死。

人们不由自主地警觉起来。因为这句话和加尔文当年所做的宣告简直如出一辙，暗露杀机：塞尔维特若走进日内瓦，他就要设法使得此人不再活着离去。但是加尔文的帮凶德·特吕，现在说得更加露骨。他现在公然明确地告密："我说的是一个阿拉哥尼亚地区的西班牙人，名叫米盖尔·塞尔维特，可是自称米歇尔·德·维勒内夫，操的是医生的职业，"并把塞尔维特那本书印好的书名内容提要和前面四页一并附上。然后他对这世上的罪恶，发出一声充满同情的喟叹，寄去他这封凶残致命的信件。

日内瓦的这枚地雷埋得过于巧妙，不可能不立即在所期望的地方爆炸，一切都完全按照这封阴毒的告密信所期望的那样发生。那位虔诚的信奉天主教的表兄阿尔耐心慌意乱，一筹莫展地拿着这封告密信到里昂的教会官厅去，红衣主教立即十万火急地召见教皇的宗教法庭法官彼耶尔·奥里。由加尔文转动起来的轮子以令人惊讶的速度向前滚动。二月二十七日来自日内瓦的告密信抵达，三月十六日米歇尔·德·维勒内夫已经在维埃纳押上法庭。

但是，使那些日内瓦虔诚热心的告密者无比恼火的是：那个安置得殊

---

① 罗耀拉，天主教为了抵制宗教改革而建立的耶稣会的领导人。

为巧妙的地雷并未爆炸。想必有什么人出手相助,硬是把引线中途切断。很可能是维埃纳的大主教亲自给他的御医一个珍贵的信号叫他及时隐蔽。因为当宗教法庭的法官在维埃纳出现时,印刷机已经奇迹般从印刷地点消失,工人们纷纷表白并且发誓赌咒,从来没有印过这样一本书。那位备受尊重的维拉诺乌斯①十分气愤地否认他和那个米盖尔·塞尔维特有任何相同之处。奇怪的是,宗教法庭对于这种随口一说的抗议竟然就表示满意,这种奇怪的宽容态度证实了这样的估计,一定哪一位有权有势的人,在当时出手庇护了塞尔维特。宗教法庭若在平时,早就立刻动用了拇指夹和绞盘这样的刑具,这次却当即释放了维勒内夫,宗教法庭法官则一无所获地返回里昂,告诉阿尔耐,他提供的情报可惜还不足以构成控告。日内瓦的阴谋,绕着弯通过天主教的宗教法庭,把塞尔维特就此干掉,看来遭到可耻的失败。倘若阿尔耐没有第二次致函日内瓦,要求他的表弟德·特吕提供新的,这一次必须是站得住脚的证明,这整个见不得人的事件大概就此化为乌有了。

到此刻为止,人们也许还可以以极度宽容,可谓宽容之极的态度假定,德·特吕的确纯粹是出于信仰的热忱向他信奉天主教的表兄谈及一位他个人并不认识的作者,无论是他还是加尔文都没有料到,他们纯粹是个人的告密竟然会传到教皇的官府那里去。可是现在,既然司法机器业已启动,日内瓦这帮人想必清楚地知道,阿尔耐可不是出于个人的好奇心,而是受宗教法庭的委托,向他们进一步索取证明,那他们就不能再装糊涂,仿佛不知道他们到底是在取悦于谁。根据一切人世间的预测,一名耶稣教的神职人员现在想必会吓得退避三舍,因为他们恰好在给那个曾把加尔文的几个朋友用文火缓缓烧死的官厅充当密探。塞尔维特日后很有理由劈头盖脑地向他的杀人凶手加尔文掷过去这样一个问题,"他是不是不知道,充当官厅的控诉人,受官府之命跟踪别人,这并不是《福音书》的仆人的本行。"

但是只要事关学说,加尔文就失去了道德的尺度和人道的感情,这话

---

① 维拉诺乌斯即维勒内夫的拉丁文写法。

必须一再重复用在他的身上。塞尔维特必须干掉,至于用什么武器,什么方式把他干掉,此刻对于加尔文已经完全无所谓,他对此人实在恨之入骨。事实上这事也进行得极为阴险,无比可耻。因为德·特吕给他表兄新写的这封信无疑是加尔文口授的,可以说是伪善的极品。德·特吕起先故作惊讶,他表兄竟然把他的书信转送到了宗教法庭。他其实纯粹是"私人性质地"向他表兄一个人报导这一消息。"我的目的只是让你看看,那些自称为教会柱石的人,他们美丽的信仰热忱究竟是什么样子。"可是现在他分明已经知道,火刑的柴火堆已经准备妥当,他非但没有拒绝给天主教的宗教法庭进一步提供任何材料,这位卑劣的告密者反而抬眼仰望上天,摆出一副虔诚的模样宣布,既然错误已经发生,那么"上帝一定是为了最好的结果,才希望它这样发生的,以便基督教世界能够涤净这种污秽的龌龊,这种致命的瘟疫。"于是发生了难以置信的事情:在这样恶劣地试图把上帝扯进这件人性的或者毋宁说非人性的恶毒事件之后,这位笃信无疑、诚实不欺的耶稣教徒便向天主教的宗教法庭提供了能够想像得到的致人死命的证明材料,那就是塞尔维特亲笔写的书信和他作品的部分手稿。现在宗教法庭审判异教徒的法官可以迅速而便捷地开始工作了。

塞尔维特亲笔写的书信?德·特吕怎么弄到这些信,从哪儿弄来这些亲笔信?塞尔维特可从来也没有给他写过信呢。现在已经不用再捉迷藏:加尔文在这件阴暗的事件中,一直想十分谨慎地躲在后台,现在必须从后台走向前台了。因为不言而喻,这些亲笔信就是塞尔维特写给加尔文的信件和寄给他的部分手稿,而加尔文知道得一清二楚,他是为谁把这些信件从抽屉里拿出来的——这是决定性的一点。他完全知道,这些信件会转交给谁:就是交给那些"教皇走卒",他每天在布道台上把他们斥为撒旦的奴才,他们把他的学生严刑拷打,活活烧死。他清楚地知道,宗教法庭的大法官这样急切需要这些信件,究竟要达到什么目的:就是为了把塞尔维特送到柴火堆上去活活烧死。

因此,如果加尔文以后试图抹煞这个明摆着的事实,以狡辩的口吻写道:"谣传我设法让教皇的宗教法庭把塞尔维特抓获。有几个人甚至说,我把他交给我们新教信仰的死敌,把他投进狼群的咽喉,我这做法很不正大光明。不过我请问您,我能以什么方式和教皇的走卒们建立联系?说我和他们互相交往,那些像纠缠基督的贝利亚尔①一样死缠我的家伙,我会和他们串通一起,策划阴谋,这可很难令人置信。"可是这个看似符合逻辑的愚蠢遁词旨在隐瞒真实情况,实在过于拙劣;因为当加尔文嗫嚅地说,"他能以什么方式可以和教皇的走卒们建立联系呢?"文件却给予了一个摧毁性的明确回答:是通过他的朋友德·特吕建立的直接的途径。话说回来,德·特吕自己也在给阿尔耐的信件中极为天真地承认,加尔文帮了大忙。"我必须承认,我费了九牛二虎之力才从加尔文先生那里得到我附上的文件。并不是因为他认为,这样可耻的、亵渎上帝的罪行必须得到镇压,而是因为他个人认为,他有责任通过教训来说服异教徒,不是用司法的宝剑来迫害他们。"书写这封信件的作者实在拙劣,他(显然是在加尔文的授意下)企图把一切罪责都从真正有罪的人身上抹去,但是纯属徒劳,他这样写道:"可是我一个劲地催逼加尔文先生,并且为了说服他而向他挑明:他若不向我提供帮助,人家就会责备我做事轻率,最后他也只好把现有的材料提供出来。"但是文件记载的事实,在此远比一切机灵的话语说得更加明确:不论存心也好,半推半就也罢,加尔文为了达到谋杀的目的,毕竟最后还是把塞尔维特写给他个人的私人信件,提供给了"教皇的走卒们"。只有通过加尔文有意识的出手相助,德·特吕才可能在他致阿尔耐——实际上:是致教皇的宗教法庭的信里——把这批致命的证明材料附上并且在信末写上这样一句明确的附言:"我相信,我以有效的材料武装了你,现在抓获塞尔维特并将他告上法庭,应该不存在任何困难。"

  根据报告,红衣主教德·图尔农和大法官奥里接到控告异教徒塞尔维特的最终的证明材料,而这恰好是他们的死敌,极端异教徒加尔文热心殷勤十分巴结地硬送上门来的,他们起先纵声大笑,完全可以理解天主教教会的首脑们何以心情这样舒畅;因为假装虔诚的修饰手法实在过于笨

---

① 贝利亚尔,地狱里的厉鬼。

拙，难以掩饰加尔文名誉上无法抹去的污点：说加尔文出于善意，出于对德·特吕的友谊的忠诚，以极为亲切可爱的方式，想要帮助天主教的头头们，把一个异教徒活活烧死。可是他毕竟，说到底毕竟是耶稣教的领袖。这两个教会在地球上所有的国家都是互相以钢铁和火焰、绞架和车轮在拼死斗争，两个教会之间平素这样彬彬有礼，表示好意，实属罕见。但是这一令人欢愉、让人放松的瞬间过后，宗教法庭的法官们立即着手进行他们无情的工作。塞尔维特被抓获，投入监狱，紧接着就进行审问。由加尔文附上的信件构成的证据，如此令人瞠目结舌，把人击成齑粉的证据，被告无法再长久否认，米歇尔·德·维勒内夫和米盖尔·塞尔维特实为同一个人，也无法再否认，他自己确是那本书的作者。塞尔维特输掉了这场官司。不久在维埃纳火刑柴火堆的烈火就要熊熊燃起。

　　加尔文极端强烈地希望，借助他天主教的死敌，把他的另一个死敌干掉，但是这个希望第二次证明还为时过早。因为，要么是塞尔维特多年来在这一地区行医，极端受人爱戴，特别是有贵人相助，要么就是——这种可能性也许更大——天主教会的头头脑脑非常高兴地发现，正因为加尔文如此迫切地要把此人弄到行刑柱上去，他们就故意松松垮垮地处理这件事情。他们心想，宁可放过一个无足轻重的小异教徒，也不能让那个危险千百倍的一切异端邪说的组织者和宣传者，日内瓦的加尔文大师称心如意！对塞尔维特的看守松得出奇，平时异教徒都关在狭窄的监牢里，带上铁环，钉在墙上，而塞尔维特却完全异乎寻常地每天都可以到花园里去散步放风，呼吸新鲜空气。四月七日这天就是在这样一次散步之后，塞尔维特突然消失。监狱长只找到他的睡袍和梯子。他就是利用这把梯子越过花园的围墙。在维埃纳的市场广场上，没有焚烧他的真人，只好把他的画像和五捆他的作品《基本纲要修正》放在柴火堆上烧掉。日内瓦思考得极为巧妙极为周全的计划未能成功，加尔文本打算利用别人的宗教狂热，阴险奸诈地把自己精神上的敌人彻底干掉，而自己的双手则保持干干净净，不染血污。日后加尔文继续对塞尔维特施虐，仅仅因为此人坚持自己的信念而把他活活弄死，这一暴行加尔文不得不在自己双手沾满鲜血，受到一切有人性的人憎恨的情况下，自己负责了。

六　谋杀塞尔维特

逃出监狱之后,塞尔维特有几个月消失得无影无迹。谁也没法想像或者说清,这个被追捕的人一直到那个八月天为止,都经受了什么样心灵的恐惧。这一天,他骑着一匹租来的马进入日内瓦城,下榻在玫瑰旅店。

就像加尔文日后自己说的,这个为不祥之星所指引的人①,为什么偏偏要到日内瓦来找个歇脚之处,这座城市对他来讲,可是世上最危险的地方啊。这一点,从来无法揭示清楚。他在这里真的只住了一夜,以便第二天乘船越过湖面继续逃亡?他希望通过口头的交流比通过书信能更好地说服他的死敌?还是说他旅行到日内瓦也许只是神经过分亢奋而做出的一桩无谓的行动,是那种无比惬意、极端刺激的与危险赌博的游戏,是人们恰好在绝望已极的情况下才会萌生的念头?谁也不知道实情,也永远不会知道实情如何。塞尔维特从加尔文身上只能指望得到最阴毒的损招,可他为什么偏偏造访日内瓦,所有的审讯和记录都未能揭示这真正的秘密。

但是他那疯狂的喜欢挑衅的勇气,驱使这个不幸的人还进一步行动。刚到日内瓦,塞尔维特就在星期天走进教堂。加尔文的全部信众都在那里聚会。更荒唐的是,——这么多教堂,他偏偏选中圣·彼耶尔教堂。加尔文在那里布道,就他一个人在那业已淡忘的巴黎时间,曾和塞尔维特有数面之缘,因而认识。这里在两人之间有一种心灵的催眠作用,无法对此

---

① 原文是拉丁文。

进行任何合乎逻辑的解释:是毒蛇在寻觅它牺牲品的目光？还不如说更是牺牲品在寻觅毒蛇钢铁般的、可怕的吸引人的目光？反正势必有一种神秘的力量,驱使塞尔维特硬是迎着他的命运走了过去。

因为在一座每个人都向官厅保证,要互相监视的城市里,一个陌生人的出现必然会吸引大家好奇的目光,可以预见的事情立即发生;加尔文在他虔诚的羊群当中认出了这头凶猛的豺狼,立即向他的走卒下令,在塞尔维特离开教堂时,把他逮捕。一小时后塞尔维特身上就戴上了铁链。

逮捕塞尔维特不言而喻是一件公然违法的行为,粗暴地违反了世界各国都视为神圣不可侵犯的客人的权利和国际公法。塞尔维特是外国人,西班牙人。他是第一次踏上日内瓦的土地,因此他不可能在那里犯有前科,也不应被逮捕。他撰写的书籍全都是在国外印刷的,因此他也绝不可能教唆任何人,以他的离经叛道的观点,使日内瓦的虔诚灵魂受到毒害。此外,一位"宣讲上帝圣言的布道师",一个神职人员在法院没有下达逮捕令之前,也没有任何权力在日内瓦城里逮捕任何人,给他戴上锁链。——不论从哪方面看,加尔文对塞尔维特发动的袭击,都是世界史上专制独裁恣意妄为的行为,这样公开的嘲弄一切法律章程和协定,只有拿破仑对昂济安公爵[1]的袭击和谋杀可以与之相提并论。在这里,以违法剥夺人犯自由开始,对塞尔维特进行的,也不是一场正规的诉讼案,而是一个有预谋的谋杀,任何虔诚的谎言也无法掩饰。

没有事先提出控告,塞尔维特就遭到逮捕并投入监狱;现在至少事后得设计出一桩罪行。对于塞尔维特的被捕,在良心上负有责任的那个人,也应该作为他的控告人站出来——加尔文自己承认"由于我的倡议[2]",使之被捕——,这才符合逻辑,可是根据的确堪称榜样的日内瓦的法律,每个市民在控告别人犯有某种罪行时,自己也得和被告同时关在牢里,一直待到他的控告被证明为铁证如山为止。这就是说,为了合法地向塞尔维特提出控告,加尔文必须听从法院支配。对于这样一种使人难堪的司

---

[1] 昂济安公爵(1772—1804),法国波旁王族的成员。1804年8月2日,拿破仑对他发起袭击,并加以杀害。

[2] 原文是拉丁文。

法程序,作为日内瓦神权统治者的加尔文觉得有伤他的尊严:因为,万一市政委员会确认塞尔维特实际上并无罪过,那么他自己就得作为告密者继续待在监狱里,那怎么办?这岂不大大有损他的威望,他的敌人岂不是会得意非凡!反正加尔文一向善于机变,宁可让他的秘书尼可拉斯·德·拉·芳泰纳去扮演这个令人不快的控告者的角色。果然,他的秘书便老老实实、不声不响地代替加尔文蹲进了监狱,事先向官厅递交了一份包括二十三条罪状的起诉书,控告塞尔维特。不言而喻,起草人是加尔文:一出喜剧就这样导出这出阴毒的悲剧。随便怎么说,在明目张胆地破坏了法律之后,现在至少从表面上看又保持了合法程序的表象。塞尔维特第一次遭到审讯,法院根据一系列的条款通知他原告控告他的不同罪行。对于庭上提出的问题和控告,塞尔维特都回答得心平气和,聪明机警,他的精力并没有因为囚禁而受损,他的神经完好如初。他逐条反驳原告提出的罪状,譬如,说他在自己的著作中对加尔文先生进行了人身攻击。他说,这条正好是颠倒事实,因为首先是加尔文先生对他进行了攻击,这才使他接着阐述加尔文在某些方面也并非毫无错误。如果加尔文指控他顽固地坚持某些个别论点,他也同样可以指责加尔文态度顽固。在加尔文和他之间只存在着神学上的意见分歧,这些分歧不是一个世俗的法庭所能裁决。倘若加尔文尽管如此仍要坚持把他逮捕,那就不是别的,纯粹是个人的报复行为。不是别人,正好是耶稣教的这位领袖,当时向天主教的宗教法庭对他进行告密。他没有早就死于火刑,这可并不是这位阐述上帝圣言的布道师的功劳。

塞尔维特的这一立场在司法上无懈可击,无可指责。法庭的情绪已经非常倾向于塞尔维特,很可能就仅仅判他一个驱逐出境就了结了这桩案子。但是加尔文想必不晓得从什么信号,感觉到案情对于塞尔维特并非不利。他瞄目的牺牲品到末了很可能得以安全脱身。因为在八月十七日,他突然现身法庭,出人意表地把他演出的所谓并不参与的喜剧就此终结。他清楚明白地公开表态:他不再继续否认,自己就是塞尔维特的真正控告者,他请求法庭允许他从此参加审讯,利用一个伪善的借口,"以便向被告更好地指出他的错误"。——而实际上,不言而喻,是投入他整个个人的威力来阻止他的牺牲品即将成功地逃脱法网。

从此刻开始,既然加尔文独断独行地挤到被告和法官之间,塞尔维特的案情就此恶化,令人担忧。加尔文这位训练有素的逻辑学家和经过深造的法学家自然不同于那个微不足道的秘书德·拉·芳泰纳,他以另外的方式发起攻击。控告者的攻势加强,被告的安全感也就相应地减弱。看到他的控告者和死敌出乎意料地和法官并排坐在一起,容易冒火的西班牙人明显地渐渐失控,看到他的死敌神情冷峻、严厉,摆出一副绝对客观的样子蒙骗众人,提出一些问题。塞尔维特深切感到,加尔文已经铁了心,定要用这些问题把他逮个正着,勒死他才罢休。一股邪恶的好斗精神,一股死硬的愤怒攫住了这个无力防御的被告。他非但不能镇定自若地、安安静静地坚守住自己稳妥的司法立场,反而被加尔文的这些引人上钩的问题诱骗到神学讨论的滑不留步的土地上,以热切的强词夺理的论述自己伤害自己。因为单单他说的这么一句话:魔鬼也是组成上帝本体的一部分,就完全足以使这些虔诚的法官背上激起一阵寒噤。可是一旦激起了他哲学上的野心,塞尔维特便毫无顾忌地对最为棘手、最为敏感的信仰教条大放厥词,就仿佛他面前的这些法官全是业已启蒙的神学家,他可以毫无顾忌地在他们面前阐述真理。但是恰好是这种喋喋不休的论述劲头,激情洋溢的论战渴念,使得法官们觉得塞尔维特十分可疑:他们开始越来越倾向于加尔文的观点,这个陌生人目光如炬,拳头紧握,滔滔不绝,反对他们教会的学说,想必是一个危险的叛乱分子,要破坏宗教上的和平,极其可能是个无可救药的异端分子;反正对他进行一次彻底的调查有益无害。法庭判定将他继续收押狱中,而他的控告人尼可拉斯·德·拉·芳泰纳则予以释放。加尔文的意志得到贯彻,他高高兴兴地写信给他的一个朋友:"我希望,他被判处死刑。"

为什么加尔文这样急切地希望把塞尔维特处死?为什么他不满足于一个稍微小一些的胜利,只是把这个老唱反调的家伙驱逐出境或者给予一个可耻的下场把他打发了事?人们不由自主地首先产生这样的印象,仿佛这件案子,完全是在泄私愤,报私仇。可是实际上加尔文对塞尔维特的仇恨并不甚于仇恨卡斯台利奥和其他任何哪一个敢于冒犯他权威的人:对于每一个敢于发表和他不同教义的人怀着无比的仇恨,这对于他那独裁暴君似的天性纯粹是绝对本能的感情。他恰巧反对塞尔维特,并且恰好在眼下这一时刻试图以他所能采取的最为严厉的措施对付塞尔维特,这的确不是由于个人的原因而是由于争权夺利的政治原因;塞尔维特这个叛乱分子得为另外一个反对新教正统教义的敌人偿付代价。此人是从前的多明各修会的神父希罗尼姆斯·波尔塞克,加尔文同样想用捕捉异教徒的钳子把波尔塞克抓住。可是令人万分气恼的是,此人竟逃出了他的掌心。这个希罗尼姆斯·波尔塞克在日内瓦一些最高贵家庭充当私人医生,受到普遍的尊敬。他公开攻击加尔文学说中最为薄弱最有争论之处,僵死的宿命论的信仰,就像埃拉斯姆斯在同样问题上攻击马丁·路德时使用的是相仿的论据。他把这种思想斥为荒谬:说上帝作为一切善行的原则,竟会有意识地故意地决定和驱使人们去从事他们无比邪恶的罪行。大家都知道,路德是多么不友好地接受了埃拉斯姆斯的指责。这位极善动粗、精通骂人之术的大师是如何把满车的脏水和恶毒的诅咒都劈头盖脑地倾倒在这位年迈、睿智的人文主义者身上。可是他尽管脾气火爆、态度粗野、残暴成性,在他给埃拉斯姆回信时,依然守住思想争辩的方式,丝毫也没有想过,因为埃拉斯姆斯反对宿命论的学说,所以就立即向一个世俗的法院控告他是个异教徒。加尔文则不然,他深信自己的学说绝无错误,达到疯狂的地步,便把每一个持反对意见者,统统视为异教徒。对他而言,反对他的教会学说,几乎相当于叛国大罪。所以不是作为神学家来回答希罗尼姆斯·波尔塞克的问题,而是立刻下令把他投入监狱。

但是出乎意料的是,他想把希罗尼姆斯·波尔塞克当作先例予以严惩,以儆效尤的打算遭到失败,使他十分难堪。因为在日内瓦有众多的民众,深知这位学养深厚的医生敬畏上帝,就像在卡斯台利奥案中一样,大众怀疑,加尔文只是想摒弃一名独立思考、对他不是俯首帖耳的人,以便在日内瓦一人独大,唯我独尊。波尔塞克在狱中写的怨诉歌,陈述自己清白无辜。这首歌的手抄件到处流传。尽管加尔文对市政委员会百般施加压力,市政委员们还是没有勇气,根据加尔文的要求,宣判波尔塞克为异教徒。为了摆脱这个令人进退失据的判决,他们宣布,宗教问题不归他们处理;他们拒绝作出最终决定,因为这个神学事件远远超过他们判断的能力。在这件棘手的事情上,他们首先必须征得瑞士其他各州的教会法律上的鉴定意见。这一征求意见,却使波尔塞克获救,因为苏黎世、伯尔尼和巴塞尔的这些经过宗教改革的教会暗地里都很乐意给他们的这位自以为毫无舛错的狂热同事一次小小的打击,他们异口同声地表示,在波尔塞克的言论中没有看见任何亵渎上帝的思想。于是市政委员会宣判波尔塞克无罪开释。加尔文只好放开他的牺牲品,勉强同意根据市政委员会的要求,让波尔塞克离开日内瓦,从此销声匿迹。

要使人遗忘加尔文的神学权威这次公开遭到的失败,只能用一场新的审理异教徒的官司才能办到。波尔塞克获释,那就得把塞尔维特拿来补偿。在第二次试图审理塞尔维特时,加尔文的机会简直有利到了极点。因为塞尔维特是个外国人,一个西班牙人,他和卡斯台利奥和波尔塞克不同,他们在日内瓦都有朋友、崇拜者和援手。另外,塞尔维特在所有进行了宗教改革的神职人员当中,这些年来,因为他肆无忌惮地攻击三位一体,并且摆出一副挑衅的架势,已经非常令人憎恨。把这样一个毫无背景的外来人用来作为杀一儆百的例子,要容易得多。因此这场官司从第一时刻起,对于加尔文而言,就完完全全是场政治性的诉讼,是个权力斗争问题,对于加尔文要想达到精神独裁的意愿而言,这是考验它能否承载压力的检验,是决定成败的一次检验。倘若加尔文并不想达到别的什么目的,只想摆脱他个人的私敌,神学上的对手塞尔维特,情况对他而言,已经变得多么轻松有利。因为日内瓦的调查刚一开始,法国司法部门的一位使者已经在日内瓦出现,要求把那个在法国判刑的逃犯引渡到维埃纳,并在那里受到火刑。对于加尔文而言,去扮演宽宏大量之人,并且彻底干净地摆脱掉这个令人憎恶的唱反调的家伙,这可真是千载难逢的机会!日内瓦的市议政委员会只需批准引渡此人,这场令人烦恼的塞尔维特案件对于日内瓦而言,便可了结。但是加尔文阻止引渡塞尔维特,对他来说,塞尔维特不是一个活生生的人,不是一个主体,主要是个物体,在这个物体身上,他要给全世界留下深刻印象,显示他自己的学说是神圣不可侵犯的。法国官厅派来的使者一无所获地给打发回去。耶稣教的独裁者要在自己的权力范围内进行这场诉讼,并且结束这场官司,为了把这一条提升为国家的法律:谁若试图反对他,要冒生命的危险。

不久在日内瓦,无论是加尔文的朋友,还是他的敌人都注意到,塞尔维特案件对他而言,仅仅关乎一次政治权力的较量。因此他的敌人不遗余力地想尽一切办法来破坏加尔文的这块漂亮的样板,就再也没有比这更自然不过的事了。不言而喻,这些政治家丝毫也不在意塞尔维特此人的命运如何,对于他们而言,这个不幸的家伙也仅仅只是一只皮球,一个试验品,一个小杠杆而已。他们要利用这个小杠杆动摇独裁者的权力。进行这次试验时,这把工具在他们手里是否会折断,这对他们大家全都无关紧要。事实上这些危险的朋友只是对塞尔维特大帮倒忙而已。他们用谣言来提升这个歇斯底里者摇摆不定的自我意识,并且向他狱中悄悄地送去消息,要他务必坚决抵抗加尔文。这场官司只有变得尽可能地激动人心、引起轰动,才符合他们的利益:塞尔维特反抗得越激烈,对他深恶痛绝的敌人进攻得越疯狂,那就越好。

但是此人行事本来就不假思索,要让他变得更加不假思索,已经没有多大的必要,这个后果可真是不堪设想。长时间这样残酷地囚禁早已产生作用,使得这个神经亢奋的人,达到毫无顾忌、暴跳如雷的境地,因为塞尔维特在狱中受到有意识的、刁钻古怪的虐待(这点加尔文想必一清二楚)。这个神经质的歇斯底里的病人,觉得自己完全清白无罪,却一连几个礼拜,像个杀人犯似的被深锁在一间潮湿冰冷的牢房里,加上脚镣手铐。衣服已经霉烂,挂在冻僵了的身上,尽管如此,仍然不准给他一件干净的衬衣,保持身体清洁的最原始的要求也遭到忽视,谁也不许向他提供援助,哪怕是最起码的援助也不行。他苦难深重,难以忍受,塞尔维特写信给市政当局,要求给以更为人道的待遇。此信的措辞令人震撼:"跳蚤把我活活咬死,我的鞋已经破烂,我没有衣服,连内衣也没有了。"

但是有只秘密的手,——大家都认得它。这只无情的手,像螺丝钳一样灭绝人性地把每一个反抗都夹得粉碎。——尽管市政当局对塞尔维特的投诉,立刻做出反应,下令结束这样糟糕的状况,这只手却在阻碍改善塞尔维特的命运。他们让这个大胆的思想家和追求自由的学者像条浸在屎尿堆里的癞皮狗似的,在他潮湿的粪坑里生不如死地苟延残喘下去。几周之后,塞尔维特发出第二封信,哀号之声更加凄厉。他简直就泡在自己的粪便之中窒息:"我请求你们看在耶稣基督的仁爱分上,请把你们会给予一个土耳其人和犯罪分子的东西,也给我一点,不要拒绝。你们下令给我衣物,让我保持清洁,可什么也没有给我。我现在的处境比以往更加凄惨。他们不让我把我排出的屎尿弄干净,这可真是惨无人道。"

但是没有任何动静!这个从他自己湿漉漉的粪坑里捞出来的人,脚上挂着铁链,每次都屈辱万状地身披发出恶臭的破布条子,而他对面那个人,坐在法官席上,穿着熨得挺挺括括的黑色牧师长袍,冷酷冷静,做好充分准备,精神上养精蓄锐;他一心想和这个人精神对精神,学者对学者地开展一场对话,而此人对他却比对待一个凶手更加凶狠,对他真是百般虐待。此情此景,他火冒万丈,又有什么可奇怪的呢?他被卑鄙到家、阴险已极的问题和暗示百般折磨,拼命刺激。这些问题一直探到他最隐秘的性生活里。他看不见敌人的真正意图,不复谨慎对待,也用极端恶毒的辱骂攻击那个法利赛人①,这难道不是无法避免的吗?由于夜夜失眠,虚火上升,他用以下的话语刺向那个害他遭受那么多非人待遇的人的咽喉:"你否认自己是个杀人凶手?我将用你的行动予以证明。至于我,我对我正义的事业确有把握,我视死如归。而你却像一个盲人在沙漠中狂呼乱叫,因为复仇的精神焚烧了你的心脏。你撒谎,撒下弥天大谎,你这个无知之徒,你这个诬告者!愤怒在你心里沸腾,你把别人驱向死亡。我本来希望,你的全部魔法还留在你母亲的腹中,而我却有机会,一一指出你的谬误。"狂怒使他心醉神迷,这个不幸的塞尔维特完全忘记了自己一筹莫展、无力反抗;这个发狂的人,身上铁链琅琅地直响,嘴上唾沫星子四溅,要求审判他的法庭,不该判他有罪,要判破坏法律者加尔文,日内瓦的独裁者,有罪。"因此,他这个魔法师,不仅该判有罪,该对他判刑,也应该把他驱逐出城,他的财产应该判给我,用以补偿我因他之故而失去的

---

① 《圣经》中的伪君子。此处指加尔文。

财产。"

不言而喻,这批老实巴交的市政官员听到这样的话,看到他的这副尊容,真吓得浑身汗毛直竖,惊恐异常:这个骨瘦如柴、脸色苍白、只有皮包骨头的男子,长了一蓬杂乱无章的胡子,眼睛熬得通红,用稀奇古怪的语言,像乱喷乱洒的飞泉似的吐出一大堆骇人听闻的罪状,来攻击他们基督教的领袖,使得这些市政官员不由自主地把他看成魔鬼附体之人,一个被撒旦驱赶着的人。一场审讯又一场审讯,气氛对他越来越不利。其实官司到现在已经结束,塞尔维特判罪已不可避免。但是加尔文的秘密敌人都有兴趣延长官司,把它直拖下去,因为他们不想让加尔文就此高奏凯歌,而反对他的人败在法律手里。他们再一次试图拯救塞尔维特,他们请其他进行了宗教改革的瑞士教会会议发表意见,就像在波尔塞克案子里请他们发表看法一样,他们暗自希望加尔文的教条主义的牺牲品这一次也能在最后时刻逃出加尔文之手。

但是加尔文心知肚明,现在最终事关他的权威。他不会第二次再上他们的当。这一次他及时急忙采取措施。他的受害者毫无抵抗能力地关在监狱里逐渐腐烂,他却一封接一封地写信给苏黎世、巴塞尔、伯尔尼和夏夫豪森的宗教领袖们,企图事先影响他们对塞尔维特一案的鉴定。他向四面八方派出信使,把所有的朋友都动员起来,警告他自己的同事们,切莫让这样一个该受惩罚的亵渎上帝之徒逃脱公正的判决,逍遥法外!而塞尔维特恰好是一个出了名的神学界的捣蛋鬼,从茨文利和布塞尔那时候起,这个"放肆的西班牙人"在整个教会的各个圈子里,就已经为大家所深恶痛绝,而这一情况对加尔文所做的片面影响殊为有利。事实上,瑞士所有的教会会议都异口同声地认为塞尔维特的看法错误不堪、可笑之极。尽管这四个宗教集体没有一个公开要求把塞尔维特判处死刑,或者只是欢迎采用死刑,他们至少在原则上同意使用任何严厉的刑罚。苏黎世这样写道:"究竟对此人采用什么惩罚,我们完全信赖您的智慧。"伯尔尼向上帝呼吁,希望上帝赋予日内瓦人"智慧和坚强的精神,以便您能为您的教会和其他教会效力,把它们从这场鼠疫中解脱出来。"可是这个关于用暴力排除此人的指示同时又被以下的警告所削弱:"可是以这种方式,即你们同时并不做出任何不宜于由基督教的市政委员会做的事情。"任何地方都没有明确地鼓励加尔文采用死刑。可是既然各个教会都批准他对塞尔维特判刑,加尔文感到,他们也会赞同后续的行动,因为他们说了些模棱两可的话,让他放手做出一切决定。一旦让他放手行动,这只手就凶狠、坚定地打将出去。现在那些秘密帮助塞尔维特的人,一听到其他教会城市的教会做出的鉴定,立即设法在最后关头来拖延那即将做出的判决,可是徒劳。佩林①和其他共和党人动议,再去咨询他们这一地区的最高当局,二百人会议。可是时间已经太晚,加尔文的敌人也感到再作反抗已经过于危险:十月二十六日法庭一致同意,判处塞尔维特火刑,活活烧死。这个残酷的判决第二天就要在香佩尔广场执行。

几个星期,几个月之久,塞尔维特关在监狱里,与现实世界隔绝,心里始终热情洋溢地满怀希望。他天性充满幻想容易激动,另外那些自称是他朋友的人向他发出的秘密的悄声耳语也使他晕头转向。他于是越来越热切地沉溺于妄想之中,认为他早已使法官们信服他的论点所阐述的真理,这个篡权者加尔文不出几天,就会蒙受羞辱,在漫骂声中从这里赶出去。因此当市政委员会的几个秘书脸上毫无表情地走进他的囚室,笨手笨脚地打开一卷羊皮纸,宣读对他的判决时,这猝然惊醒就变得更加可怕。这判决对于塞尔维特而言,直如晴天霹雳。他僵立在那里,仿佛这骇人听闻的事情他丝毫也没听懂,他倾听秘书向他宣读判决,他第二天就得作为一个亵渎上帝的罪人,活生生地被烧死。足足有几分钟之久,他像个聋子,完全丧失意识。紧接着,这个受尽酷刑的人神经崩溃。他开始呻吟、怨诉、抽泣,从他的喉咙里迸发出他用西班牙母语发出的狂乱不堪的尖声惊叫:"发发慈悲吧!"他那迄今为止一直病态地紧紧绷着,过分绷紧的高傲神气,似乎被这惊人的消息彻底砸烂,一直砸到根部。这个不幸的人两眼发直,失魂落魄地直瞪着前方,他已被击成齑粉,彻底消灭。自以为是的布道师们认为在取得了世俗的胜利之后,现在已是在宗教上战胜

---

① 阿米·佩林(? —1561),日内瓦自由派,反对加尔文,后领导武装暴动,失败后,逃往国外。

塞尔维特的时候,趁他绝望之际,引诱他自觉自愿地承认他的错误。

妙极了:这个人已经被踩得粉碎,几乎已经油尽灯灭,可是刚一触及他信仰最最深层的这一点——他们刚刚要求他收回他的论点,他旧日倔强的反叛精神立即好像熊熊烈火似的强劲有力,无比高傲地腾空升起。他们尽可把他判刑、施加酷刑,把他烧死。他们尽可把他千刀万剐,凌迟处死。——塞尔维特是一寸一分也不会离开他的世界观的。恰好是他人生的最后几天,使得这位学术上的漫游骑士升华,成为具有坚定信念的殉道者和英雄。为了一同庆祝加尔文的胜利,法累尔特地从洛桑赶来,催逼塞尔维特改变观点,塞尔维特断然驳回法累尔的催逼;他声称,人世间的判决丝毫不能证明,一个人在有关上帝的事情上是否在理。谋杀不算说服。他们没有向他证明什么,只是试图把他勒死。无论法累尔采取威胁还是允诺都无法逼着这个上了镣铐必死无疑的牺牲品,哪怕说出一句改变看法的话来。但是为了明显地表示,他尽管坚守自己的信念,并不是异端分子,而是一个虔诚的基督徒,因此有责任,即使和他的敌人当中最最杀人成性的家伙,也要争取和解,塞尔维特于是宣布,在他去世之前还准备在监狱里接受加尔文造访。

关于加尔文这次探望他的牺牲品的事件,我们只拥有一方的报告,即加尔文的报告。但是即使在加尔文自己的表述里,他的心灵冥顽不化,冷酷无情也展现出来,令人惊悚,使人反感。那个宰杀牺牲者的人下降到潮湿阴冷的囚室里去看望他的牺牲品,但并不是为了说句话安慰那个必死无疑的人,不是为了给那个明天将在最惨烈最可怕的刑罚中死去的人以兄弟般的鼓励或者基督徒的关怀。加尔文以冷漠的就事论事的口气开始和塞尔维特交谈。第一个问题便是,塞尔维特为什么要叫他来,有什么话要对他说。显然他在等待着,塞尔维特这下将屈膝跪下,开始痛哭流涕,哀求这个全能的独裁者能毁掉这份判决书,或者至少能减轻刑罚。但是这位遭到判决的犯人只是非常质朴地回答道——单单这点想必就使每一个人性尚未泯灭的人都深受震撼——,他让人把加尔文叫来,只是为了请他原谅。这个牺牲者向宰杀他的人提出基督徒式的和解。可是加尔文的眼睛,像石头一样阴冷漠然,从来也不愿把一个政治上和宗教上的敌人看成基督徒,也不愿承认那是人。加尔文他在报告里冷冰冰地报导:"接着我便干脆提出异议,我从来对他就没有抱着个人怨恨,这也完全符合事实。"他既不明白塞尔维特临死前做的基督徒的姿态或者也根本不想明白,他拒绝接受在他们两个之间进行任何形式的人性的和解。他要塞尔维特不妨把一切有关他个人的事全都搁置一边,只要承认他对上帝犯下的错误,否认了上帝本质是三位一体的。加尔文作为理论家有意识无意识地拒绝把这个早已注定要牺牲性命的人看成自己的兄弟,这个在第二天就要像一根毫无价值的劈柴一样给扔进熊熊烈火之中。作为一个思想僵化的教条主义者,他只把塞尔维特看成否定了他个人的上帝概念,因而也否定了上帝的罪人。现在对于喜欢强词夺理的他来说,只有一件事是重要的:在这个注定了必死无疑者吐出最后一口气之前逼出此人的供词,承认塞尔维特是错误的,而他,加尔文则正确无误。可是,塞尔维特既然感觉到,这个绝灭人性的宗教狂,还想从他那已经毁坏的身体里夺走他惟一生机活跃而且是他身上惟一永生不死的东西:他的信仰,他的信念,这个受尽折磨的人便挣扎着奋起反抗。他断然拒绝做出任何胆怯的让步。这样加尔文觉得再多说每一句话都是多余:一个在宗教事务上不愿完全屈服的人,对他而言,就不再是基督意义上的兄弟,而是撒旦的奴仆,就是罪人。跟他说每一句话都是浪费唇舌。何必为一个异端分子表示一丝一毫的好心善意?加尔文毅然决然地转过身子,离开了他的牺牲品,一声不吭,也不投去一瞥友好的目光。在他身后哐啷啷一响,铁门的门闩紧紧插上。这个宗教狂热的控告者用毫无感情的冷酷话语结束了他的报告,而这份报告直到永远都将对他自己做出控告:"既然我用规劝和警告都达不到任何目的,我不想变得比我老师允许我达到的更为睿智的程度,我遵循圣保罗①的规则,抽身离开这个异端分子。他自己对自己进行了宣判。"

  捆在火刑柱上用文火慢慢烧烤致死是一切死刑中最为痛苦惨烈的方

---

① 根据《圣经·新约全书·圣保罗致哥林多前书》第一章第十九至二十四节。圣保罗告诉哥林多人,世人不可能认清智慧和聪明。

式，即使因极端凶残而臭名昭著的中世纪在它全部阴森恐怖的漫长岁月里，这种刑罚也采用得少而又少。在大多数情况下，死刑犯在遭受这种刑罚前，已事先捆在火刑柱上被人用刀子刺死或者使之麻醉。恰好打算把这种最为恐怖最为可怕的处死方式用来处分耶稣教的第一个被视为异教徒的受害者，这事激起了整个人道世界愤怒的惊呼。可以理解，加尔文事后，事隔很久之后，将想尽一切方法，把谋杀塞尔维特的暴行中采用这样特殊的残暴行径的责任全都推在别人身上。（在塞尔维特的尸体早已化为灰烬之时），加尔文说道，他和教会监理会的其他成员曾经努力设法，把犯人活生生的用文火烧死这一极端痛苦的死刑改为用剑刺死这一缓和的刑罚。但是"他们的努力毫无效果"①。对于这些所谓的努力，在市政委员会的记录里，可没有找到片言只语。加尔文可是独自一人强迫法庭打成了这场官司，对俯首贴耳的市政当局施加强大压力才争得了对塞尔维特的死刑判决，哪一个不存偏见的人会相信，就是这个加尔文突然之间成了日内瓦一个毫无影响、毫无权力的普通人士，竟然无法使塞尔维特得到一种更为人道的死刑方法？从字面上看，加尔文也确实考虑过让塞尔维特获得更和缓的死刑，但是只有在一种情况下，惟一的情况下才能考虑（在这里他的说法出现一种辩证的重点转移），那就是塞尔维特必须以"精神上的牺牲"②，即在最后时刻以改变观点来买得这个缓刑；不是出于人道精神，而仅仅只是出于赤裸裸的政治考量，加尔文这才——他生平可是第一次——对一个敌人表示温和态度。因为倘若在离开火刑柱只有一寸的地方能从塞尔维特那里夺得他的忏悔，承认自己错了，加尔文对了！这对于日内瓦的这派学说将是多么重大的胜利！能迫使那个吓得心惊胆战的犯人承认，他并不是为了捍卫自己的学说作为殉道者而死，而是在最后时刻向全体民众宣布，只有加尔文的学说，而不是他的学说是正确的，是世上惟一正确无误的学说，这是什么样的胜利！

可是塞尔维特也知道，他将付出什么样的代价。在这里倔强对抗倔

---

① 原文是拉丁文。
② 原文是意大利文。

强,狂热对抗狂热。宁可为了自己的信念,忍受难以名状的苦刑而死,也不为彰显约翰·加尔文大师的教条而换得较为松快的死刑!宁可忍受半小时难以估量的痛苦,但是赢得精神上殉道者的荣誉,同时让敌人直到永远都烙上人性泯灭的污点!塞尔维特断然拒绝进行这笔买卖,做好思想准备,为他的倔强承担一切可以想像的酷刑,以此作为痛苦的代价。

余下的是令人骇然的惨烈场面。十月二十七日早晨十一点钟,身穿破衣烂衫的囚犯从监狱里押了出来。很久不见天日已经怯光的眼睛第一次看见天光,也是最后一次,直到永远。蓬乱的胡子,一身污秽,骨瘦如柴,这个判处死刑的犯人戴着哐啷做响的脚镣手铐,摇摇晃晃地向前迈着步子。明亮的秋日照着他死灰色的脸,一脸衰败,使人惊骇。刽子手们在市政厅的台阶前推推搡搡地把那吃力地向前挪动蹒跚脚步的死囚粗暴野蛮地推倒在地。囚禁了几个礼拜,他已不会走路。法官向聚集起来的民众宣读死刑判决,死囚自己也得低着脑袋聆听。判决书是这样结尾的:"我们宣布,将你,米盖尔·塞尔维特,戴上锁链,带到香佩尔广场去活活烧死。你的手稿和印出的书也一并焚烧,直到你的身体烧成灰烬。一切妄想犯这样罪行的人,应以你的下场为戒,切勿效尤。"

判处死刑的犯人浑身战栗,冷得发抖,倾听对他的判决。在死亡的痛苦之中,他膝行着挪近市政委员会的官员们,苦苦哀求他们给他一个小小的恩典,让他死于剑下。"这样,他所受的极度的痛苦,不至于把他逼到绝望的境地。"他说,他若犯了罪,那是由于无知。他一直被这种思想所驱使:认为是在促进上帝的荣誉。在这一瞬间,法累尔走到法官和膝行者中间。远处都可以听到他问那个即将处死的犯人,是否准备否定他那反对上帝是三位一体的学说,从而获得一个和缓刑罚的恩宠。现在——恰好是在最后时刻,一个平时资质平庸的人在道德上得到升华。塞尔维特再一次把向他提出的这场交易顶了回去,下定决心,实现他从前说过的话,他准备为了他的信念忍受一切苦痛。

于是只剩下走完这悲剧的道路。这一行人慢慢地向前挪动。走在最前面的是少尉大人和他的助手,两人都戴着标明他们头衔的徽章,由武装的弓箭手簇拥着,后面挤挤搡搡地跟着那些好奇心切的观众。队伍穿过全城,一路上,从不可胜数的民众面前走过,他们投来胆怯的目光,默不做声,法累尔紧挨在死囚犯的旁边。他一个劲地不停开导塞尔维特,让他在最后关头承认他的错误,收回他的错误观点。塞尔维特给他一个真正虔诚的回答:他判了死刑,纯属冤枉。但尽管如此,他仍然祈求上帝在审判控告他的人时,能充满怜悯之心。法累尔听了,燃起教条主义的怒火,冲着塞尔维特大声斥责:"什么?你犯下了一切罪过中最严重的滔天大罪,你还想自我辩护?你若再这样执迷不悟,我就听凭上帝对你做出的判决,再也不陪你往前走了。我本来是下定决心,一直到你呼出最后一口气,也绝不离开你。"

但是塞尔维特不再做出任何回答。这些刽子手,这些争吵不休的家伙叫他感到恶心:再也不跟他们说一句话!这个所谓的异教徒和亵渎上帝者,不断地喃喃自语,似乎是想麻醉自己:"啊,上帝,拯救我的灵魂吧!啊,耶稣,永恒的上帝之子,矜怜我吧!"然后他又扬起嗓音,请求在场所有的人,和他一起祈祷,为他祈祷。即使到了刑场,看见了火刑柱,他又再一次跪倒,虔诚地收敛心神。但是害怕一个所谓的异教徒的纯洁的手势可能会对民众产生印象,狂热的法累尔就越过那个怀着敬畏之心、跪倒在地的犯人,冲着观众叫道:"你们瞧,撒旦有多么强大的力量,他把一个人抓到他的魔爪之中。此人很有学问,也许深信自己做得很对。可是现在他已落到撒旦的手里。这种事情你们每个人都会碰上。"

与此同时那些令人发指的准备工作已经开始,柴禾已经堆在火刑柱的周围,要把塞尔维特吊到火焰上去的铁链银铛做响,刽子手已经把死囚的双手捆绑起来。这时法累尔再一次,也是最后一次,挤到塞尔维特的身边。塞尔维特这时只在轻声叹息:"啊,上帝,我的上帝啊!"法累尔大声向他呼叫,说了这句阴险的话:"你没有别的话要说了吗?"这个强词夺理的家伙依然希望塞尔维特看见了这根折磨人的行刑柱会承认那惟一的真理,加尔文主义的真理。可是塞尔维特答道:"除了谈论上帝之外,我还有什么别的事情可做呢?"

法累尔深感失望,放开了他的牺牲品。现在只有另一个刽子手,那屠宰人们肉体的刽子手去干他那令人憎恶的差事。一根铁链把塞尔维特吊在火刑柱上,一根绳子在这骨瘦如柴的身上捆了四五道。刑吏们还把塞尔维特的著作和他当年为了求加尔文给予兄弟般的意见而秘密地(通过密封的信札)①寄给加尔文的那份手稿都插在这活生生的人体和残忍地嵌进肉里的绳索之间。最后为了嘲弄死囚,还把一顶令人反感的苦难之冠扣在塞尔维特的头上,一个用浸泡了硫磺的树叶编成的花环。做完了这件最残忍的事情之后,刽子手的工作就算完成。现在他只需要把柴堆点燃,谋杀行动就此开始。

当火焰从四面八方腾空而起时,受到折磨的死囚发出了一声撕心裂肺的惨叫,围观的人都感到惨不忍睹,一时都浑身寒噤地转过脸去。霎时间烟火弥漫,把那具在浓烟中挣扎的躯体盖住,但是大家还听见被火焰缓缓吞噬的鲜活的人肉里不断发出那无名无姓的受难者越来越刺耳的、痛彻心肺的锐声号叫,最后只听见那人在苦难中发出的最后一声虔诚的尖声呼喊:"耶稣啊,你永恒的上帝之子,矜怜我吧!"这无法描述的惨烈残酷的与死神的搏斗持续了足足半个小时。然后火焰似乎得到了餍足,渐渐熄灭,黑烟四下飘散,在烧焦了的死刑柱上有一团黑糊糊的冒着浓烟已成焦炭的东西吊在烧红了的铁链上,一堆令人触目惊心的胶状物体,已无法让人想起这曾是一个活人。从前曾经是一个能够思维,激情满怀地追求永恒的人间造物,是具有神性的灵魂能够呼吸的那一部分,如今已变成一堆可怕的粪土,一堆如此令人恐怖,叫人反感,臭气熏天的一堆残灰。这番景象也许会有一瞬间使加尔文认识到自己的恣情狂妄,竟然大胆地让自己既充当一个同信仰的兄弟的法官,又充当他的凶手。

但是在这恐怖时刻加尔文又在哪里呢?为了表示自己与此无涉,或者为了保护自己的神经,他小心翼翼地待在家里。他坐在窗户紧闭的书房里,把这残忍的差使交给刽子手和残暴的同信仰的兄弟法累尔。需要找出一个无辜者,对他进行控告,刺激得他火冒三丈,最后把他送到火刑柱上去,这种时刻加尔文总是不遗余力地挤在众人前面;可是在行刑的时候,只看见花钱雇来施刑的差役,可是看不见那真正有罪的人,此人希望

---

① 原文为拉丁文。

进行这场"虔诚的谋杀",下令把它付之实现。一直到下一个礼拜天,加尔文才身穿黑色法衣庄严肃穆地登上布道台,在沉默无语的当地百姓面前,对一个事件大加赞赏,称之为伟大壮举,必要而且公正,而他自己却不敢襟怀坦荡、无拘无束地正视这一事件。

七　宽容宣言

>寻找真理,说出你所想的真理,这永远也不可能是犯罪行为。不能强迫任何人接受任何信念。信念是自由的。
>
>　　　　　　　　　　　　　　　　赛巴斯蒂安·卡斯台利奥

一切同时代人立即感到塞尔维特被烧死一事是宗教改革运动在道德方面的分水岭。在那暴力横行的世纪,其实个把人被处死并不是什么引人注目的事情。从西班牙海岸一直远到北海和不列颠各岛,当时为了彰显基督的荣耀,有无数的异教徒被活活烧死。成千上万手无寸铁、无法自卫的人被人以各自所谓的"惟一真正"的教会和教派的名义,押往刑场,被烧死、砍头、闷死或淹死。在卡斯台利奥的《论异端分子》中这样写道:"倘若就此毁灭的,——我根本不说那是些马,而只是些猪,那么每个君王都会说,蒙受了一次巨大的损失。"可是被除掉的只是些人,因而就根本没有人想到,去数一数这些牺牲品有多少。深感绝望的卡斯台利奥当然还不能预见到我们这个战火纷飞的世纪,他喟然长叹:"我不知道,是否曾经有过哪个年代,像我们这个时代一样,流洒过这么多的鲜血。"

但是在以后若干世纪里,在无数暴行恶事中总有一桩使得似乎沉睡的世界良心突然惊醒。塞尔维特遭受酷刑的火焰照亮了他那时代所有其他的人。二百年后吉本[①]还承认:"这一次牺牲给他的震撼比宗教法庭的

[①]　爱德华·吉本(1737—1794),英国历史学家。著有《罗马帝国衰亡史》。

爱德华·吉本

柴堆上发生的第一千次牺牲对他的震撼都更加深刻。"因为塞尔维特的行刑——借用伏尔泰说的话——是在宗教改革期间发生的第一次"宗教的谋杀",也是第一次相当明显的否定了他们原来的思想。"异教徒"这个概念本身对于新教的学说而言,便是荒谬绝伦的事情,新教的教理允许每个人都有解释《圣经》的自由权利。事实上路德、茨文利和麦朗希通从一开始也都对施加于他们运动中的局外人和夸大狂的每种暴力行为明确表示厌恶。路德明确表态:"我不大喜欢死刑判决,甚至对那些罪有应得者判的死刑我也不喜欢。在这件事上使我吃惊的是人们举出的例子。因此我怎么也不能同意把假博士们处死。"他以引人注目的简洁明了的方式写道:"对异端分子不得以外部的暴力来予以镇压或制服,而只能以上帝的圣言来打倒。因为异端是一种精神事件,无法用某种尘世的火焰或者尘世的流水来洗涤干净。"茨文利也同样对市政委员会的每个诉求,对于每次采用暴力行为都明确表示反感。

可是不久,这种新的学说因为在此期间已成为一种"宗教",不得不认识到——其实旧的教会早已认识到——,长此以往,如不动用武力帮助,无法维护权威的地位。因此为了推迟那不可避免的决定,路德建议,先做一个妥协。他想知道如何区别"异端分子"和"暴乱分子",如何区别那些"抗议派"和"暴乱派"。前者只是在精神宗教事务上背离了宗教改革过的教会,而后者则是真正的暴乱分子,他们想通过宗教秩序的改变,同时也改变社会秩序。只有在对待后者时——指的是有共产主义色彩的再洗礼派教徒,——他同意当局有权进行镇压。可是对于那决定性的一步,即把持有不同意见者和自由思想者交给刽子手去行刑时,进行过宗教改革的教会领袖们,无一愿意对此下定决心。在他们脑子里,他们自己作为精神上的革命者,认为有责任,奋起反抗教皇和皇帝,捍卫内心的确信,把它视为最神圣的人权。这个时代他们还都记忆犹新。因此引进一种新的,一种耶稣教会的宗教法庭,在他们看来是不可行的。

如今加尔文以焚烧塞尔维特迈出了这世界历史性的一步。他一下子就把宗教改革争取到的"基督徒们的自由"权利撕得粉碎,一步就赶上了天主教会。天主教会为了自身的荣誉,在把一个随心所欲地解释基督教信仰问题的人活活烧死之前,至少迟疑了一千多年,这是它的光荣。加尔文执政还不到二十年,就以他精神暴政的这一寒碜已极的行为,玷污了宗教改革,在道德风习意义上,他这行动也许比托尔奎马达①的种种暴行,更加值得鄙视。因为,当天主教会把一个异教徒从他们社会当中驱赶出去,交付给世俗法庭发落时,教会认为,这绝不是为了泄私忿报私仇,而是把永恒的灵魂从它那罪孽深重的尘世肉体里解救出来,这是一种净化,一种拯救,使人回到上帝身边。这种救赎灵魂的思想,在加尔文冷冰冰的司法机关里是完全忽视不顾的。他关心的并不是拯救塞尔维特的灵魂:完完全全是为了巩固加尔文对上帝阐述的不可侵犯性,才点燃了香佩尔广场上的柴堆。塞尔维特之所以死得那么惨烈,并不是因为他是个否定上帝者,他根本就不是这样一个人,而只是因为他否定了加尔文的某些论点。因此,几百年后,自由城市日内瓦为自由思想家塞尔维特树立的纪念碑上刻的铭文,称塞尔维特为"时代的牺牲品",想以此来为加尔文洗刷罪名,也是徒劳。因为并不是他那时代的盲目和妄想,把塞尔维特推上了火刑柱——蒙田和卡斯台利奥,也生活在那个时代——完完全全是加尔文个人的独裁专制造成了这场惨剧。没有什么借口可以为新教的托尔奎马达洗刷这一行动的罪名。因为可以说,缺乏信仰或迷信盛行都有可能产生于一个时代;但是一件孤立的恶行,永远只该由干这件事的人来对此负责。

从一开始,对于塞尔维特的残暴死刑激起的公愤日益高涨,这一点显而易见,甚至于德·贝兹,巴结加尔文的走卒和信徒,也不得不这样报导:"这不幸的人尸灰未寒,人们已经开始激烈地争论这个问题,究竟异教徒是不是可以惩罚。一些人认为,必须镇压他们,但不是采用死刑。另一些人要求,对他们的惩罚应该完全听凭上帝的判决。"即便是这个对加尔文的一切行动全都无条件加以赞扬的人说话时,也突然很奇怪地采用犹豫不决的口气。加尔文其他的朋友就更是如此。当然,塞尔维特当年曾对

---

① 托马斯·德·托尔奎马达(1420—1498),西班牙第一任天主教宗教法庭裁判官,以残酷无情著称。

麦朗希通进行过恶毒的人身攻击,极尽诟骂之能事。虽说麦朗希通给他"亲爱的兄弟"加尔文的信里这样写道:"教会向你致谢,并且将永远向你致谢。你的司法人员审理得很公正,把这个亵渎上帝者判处了死刑。"甚至还有一个过分热心的语言学家姆斯库鲁斯利用这一契机创作了一首节日欢歌。永恒的"学者的背叛"①。但是除此之外听不见任何真正表示赞同的声音。苏黎世、夏夫豪森和其他的教会代表会议丝毫没有像日内瓦所希望的那样,对于塞尔维特遭受酷刑而死如此热情洋溢地发表意见。尽管他们原则上对于这种杀一儆百,吓唬"宗教狂热分子"的办法还是表示欢迎的,可是历史上耶稣教第一名异教徒遭到火刑不是发生在他们自己城市的墙垣之内,约翰·加尔文将向历史独自承担做出这一可怕决定的罪责,他们无疑还是心里暗喜的。

与此同时,还听见完全不同的声音。当代伟大的法学家彼耶尔·布丹公开做出他的举足轻重的鉴定:"我的立场是,加尔文无权因为一个宗教上有争议的问题而使用惩罚性的迫害。"但是并不仅仅是整个欧洲自由精神的人文主义者感到震惊和愤怒,就是在耶稣教神职人员的圈子里,反对的声音也日益增多。离开日内瓦的城门只一小时之遥的瓦特兰的神职人员,仅仅通过伯尔尼当局的统治才免于受到加尔文的警卒的骚扰,他们在讲经台上批判加尔文对塞尔维特所犯的过错,说这是非宗教的,不合法的。甚至在加尔文自己的城里,他也必须使用警察的暴力才能把批评的声浪强压下去。有个妇女公开地说,塞尔维特是耶稣基督的一名殉难者。这个女人被投入狱中。同样有个印刷工人因为宣称,市政委员会只是为了取悦个别人而把塞尔维特判处死刑,也被投入监狱。有几位杰出的外国学者特意离开此城,以此表明,他们觉得,自从思想自由受到这样的思想独裁的威胁,他们在这座城里不再感到安全。不久加尔文也认识到,塞尔维特作为牺牲品而死,比以往任何时候通过他的著作和他的生命对他都更为危险。

---

① 《学者的背叛》为法国作家于连·班达(1867—1956)于1927年发表的艺术评论文集。他认为,从事文学哲学的知识分子理应维护人类的理性的普世价值,反对时代的政治精神,但从1890年后,学者往往趋炎附势,与权贵勾结,背弃了自己的使命,是为学者的背叛。

加尔文缺乏耐心,焦躁不宁,听不得任何反对他的意见。在日内瓦,人们胆小怕事,公开发表意见都小心翼翼,但无济于事。加尔文通过墙壁和窗户,感觉到人们强压下去的激动心情。但是事情已经做了,再也无法挽回。既然他无法逃避这件事情,那就别无他法,只好公开面对。加尔文在不知不觉中在这件事情上已被挤到被动防守的位置。这件事情他可是斗志昂扬地首先发动的。他所有的朋友都众口一辞地鼓励他,现在可是紧要关头,终于要对这引起轰动的焚人事件进行一番辩护。加尔文在处心积虑地亲自勒死了塞尔维特之后,决心向全世界"澄清"塞尔维特事件的真相,并且为自己的行为撰写一篇辩护书,这其实是违背他的初衷的。

但是加尔文在塞尔维特这件事上感到良心不安,良心不安也就写不出好文章。因此他的辩护书《捍卫真正的信仰和三位一体的学说,反对塞尔维特惊人的谬误》,这篇文章就像卡斯台利奥说的,"是他双手还沾满了塞尔维特的鲜血时撰写的",是他写得最差的作品之一。加尔文自己也承认,这篇辩护词是他"匆忙之作"①,是在心情烦躁的情况下草草写成的。他在这篇强加于他的辩护词里心里如何感到忐忑不安,由以下事实证明:他让日内瓦所有的神职人员,对他提出的论点全都签名,免得他独自承担责任。显然,把他算作谋杀塞尔维特的真正凶手,已经使他坐立不安。所以在这篇文章里有两个互相对立的倾向相当笨拙地搅在一起。加尔文一方面受到民众普遍愤慨的警告,想要把责任推给"上级官厅",另一方面他又必须证明市政委员会把这样一个"怪物"②彻底清除,这一行动是正确的。为了首先把自己打扮成一个性格特别温和的人,打心眼里反对任何暴力,这位训练有素的辩证法家,把这本书的一大部分篇幅用来抱怨天主教宗教法庭的残暴凶狠,它在无人辩护的情况下便把信众判罪,并且用残暴至极的方法把他们处死。("而你如何呢?"这个问题卡斯台利奥日后将予以回答。"你指定谁充当塞尔维特的辩护人呢?")可是接着加尔文用以下通告使愕然的读者大吃一惊:他曾"暗中不断设法把塞尔维特引回到更好的思想上去"("我一直不停地尽我所能,为了把他

---

①② 原文是拉丁文。

带回到更加神圣的感情中去"①);而其实只是市政委员会一意孤行,不顾加尔文倾向于宽容,争得了死刑,而且是特别残忍的那种死刑。但是加尔文为塞尔维特所做的这些所谓的努力,杀人犯为受害者所做的努力,实在过于"秘密",竟没有一个人世间的活人会相信这个事后杜撰出来的传说。卡斯台利奥轻蔑地确认了真实的事实真相。"你最初发出的提醒是辱骂,第二次提醒便是监狱,塞尔维特后来离开监狱,只是被拖到火刑柱上去活活烧死而已。"

加尔文就这样一只手把塞尔维特受到酷刑的责任从自己身上推开,另一只手又为"上级官厅"做出的那次判决百般辩解。在需要为镇压行动进行辩解时,加尔文立刻变得口若悬河。他论证道,问题并不在于,给每个人以想什么就说什么的自由。因为这只会大大取悦于那些享乐主义者、无神论者和侮慢上帝者。只有真正的教义(加尔文的教义)才允许宣扬。因此这样一种检查绝不意味着限制自由——那些思想暴君一再重复这些同样的反逻辑的论据。这并非对教会进行独裁专制,而只不过是阻止那些居心叵测的作家公开扩散他们脑子里想过的东西②。如果他们使那些不同意见的人噤声不语,那么根据加尔文和与他相同的人的意见——绝不是对别人施加压力,只是公正行事,并为一个更高的理念——这一次是"上帝的荣誉"——效劳。

但是加尔文真正需要捍卫的有争议之处,并不是在道德上对异端分子进行镇压,——这点早已作为一个论点为耶稣教所采纳。决定性的是这个问题:是否可以杀死有不同思想的人,或者让人把他处死。既然加尔文在塞尔维特案件上用行动对这个问题事先做出了肯定的回答,那他现在必须事后予以论证。不言而喻,他在《圣经》里找寻掩护,为了阐述,他只是在接受"更高级的委托",服从一道"上帝的命令",才把塞尔维特除掉的。他进而遍寻整个摩西学说(因为《福音书》谈"爱你们的敌人!"谈得太多)寻找处死异教徒的例子。但是真正具有说服力的例子他未能提供,因为《圣经》里还根本没有异教徒这个概念,只找到"亵渎上帝者",否

---

①② 原文是拉丁文。

定上帝者的概念。而塞尔维特葬身火海之中,还在高呼基督的圣名,从来就不是一个反基督徒。可是加尔文永远是在他用起《圣经》来特别得心应手的场合,以《圣经》为根据,不顾一切地宣布,通过上级官厅清除异端分子为"神圣的"职责:"就像一个普通人的房子,因为祭祀邪神受到玷污,他的一个家庭成员起来反对上帝时,他若不举起宝剑反击,那他是有罪过的。而这种懦夫行为若发生在一个君王身上,当宗教受到伤害时,他想闭上眼睛,对此视而不见,这种怯懦更不知要卑劣多少倍。""宝剑已经给了他们,他们就该'为了上帝的荣誉'"(加尔文在他号召使用暴力时,总是滥用这个字眼)使用宝剑。凡是用"以虔诚的热忱"所做的每一件事,早已事先得到辩护。捍卫正统,捍卫真正的信仰,按照加尔文的说法,解脱了一切血亲的纽带,一切人性的诫命;即便是最亲的亲人,只要撒旦驱使他们去诋毁"真正的"宗教,就必须把他们消灭,——可怕的对上帝的亵渎:"你丝毫也不能增添他的荣光,倘若你不能把为他效劳置于一切人性的感情之上,不论是谁,既不在乎亲情,也不在乎血缘和生命,只要事关为他的荣耀而战,将把一切人性统统忘怀。"

这可怕的一句话,可悲地证明,盲目狂热可以把一个平素思维清晰的人弄到如此目迷神眩的地步!因为这里可是令人吃惊地赤裸裸地说出,只有为了"学说"——他的学说——把"心里一切人性的感情"全都扼杀,只有当自己的妻子、朋友、兄弟和族人,在真正信仰的某一点上,或者某一小点上和教会监理会的意见不一致时,就心甘情愿地把他们交给宗教法庭处理,这样的人,按照加尔文的意思,才算是虔诚的信徒。为了不让大家对这样一种鲜血淋漓的论点进行攻击,加尔文便采用了他最后的论据,也是他最爱使用的论据:恐怖。他解释道,每一个为异端分子进行辩护,为之开脱的人,自己就犯了异端罪,应该予以惩罚。既然加尔文听不得反对意见,他打算从一开头就吓唬每一个敢说反对意见的人,他拿塞尔维特的命运来威胁他们:要么保持沉默,驯从听话,要么自己到火刑柱上去!加尔文想要干净利索一举摆脱并且结束关于谋杀塞尔维特一事令他难堪的讨论。

但是被谋害者控诉的声音无法平息,难以归于沉寂,尽管加尔文向全世界发出他刺耳的愤怒的吼叫。加尔文的辩护书提出追捕异端分子的要求,造成了最为恶劣的印象。最为真诚诚实的耶稣教徒看到在他们进行了宗教改革的教会里如今有人从布道台上要求推行宗教法庭,感到深恶痛绝。有几位宣称,这样血淋淋的一个论点若由市政委员会来努力提倡,要比由一个宣扬上帝圣言的布道师,由一个基督的仆人来提倡更为恰当。伯尔尼的城市文书策尔沁特斯,后来也是卡斯台利奥的最忠实的朋友和保护人,以坚定无比的语气做出回答。他写信给加尔文:"我公开承认,我也属于那些要尽可能地限制对信仰运动的敌人判以死刑的人,甚至属于那些自愿居于谬误之中的人。特别使我变成这样的因素,不仅是《圣经》里的那些可以引用来反对使用暴力的段落,也因为有这个例子:人们在这座城市里如何对待再洗礼派教徒。我亲眼看见一个八十岁的老妇人被拖到断头台上,和她一同带去行刑的还有她的女儿,一位六个孩子的母亲,她并没有犯任何罪行,只是拒绝给孩子施行洗礼。在这样一种事例的影响下,我不得不担心,你自己想把法庭的官厅限制在狭窄的界线之内,可它们不会在这些界线之内停步,它们很可能把小小的错误当作重大的罪行来加以惩罚。因此我认为,宁可责备官厅过于宽大,过于照顾犯人,也比责备它们决定使用刀剑施以严刑要好……我个人宁可抛洒自己的鲜血,也不愿让一个并不是非死不可的人的鲜血来玷污自己。"

一个微不足道籍籍无名的市政厅的文书在那个狂热的时代这么说,许多人也这么想。但是所有的人都只是暗地里这样想想他们的意见而已。即便是为人正直的策尔沁特斯,也和他的老师鹿特丹的埃拉斯姆斯一样,害怕参加当时问题的讨论。他老老实实地带着羞愧的情绪向加尔文承认,他只能把不同意见写信告诉加尔文,在公开场合他宁可保持沉默。"只要我的良心不逼着我,我不会走到竞技场去。只要我的良心允许我不去挑起争论,伤害任何人,我宁可保持沉默。"人文主义者的天性都是很快就表示放弃,从而使施加暴力者容易大行其道。他们大家的行动都像这位为人方正,但是毫无战斗之心的策尔沁特斯一样:保持沉默。这些人文主义者,这些神职人员,这些学者,一些人是对于大声争吵感到厌恶,另一批人是感到害怕,害怕他们如若不伪善地把塞尔维特处死事件当作值得称赞的事情大肆赞扬,自己会被人怀疑为异端分子。所以表面上,加尔文那极端粗暴的要求,对思想异己分子进行全面的迫害,似乎并未遭到反驳。这时突然有一个声音响起——加尔文十分熟悉的深恶痛绝的声音——以受到侮辱的人性的名义,公开控告对米盖尔·塞尔维特所犯的罪行:这是卡斯台利奥清亮的声音。日内瓦的施暴者加尔文的威胁从来没有把他吓唬住,他坚决镇定地把他的生命当作赌注投入,为了拯救无数人的生命。

每次精神战争,并不是那些轻率地、激情满怀地发动一场争斗的人是最好的战士,而是那些长期犹豫不决,内心热爱和平,先要慢慢地下定决心做出决断的人,才是最好的战士。只有当他们把一切谅解的可能性都已穷尽,认识到诉诸武力已在所难免的时候,他们才心情沉重,很不愉快地被迫进行自卫。但是恰好是那些最难做出战斗决心的人,将永远是决心最大、最为坚决的战士。卡斯台利奥便是如此。作为一个真正的人文主义者,他并不是天生的坚信不疑的斗士。彬彬有礼、乐于和解、真心妥协,其实更加符合他温和的最深意义上的宗教的天性。就像他精神上的先人埃拉斯姆斯一样,他知道每一个人世间的真理和每一个上帝的真理都形式多样,含义也多样。他的最重要的著作之一,书名叫作《论怀疑的崇高艺术》①(拉丁文:De arte dubitandi)这并不偶然。但是这样不断地自我怀疑和自我审查,并没有使卡斯台利奥变成一个冷漠的怀疑论者。他的小心谨慎只是教育他要小心翼翼地对待所有不同意见。他宁可保持沉默,也不要冒冒失失地参加别人的争论。自从他为了保持内心的自由,自愿放弃他的职位和尊荣之后,他已经完全从当代的政治中抽身引退,去从事一项精神上建设性的工作,用他的拉丁、法语译双语《圣经》译文更好地为传播《福音书》效力。巴塞尔,这个宗教和平的最后一个岛屿,已成为他的宁静的故乡。这里的大学还守护着埃拉斯姆斯的遗产,因此所有那些受到教会独裁专制迫害的人都逃亡到这里,当年全欧人文主义的最

---

① 原文如此。"崇高"为茨威格的译法。

后一个避难所。卡尔斯塔特①被路德从德国驱逐出来之后,住在这里。贝尔纳特·奥契诺②被罗马天主教的宗教法庭从意大利赶出来之后,住在这里。卡斯台利奥被加尔文从日内瓦排挤出来之后,住在这里,雷利阿·索契诺和库里阿内③也在这里,还有在荷兰获罪的再洗礼派教徒大卫·德·约里斯④也改名换姓,神秘兮兮地蛰伏在这里。共同受到的迫害造成共同的命运,把这些流亡者联合起来,尽管他们并不是在所有的神学问题上都拥有同样的坚定信念。但是人类的不同天性并不需要把宇宙观全都系统地弄得整齐划一,连最后一枚纽扣也完全一致,只有这样才能在富有人性的气氛中联合起来,友好地进行交谈。所有这些拒绝在道德的独裁专制下效劳的人在巴塞尔过着一种悄然无声,闭门索居的学者生涯。他们并不把一篇篇宣传文章,一本本小册子倾洒在世上,也不在讲堂上重点强调什么观点。他们不拉帮结伙组成门派;仅仅只有对日益严重的精神控制和监督所产生的共同悲哀把这些各自孤立的"抗议派学者"(日后人们用这个字眼称呼这些反对任何教条恐怖的学者)联系起来。

对于这些独立自主的思想家而言,塞尔维特受火刑烧死和加尔文的血淋淋的辩护书,不言而喻是一份宣战书。这件放肆大胆的挑衅行为激起了他们的痛苦和惊恐。他们大家立刻认识到,决定性的时刻已经来到。倘若这样一种暴行无人回答,那么自由精神在欧洲已经退位下台,暴力也就变成了权力。"在黑暗已经一度变成光明之后",在宗教改革已经把思想自由的要求带到世上之后,人们难道又要重新回到黑暗中去?难道真像加尔文所要求的,该用绞架和利剑把一切思想不同的基督徒,全都斩尽杀绝?难道现在,在最危险的时刻,趁成千上万个柴堆还没在香佩尔广场

---

① 卡尔斯塔特(1480—1541),德国宗教改革家,原名安德烈亚斯·波登斯泰因,原与路德共同作战,后因激进观点,与路德关系破裂。
② 贝尔纳尔特·奥契诺(1487—1565),意大利宗教改革家,原为天主教徒,后改宗新教。其结局参看本书第九章。
③ 雷利阿·索契诺(1525—1562),意大利正统派神学家。因反对"三位一体"论亦被新教视为异端。后放弃己见,仍为宗教法庭迫害,逃往苏黎世。库里阿内(? —1569),意大利宗教改革家。
④ 大卫·德·约里斯(约1501—1556),佛兰德宗教改革家。

上点燃,难道不该昭告天下,不得把那些在精神事务上持不同意见的人像一群恶兽似的四下追赶,像强盗和杀人犯似的残忍地严刑拷打,折磨致死?现在,在最后,真正是最后的时刻必须大声清晰地向全世界表明,一切不宽容的行为都是非基督徒的行为,如果采用恐怖手段,那就是非人性的行为。他们大家都感受到这点:现在必须大声清晰地说一句对被迫害者有利的话,一句反对迫害者的话。

大声、清晰,——但是在那个时刻怎么还能办到!有些时候,人类最简单、最清楚的真理被迫变得模糊不清,进行一番乔装打扮,才能传到人们那里。因为敞开的大门已由当权者的警务官吏和海关官员严加把守,最人道、最神圣的思想必须遮上面纱,包上头巾,像小偷一样通过后门悄悄偷运进去。当一个民族或者一种信仰获得攻击另一个民族或另一种信仰的言论自由之时,一切表示和解的倾向,一切和平主义的妥协让步的理想全都遭到怀疑和镇压,借口是:这些倾向和理念危害某一个(永远是另外一个)国家的权威或神的权威,它们通过其倾向人性的意志,以"失败主义的思想"削弱宗教虔诚的热忱或爱国主义的热忱。这种荒谬的事情一再重复。所以在加尔文的恐怖统治下,卡斯台利奥和他的伙伴,绝对不敢清楚地公开阐明他们的观点。要是像他们计划的那样,发表一篇宽容宣言,一份呼吁人道的号召书,它们第一天就会被宗教专制制度没收。所以暴力只能用计谋来对付。卡斯台利奥采用了一个完全杜撰出来的名字"马蒂努斯·贝利乌斯"作为主编,在封面上加上一个假冒的印刷地点(用马格德堡来代替巴塞尔),尤其是在正文中甚至把拯救无辜受迫害者的这一呼吁也伪造成一部学术著作,神学著作。这本书看上去就仿佛是一些学识渊博的教会和其他方面的权威们泰斗们在对以下问题进行纯学术性的探讨:"De haereticis an sint persequendi et ominino quomodo sit cum eis agendum multorum tum veterum tum recentiorum sententiae"(拉丁文)——翻译过来就是:"异端分子是否应该迫害,以及该如何处理他们,根据古往今来许多作家书面意见摘引而成"。的确,如果只是草草翻阅一下此书的篇页,首先就会认为,的确手持了一本虔信的纯理论的小册子,因为书里写着最著名的教会长老们圣·奥古斯蒂努斯、圣·巴里索斯

Traicté des heretiques,

A sauoir, si on les doit persecuter, Et comment on se doit conduire auec eux, selon l'aduis, opinion, & sentence de plusieurs autheurs, tant anciens, que modernes,

Grandement necessaire en ce temps plein de troubles, & tres vtile à tous : & principalement aux Princes & Magistrats, Pour cognoistre quel est leur office en vne chose tant difficile, & perilleuse.

La prochaine page monstrera les choses contenues en ce Liure.

Celuy qui estoit né selon la chair, persecutoit Celuy qui estoit né selon l'Esprit. Gala. 4.

On les vend à Rouen, par Pierre Freneau, pres les Cordeliers.
1554.

卡斯台利奥以笔名马丁·贝利乌斯出版的著作《论异端分子》

托姆斯以及希罗尼姆斯①的警句名言,和伟大的耶稣教的权威泰斗们,如路德和赛巴斯蒂安·弗朗克②或者不偏不倚毫无派性的人文主义者埃拉斯姆斯的摘引名句像兄弟般友好地并列在一起。这只是一部繁琐的学院派的选集而已,一部法学和神学方面的引文选篇,选自不同派别的哲学家,似乎在这里拼凑在一起,便于读者看到纯个人的不受人影响的对这道难题的判断。可是仔细一看,就会发现,这里挑选出来的评审意见都一致认为对异端分子判处死刑是不允许的。这部就其内容而言,极为严肃的著作,含有最为聪明的一条妙计,即本书所做的惟一的恶作剧乃是:引用的反对加尔文的演说家当中还有一位,其论点一定会使加尔文特别生气:此人并非别人,乃是加尔文自己。他自己作的鉴定评语,当然那是他自己还是个受迫害者时作的鉴定,生硬粗暴地反驳了他自己现在狂热地要求对异端分子采用火与剑的呼声。塞尔维特的这位铁石心肠的凶手,用他自己的话来说,加尔文只好被称作非基督徒,因为这里印在纸上并且用他个人的名字标明的这句话:"用武器来迫害那些被教会驱逐出来的人,并且拒绝赋予他们人性的权利,这种做法是非基督教的。"

但是决定一本书的价值的是明白说出的话,而不是暗藏在内的隐蔽起来的意见。这明白说出的话是卡斯台利奥在他致符腾堡公爵的献词里的那篇提纲挈领的引言。只有他的引言和结束语提高了这本神学选集,使之超越他那时代。因为尽管这引言和结束语不足十二页,但它们却是欧洲第一篇明确要求把思想自由当作神圣的居住权的文章。在那个时候,只要写出有利于异端分子的文章,那就是为日后所有因为政治上或者世界观上独立自主的态度而得忍受其他独裁专制制度迫害的人所发出的和解呼吁。在这里为日后所有的时代向一切精神公正的死敌进行斗争,向思想狭隘的宗教狂热进行斗争,——这种宗教狂热除了自己那一派的

---

① 圣·奥古斯蒂努斯,即奥雷利乌斯·奥古斯丁(354—430),古代基督教著名神学家,任北非希波地区主教,为教皇祝圣为圣人,其著作《忏悔录》影响深远。圣·巴里索斯托姆斯,即:约翰尼斯·巴里索斯托斯(约347—407),古代基督教神学家,曾任君士坦丁堡主教,被祝圣为圣人,后遭流放。索夫罗尼姆斯·希罗尼姆斯(约342—420),古代基督教神学家,因编订《圣经》拉丁文译本而著称。

② 赛巴斯蒂安·弗朗克(1499—1543),德国宗教改革家。

意见之外,要镇压任何其他意见——,这场斗争以宽容思想来胜利地对抗这种宗教狂热,只有这种宽容思想能够战胜世上一切敌意。

卡斯台利奥以平稳持重、毫不冲动的逻辑,清晰地、不可反驳地展示他的论点。问题是:异端分子是否可以迫害,是否可以仅仅因为他思想上的罪行在生活中对他进行惩罚。卡斯台利奥在提出这个问题之前,先提出一个决定性的问题:究竟什么算是异端分子?什么人我们可以不失公允地称作异端分子?卡斯台利奥以他毫不畏惧的坚定语气这样论述,因为"我不相信,所有那些被人们称作异端分子的人都是异端分子……这个称号在今天是如此可耻、如此可怕、如此可鄙、如此恐怖,以至于谁若想除掉一个私仇,有个非常方便的方法,那就是怀疑他有信奉异端的嫌疑。因为别人一听这话,立刻就因异端分子的名字而大吃一惊。他们就捂上耳朵,盲目地、疯狂地迫害此人。不仅如此,也迫害那些敢于为他说话的人。"

但是卡斯台利奥并不想从这样一种迫害的歇斯底里出发来进行判断。他知道每个时代都要找出另外一群可怜虫,把他们贮积已久的仇恨集体发泄到这批可怜虫身上。每一次都选出人数较少,力量较弱的一群人,以他们的宗教,他们的肤色,他们的种族,他们的出身,他们的社会理想,他们的世界观为借口,让他们供强势者宣泄那些潜藏在人性之中的破坏性的能量。口号、契机时时在变,但是诬蔑、鄙视、消灭的手段一成不变。一个有头脑的人永远也不该被这些轻蔑鄙夷的话语所迷惑,被群众本能的狂怒所裹挟:每一次他都应该以新的从容和公正的态度来寻找正义。因此卡斯台利奥在完全吃透异端分子这个仇恨的字眼之前,拒绝在这个问题上发表意见。

那么,异端分子究竟是什么?卡斯台利奥一而再地向他自己,并且向读者提出这个问题。既然加尔文和其他宗教法庭的法官们总是把《圣经》当作惟一有效的法律典籍,他也逐页研究了《圣经》。可是你瞧,他在书里根本就没有找到这个字,这个概念——首先必须由一种教条,一种正宗教义,一种统一的学说来发明这个概念。因为,要想反对教会,必须先创建一个教会来作为机构。《圣经》虽说谈到了诋毁上帝者以及对他们必要的惩罚。但是一个异端分子并不非是诋毁上帝者不可,这一点在塞尔维特案件上已经得到证明;相反,恰好是人们称作异端分子的人,尤其是那些再洗礼教派的信众,特别热情洋溢地声称自己是货真价实的基督徒,真正的基督徒。他们把救世主当作崇高无比、至亲至爱的榜样来崇拜。既然土耳其人、犹太人、异教徒,从未被称作异端分子,那么异端行为归根到底只是发生在基督教世界内的一种罪行而已。所以新的表达方式:异端分子虽说是基督徒——并不依附于"真正的"基督教教义,而是刚愎自用,在不同的个别的问题上背离了"正确的"理解。

表面上看,这一来似乎找到了一劳永逸始终有效的定义,但是——灾难深重的问题啊!——在基督教教义所有不同的解释当中,哪一个是"真正的"基督教教义呢?什么是对上帝的圣言做出的"正确"阐释呢?是天主教的,路德派的,茨文利派的,再洗礼教派的,胡斯派①的,还是加尔文派的诠释?在宗教问题上的确有万无一失的把握吗?是不是《圣经》里的词句总是可以解释的呢?卡斯台利奥和那个强词夺理的加尔文相反,他有勇气用一声谦虚的"不行"来作为回答。他发现《圣经》里,可以理解的和不可理解的东西并存。这位在内心深处坚守宗教精神的学者写道:"宗教的真理就其本质而言,神秘莫测。一千多年来还始终成为争论不休的对象。在这场争论中,只要爱情没有照亮这些聪慧的人们,没有把持着最后的话语权,鲜血将流淌个不停。"每一个解释上帝圣言的人,都有可能失误,陷入重重谬误之中,因此相互之间表示宽容应是首要义务。"倘若所有的事情都如此清楚明了,就像上帝只有一个,这样地清楚,那么所有的基督徒都能轻易地在所有事情上都意见一致,就像所有的民族都认识一致,世上只有一个上帝。然而因为一切全都黯淡不清,混乱一片,基督徒就不该彼此互相批判,倘若我们比异教徒更有智慧,那么我们也该比他们更善良更富有同情心。"

于是卡斯台利奥在探讨时,又多迈出了一步:"每个人都会被称作异

---

① 扬·胡斯(约1372—1415),捷克宗教改革家,天主教神父,后改宗新教,反对德国君侯及天主教会。被判处火刑,其追随者统称胡斯派,继续受到迫害。

端分子,虽说他承认基督教信仰的基本法则,但是并不是按照他国内以权威的方式要求于他的那种形式。所以异端行径——终于指出了最为重要的区别!——并非绝对的,只是一个相对的概念。一个加尔文教徒不言而喻,对于一个天主教徒来说,是个异端分子。同样不言而喻的是一个再洗礼教派的基督徒,对于加尔文派信徒而言,也是个异端分子。同一个人,在法国算是个正宗的信徒,可是对日内瓦而言,他可是个异端分子。反过来,也是如此。在一个国家作为罪犯,遭受火刑,被活活烧死的人,对于邻国而言,是个殉道者——"你在一座城市或一个地区算作正宗教徒,而在另一个城市,将被视为异端分子,所以如果有人在今天想太太平平地过日子,就得拥有许多信念和许多宗教。有多少城市和国家就得有多少信念和宗教。"于是卡斯台利奥就做出了他最后一个、也是最大胆的一个结论:"我现在努力思索,究竟异端分子是谁,我别无所获,只找到了这样的看法,那就是我们把所有那些和我们意见不一致的人,统统称之为异端分子。"

这句话看上去非常简单,就其不言而喻而言,几乎可说是句套话。可是要把这句话大大方方地公开说出来,这在当时需要极大的道德勇气。因为这一来,整个时代,其领袖们,君侯们,神父们和牧师们,天主教徒和路德教徒们都被一个无权无势之人在脸上抽了一鞭,他们对异端分子的残酷迫害纯粹是胡闹,是嗜血成性的荒谬妄想。对千千万万无辜的人进行追捕,把他们绞死、淹死,用火烧死完全是违法行为,因为他们并没有对上帝和国家犯下任何罪行;他们并没有在活动的现实空间和其他人隔离开来而只是在思想的看不见的空间和他们隔开而已。谁有权利,审判一个人的思想,把他的内心的私人的信念等同于一个卑下的罪过? 国家无权,官府无权。根据《圣经》的圣言,只有恺撒拥有的东西,才属于恺撒;卡斯台利奥强调引用路德的话:尘世的王国只有权利管理人的肉体;但是人的灵魂,上帝可不愿意让任何尘世的权利来控制它们。国家可以要求每一个臣民维护外在的秩序,政治秩序。不论是哪一个权威,干预人们道德的宗教的——我们要补充的还有艺术的——信念的内在世界,只要它们不是表示对国家本质明显的愤怒(我们要说,只要不进行政治鼓动),

这种干涉便是越权,便是侵犯人家不可侵犯的个人权利。谁也不必为了自己的内心世界向一种国家机关负责,也没法负责,因为"我们当中的每一个人都得把自己做的事情直接展现在上帝面前。"国家权力不管思想上的问题。要是有人世界观上有其他的信念,为什么人们就口泛白沫,令人恶心地大叫大嚷?为什么一个劲地大叫要调动国家警察?为什么流露出杀气腾腾的仇恨?没有宽容和解之心,不可能产生真正人道的精神,因为"只有当我们内心可以自控,我们才能和平地共同生活在一起。即使我们有时候意见分歧,至少我们可以互相谅解,并且互相承认有爱情与和平的纽带,直到我们达到信仰上的一致。"

所以说产生这些令人憎恶的可怕杀戮,进行这些有伤人类尊严的野蛮迫害,其罪责不在异端分子,他们是无辜的(谁又该对他们的思想和信念负责呢?)。真正负有罪责的,永远对我们世界的这种嗜血成性的妄想和狂野的迷误有罪的,对卡斯台利奥而言,是宗教狂热,是负责意识形态的人的那种绝不宽容的态度,他们眼里只看到他们的理念,他们的宗教,他们的世界观。卡斯台利奥无情地鞭笞这种疯狂的倨傲自大。"人们这样地确信他们自己的意见,或者更多的是通过他们自己的意见中得出的错误的信心进而确信,他们傲慢地鄙视其他人。从这种傲慢产生种种残忍和迫害,以致谁也不愿意容忍另一个人,只要那人和他意见不同,尽管在今天,不同意见之多就和人数之多一样。然而没有一个派别不批判其他所有派别,只想独自统治,独霸天下。因此所有这些流放、流亡、囚禁、火刑、绞死,所有这些每天都在执行的卑劣的处死和拷打狂潮,仅仅因为有几个意见遭到大人物的憎恶而发生,往往甚至因为没有明确的缘故而发生。"只是出于固执己见才会演变出荒谬绝伦,只是由于思想上不能宽容,才会产生"那种狂野的野蛮的欲望,去做残忍的事情。人们看到今天有些人由于听到这些撩动情绪的污蔑,变得狂躁不宁,倘若他们打算执行死刑的人当中有一个人首先被人用刀杀死,而不是痛苦万状地被文火活活烧死,他们便勃然大怒。"

因此对于卡斯台利奥来说,只有一样东西,可以把人类从这些野蛮行为中拯救出来。那就是宽容。我们的世界有空间容纳许多真理,不仅只容纳一个真理。只要人们愿意,可以彼此为邻,住在一起。"让我们彼此互相宽容,不要批判别人的信仰!"那么,那种粗野的反对异端分子的叫嚣就完全多余,一切因为思想问题进行的迫害就完全没有必要。加尔文在他的文章里竭力鼓动君王们,使用宝剑去干净彻底地消灭异端分子,而卡斯台利奥则请求君王们:"请你们更多地倾向于温和这一边,不要听从那些鼓动你们去杀人的人。因为当你们必须在上帝面前清算你们的账务之时,他们不可能作为你的帮手站在一边,助你一臂之力;他们那时要为自己进行辩护,这已经够他们忙的了。请相信我,倘若基督此时就在这里,他绝对不会规劝你们去杀死那些承认他的圣名的人,即使他们在某个细节上迷失方向,或者误入歧途……"

赛巴斯蒂安·卡斯台利奥不偏不倚、毫不偏袒地对所谓的异端分子有罪还是无辜这个危险的问题进行了探讨,就像处理思想问题应该做的那样。他审查了它,掂量了它。当他现在出于内心最深刻的确信,为这些被追捕被迫害的人要求和平和精神的避难所时,尽管内心确有把握,也几乎是低声下气地把他的这个意见放在别人面前。而那些帮派人士就像市场上的小贩似的,高声尖叫,大肆喧哗,称赞他们的教条。这些思想狭隘的教条主义者们人人都不断地从布道台上向下大叫,他,只有他出售纯正的学说,真正的学说,只有他的声音才地地道道地宣扬上帝的意志和圣言,卡斯台利奥则用朴实的语言说:"我不是作为一个上帝派来的先知跟你们说话,而是作为一个来自群众的人,此人厌恶争论不休,只希望宗教能够不通过争吵而是通过感同身受的爱,不是通过外在的习俗,而是通过内在的心灵效力来得到证明。"教条主义者跟别人说话,就像跟学生和仆从说话一样。而人文主义者和人谈话,就像兄弟和兄弟之间,人和人之间交谈。

但是一个真正有人性的人,看到不人道的事情发生,不可能心情不激动。一位诚实作家,当他的灵魂因为当代的荒谬绝伦的事情发生而颤抖时,他的手不可能从容不迫地写出冷漠的原则性强的词句;倘若他的神经为义愤而灼热燃烧时,他的声音不可能保持平稳适度。所以卡斯台利奥看到了香佩尔广场上那根行刑柱,一个无辜的人捆在柱上,因为受到酷刑而扭动至死,他也不可能长此以往保持平静,而只是进行学术性的探讨。这是一个活人,遵照一个精神上的兄弟之命,活活地充当了牺牲,一个学者被另一个学者,一个神学家被另一个神学家活活害死,而且是以充满爱的宗教的名义。心灵深处涌现出那个受到折磨的塞尔维特的图像,看到对异端分子进行的残酷的群众性的迫害,卡斯台利奥从他写满字迹的纸页上抬起目光,寻找这些骇人听闻的暴行的制造者,他们徒劳无功地想用对上帝虔诚地侍奉来为自己的褊狭,缺乏宽容进行开脱。当卡斯台利奥喊出:"尽管这些事情如此残忍,倘若这些暴行的制造者试图用基督的外衣来掩盖这些暴行,并且声称,他们这样做只是贯彻了基督的意愿而已,那么这些施暴者就犯了一个更加可怕的罪行。"这时,他就一直看到加尔文残忍的眼睛里去。他知道,这些施暴者随时随地都想用某一个宗教的世界观上的理想来掩饰他们的暴行。但是鲜血玷污了每一个理想;暴行贬抑了每一个理念。不,米盖尔·塞尔维特并不是遵照基督的指令被烧死的,而是奉约翰·加尔文的命令死于火刑。因为不然整个基督教世界都会因为这样一个事件而在世上受到糟蹋。卡斯台利奥叫道:"倘若承认基督的人都会通过火刑和水刑遭到屠杀,受到的虐待甚于杀人犯和强盗所受的待遇,今天谁还愿意当基督徒……倘若人们看到,在今天有人在某一个细节上和那些攫取了权力和暴力的人意见相左,就会以基督的名义被活活烧死,尽管他葬身火穴之中,还大声承认,他是信仰基督的,那么谁还愿意侍奉基督?"

于是这位崇高的人文主义者感到,终于必须制止这种疯狂的妄想:认为可以折磨人并且杀死人,只因为他们反抗此时此地的暴力拥有者。卡斯台利奥看到,暴力拥有者始终不断地滥用暴力,在这个世上就他一人,独自一人,这个渺小的,弱势的人在关怀这些受迫害、受驱赶的人,他便拼命向着苍天扬起嗓音,在一曲充满激情的怜悯赋格曲中他的呼吁这样终结:"啊,基督,宇宙的创造者和宇宙的君王,你看见这些事情了吗?你真的和从前判若两人,变得这样残忍,对你自己变得这样充满敌意?当你还在人世的时候,没有比你更温柔更好心的人,没有人比你更温和地容忍人们的嘲弄。你受到百般辱骂,被人吐了唾沫,被人嘲笑,扣上荆冠,在两个强盗当中钉在十字架上,在蒙受最深沉屈辱之际,你会为那些把污辱和诟骂加诸你的人们祈祷。现在你真的已变成另一个样子?我祈求你,以你圣父最神圣的圣名祈求你:你的的确确要求,把那些没有遵守你的指令和诫命的人,像你的布道师们所要求的那样,统统扔到水里去淹死,用铁钳撕得粉碎,一直撕到五脏六腑,撒上咸盐,用利剑扎烂,用文火烧烤,用各式各样的酷刑慢慢地折磨,尽可能缓慢地折磨至死?啊,基督,你真的批准了这些暴行?那些做出这些屠宰行径,这样折磨人肢解人的人们,的的确确是你的仆人?当这些残忍的屠宰行径进行时,他们呼唤你的圣名作证,你的态度真的,就仿佛你饿得发慌,想吃人肉?倘若你,基督,真的要求人们做这些事情,那么还有什么事情留给撒旦去做呢?说你和撒旦干的事一模一样,啊,可怕的对上帝的亵渎啊!啊,人的这些勇气多么卑劣啊!把这样的暴行统统推在基督身上,这样的暴行只可能是魔鬼的意志和独创啊!"

倘若赛巴斯蒂安·卡斯台利奥没有写别的,只写了《论异端分子》一书的这篇前言,而在这篇前言里只写了这一页,他的名字也必将载入人文主义的史册,永远不会磨灭。因为在刀剑的铿锵声盖过人们说话的声音,战争把最后的决定权悉数夺走的世界里,他这样的声音扬起,显得多么孤独,他的令人震撼的申诉,希望被人听见,又是多么无望。但是尽管所有的宗教和传播智慧的教师已无数次宣扬过这些最富人性的要求,但是这些要求还得一再让健忘的人类记住。谦虚的卡斯台利奥补充道:"毫无疑问,别人没有说过的话,我不说。但是只要是真实正确的事情,重复多次直到被人承认,这也并不多余。"因施暴者在每一个时代都会以其他的形式更新,那么反对他们而进行的斗争也必须由知识分子一再更新。他们永远不得逃避,借口眼下暴力过于强大,因此用语言来对抗暴力毫无意义。因为必要的事再多说也不嫌多余,说出真理绝非徒劳。话语虽说没有取胜,但它证明了真理永恒的现实性。谁在这样的时刻为真理效力,已经以行动证明,任何恐怖势力都不能控制自由灵魂,即使在最无人性的世纪,也有容纳人性之声的空间。

八　良心奋起反抗暴力

永远是那些最为肆无忌惮地试图强奸别人意见的人,自己对别人的反驳意见最为敏感。所以看到外部社会竟然允许人家把塞尔维特遭受死刑一事拿来讨论,而不是热情洋溢地百般歌颂这是件虔诚的、取悦上帝的好事,加尔文把这看成天大的不公平。此人刚才还仅仅因为一个原则上的意见分歧把另一个人弄到文火上去慢慢烤死,对于受难者毫无同情之心,而现在这同一个人却要求别人对他表示同情。他写信给一个朋友:"你但凡知道我现在遭受到的污蔑和攻击的十分之一,你都会同情我的悲惨的处境。群犬从各个方面向我狂吠,所有想像得出的污蔑都堆在我的身上。比教皇阵营里那些公开的敌人更加阴险的是,现在我自己阵营里那些妒忌我仇恨我的人对我的攻击。"加尔文不得不十分气恼地确认,尽管他多方引用《圣经》里的段落和论据,人们还是不准备默默地承认他对塞尔维特的谋杀。他已听说,卡斯台利奥和他的朋友在巴塞尔正准备着一份攻击他的文书,良心不安使他焦虑烦躁,最后竟变成惊恐万状。

一个具有暴君性格的人,他对付反对意见的第一个念头总是:进行镇压、书报检查和种种限制。刚得到第一个消息,加尔文就扑向书桌,根本看都没有看见《论异端分子》一书,就心急火燎地快速预告瑞士的各个新教教派,务必千方百计阻止此书的发行。现在千万不要再进行讨论。日内瓦已经发过言了①;其他人现在就塞尔维特案件说的话,全是谬误、胡

---

① 原文是拉丁文。

言乱语、一派谎言、异端言论、诋毁上帝,因为这些话反对加尔文。羽毛笔飞速舞动:一五五四年三月二十八日加尔文已经写信告诉布林格①,有人正好在巴塞尔用假名印制了一本书,卡斯台利奥和库里阿纳②想在书里证明,不该用暴力消灭异端分子。这样一种邪说不得扩散,因为这是"毒素,叫人宽容,从而否认,异端邪说和亵渎上帝必须受到惩罚。"所以赶快来阻止这宽容信息的扩散!"这个教堂的牧师们,虽说迟了一步,仍然应该关注这个灾难不致再进一步扩大。"但是单单这样呼吁还远远不够,第二天加尔文的应声虫台奥多尔·德·贝兹的警告更加急切:"他们在封面上印上马格德堡的名字,但是这座马格德堡,我想是在莱茵河畔:我早就知道他们是在那里挖空心思制造这些可耻的东西。倘若我们容忍这个可耻之徒在他的前言里喷吐污泥浊水,那么请问,这个叫基督教的宗教,还有什么东西能够屹立不动?"

但是为时过晚,在这期间这本小册子已经赶到告密者的前面。当第一本小册子运到日内瓦时,的确燃起了一阵惊恐的火焰。怎么回事?把人道置于权威之上的人找到了?有不同思想的人不该拖到柴火堆上去活活烧死,应该照顾他们,像兄弟一样地对待他们?每个基督徒都可以按照自己的想法来解释《圣经》,而不是只有加尔文一人才敢于这么做?这样一来,教会,——加尔文不言而喻自然指的是:他的教会,就要受到危害。一个信号发出,日内瓦就发出了迫害异端分子的呼声。他们向四面八方大喊大叫,一股新的异端邪说已经发明出来,一种特别危险的异端邪说,叫"贝利安主义",——他们根据这一派的使徒马丁·贝利乌斯(即卡斯台利奥)③的名字,把这种在信仰事务上主张宽容的学说称之为"贝利安主义",所以赶快趁这种地狱的邪火还没在人世间广泛传播之际,就把它踩灭。德·贝兹对书中第一次提出的应该宽容的要求大发雷霆,大声叫道:"创建基督教以来,这样的诋毁还从来没有听见过。"

立即在日内瓦召开军事会议:该回答呢还是不回答?日内瓦人如此

---

① 约翰·亨利希·布林格(1504—1575),瑞士宗教改革家,苏黎世的牧师。
② 切利奥·色孔多·库里阿纳(1503—1569),意大利宗教改革家。卡斯台利奥的合作者。
③ 卡斯台利奥化名马丁·贝利乌斯,发表此书。于是他的主张被称作贝利安主义。

急切地请求茨文利的继任布林格,及时镇压这本书,他却从苏黎世聪明地回绝:这本书会自行被人遗忘,因而最好不要去理睬它。可是法累尔和加尔文焦躁不耐、心急火燎地坚持要公开作答。既然加尔文在做出初步辩护时,经历了惨痛的经验教训,宁可躲在后台,自己并不出头,可他委托他的一个年轻的崇拜者,台奥多尔·德·贝兹对这种宣扬宽容的"撒旦"学说发起一次凌厉的进攻,从而在神学方面初露锋芒,并获得他这位独裁者的谢意。

台奥多尔·德·贝兹是个虔诚的人,规规矩矩,由于他多年来忠心耿耿地为加尔文效劳,日后作为酬谢成为加尔文的继任,他对每一口思想自由的气息都充满疯狂仇恨,比加尔文更变本加厉,一切依赖性人物和独创性人物之间,永远都是如此。那句可怕的话,就出自德·贝兹之口,这句话使他永远承载着以破坏行动求得扬名的荣誉,而在精神史上得到千古骂名:良心的自由乃是魔鬼的学说①,绝对不要自由!宁可用火与剑把这些人斩草除根,也不能容忍强调独立思考。德·贝兹大声嚷嚷,唾沫星子四溅,"宁可有一名暴君统治,哪怕他残忍至极",也不要允许每个人都可以按照自己的心意行动……,声言不得惩罚异端分子,就仿佛声称不得杀死弑父弑母的凶手,其实异端分子远比这些弑杀父母的凶手更加罪孽深重。"根据这个样品,就可以设想,这份反对贝利安主义的狂热发烧的论战小册子体现的正统教义的褊狭已经达到了多么疯狂的程度。什么?这些"伪装成人的妖魔鬼怪"说到头还得用人道精神来对待?不行——先得维持纪律,然后才谈人道。倘若事关"教义",一个领袖绝对不能,无论如何不能屈从于一时的人道念头,因为这样一种博爱精神不是基督教的,而是魔鬼的。但是这是第一次,并不是最后一次在这里碰到这种好战的理论,就像德·贝兹所写的,人性,可怕的人性,乃是反人类的一种罪行,只有通过钢铁般的纪律和毫不留情的严厉态度才能把人类引导到某一种意识形态的目标上去。不能"姑息几只咬啮人的豺狼,如果不想把基督的整群笃信的羊群交给这些豺狼的话……这些所谓的温和真该唾弃,它

---

① 原文是拉丁文。

实际上是极端的残忍。"德·贝兹怀着宗教狂热冲着贝利安主义者吼道,并且要求官厅,应该"德行满怀地手握宝剑劈将过去"。卡斯台利奥自己满腔同情,呼吁上帝也发出同情,以便使这残暴已极的屠戮终于得到制止,而日内瓦的牧师德·贝兹则以同样的热忱,但却是满腔仇恨的热忱,祈求同一个上帝,但愿这大屠杀不要就此终结,"能给予基督教的君王们以心灵的伟大和坚定,把这些行恶者彻底消灭。"但是即使这样把具有不同思想者消灭干净对于德·贝兹的复仇欲而言也还不够残忍。异端分子不仅得全部杀死,而且他们的死刑还得尽可能地加上想像得到的痛苦酷刑,德·贝兹从一开头就用虔诚的暗示为一切想像得出的酷刑进行了开脱:"倘若按照他们罪行的程度来惩罚他们,我想,我们想像不出一种酷刑能符合他们罪大恶极的罪行的程度。"

这种对恐怖的颂歌,这种反对人性的、阴森可怕的论述,即使只是重复一遍,已经令人十分厌恶!但是有必要确认它们,并把它们逐字逐句地记载下来,为了理解,倘若耶稣教世界的确为日内瓦的这些狂热分子所迫,创立一种新的宗教法庭,这新教世界会遭到什么样的危险,也可以怀着敬意理解,那些勇敢分子和深思熟虑者,在迎击这些中了迫害异端分子狂热之邪的疯子时,冒着什么样的危险——当然是冒着抛弃生命做出牺牲的危险。因为为了及时"排除"宽容的思想,德·贝兹在他的论战文章里专横地提出要求,每一个宽容之友,每一个"贝利安主义"的辩护律师,从现在起,都该当作"基督教之敌",当作异端分子来对待。这就是说,都该处以火刑。"得在他们身上,使用我在此代表的论述中的那一点,即诋毁上帝者和异端分子应该得到官厅的严惩。"为了让卡斯台利奥和他的朋友们明白,倘若他们继续为那些由于思想的缘故,而被驱赶的人进行辩护,等待他们的将是什么。德·贝兹握紧拳头威胁道:即使伪造印刷地点,并且报以假名,也无法使他们"免遭迫害,因为尽人皆知,你们是谁,你们想干什么……我及时地警告你们,贝利乌斯和蒙福尔①,还有你们整

---

① 巴契尔·蒙福尔也是卡斯台利奥的化名。他以马丁·贝利乌斯为此书的封面署名,以巴契尔·蒙福尔为此书的撰稿人。

个小集团。"

请看:德·贝兹的这篇文章只是表面看来是一篇学术论争的文章,它真正的意义却在这一威胁之中。得让这些令人憎恶的思想自由的捍卫者们知道,他们提出的每一项维护人性的进一步要求都是在拿生命冒险,德·贝兹急于要让他们的首领赛巴斯蒂安·卡斯台利奥不再谨慎行事,便挑衅似的指责这批最为勇敢的人是懦夫,谨小慎微。他嘲笑道:"他(指卡斯台利奥)这个平素如此大胆无畏、如此肆无忌惮的人,在这本只谈同情和宽容的书里,却显得如此怯懦,胆小怕事,以致他只好乔装打扮,易容变脸,才敢伸出他的脑袋。"也许他希望卡斯台利奥会看到危险,吓得不敢公开报出姓名,承认自己是作者,于是小心翼翼地缩了回去;但是卡斯台利奥接受了挑战。正因为日内瓦的正统教派现在想把他们所做的该遭谴责的行为提升为一种教条,一种实践,这就强迫这位热烈拥护和平的朋友公开和他们作战。卡斯台利奥认识到,采取行动的决定性时刻已经来到。如若不把谋害塞尔维特的罪行拿到全人类的法庭上去做最后裁决,那么便会有千百件火刑在这次的火刑堆上点燃,到目前为止仅仅是个别的谋杀罪行,将会固定为一种谋杀的原则。卡斯台利奥毅然决然地把他自己的艺术工作和学术研究抛到一边,为了写出他那世纪的"我控诉",为了一场宗教谋杀案指控约翰·加尔文,在香佩尔广场谋杀了米盖尔·塞尔维特。这份公开指控约翰·加尔文的控诉书《批加尔文书》,虽说只是针对个别人,由于它的道德力量,变成最了不起的战斗檄文之一,反对任何卑劣的企图:通过法律来强奸话语,通过教条来强奸思想,通过那永远可鄙的暴力来强奸那永远生而自由的良心。

卡斯台利奥认识他的敌人已经多年,因而也了解他敌人的手段。他知道,加尔文把每一个对他个人的攻击都解释成,对"学说",对宗教,甚至是对上帝的攻击。因此卡斯台利奥从一开始便明确限定,他在他的文章《批加尔文书》里,既不代表塞尔维特的论点也不加以批判,丝毫不想介入宗教的问题或诠释性的问题,而只是控告约翰·加尔文这个人,此人杀死了另一个人米盖尔·塞尔维特。卡斯台利奥下定决心,从一开始就不容忍别人进行狡辩式的曲解。他像一个法学家似的,一开头就用几句话说明他想进行的这一案件。他的控告书这样开始:"约翰·加尔文今天享有极大的威望,如果我看到他浸透了温和的思想,我希望他的威望变得更大。但是他最近的行动是一场血淋淋的死刑并且对许多虔诚的人们进行威胁。因此我这个对流血事情深恶痛绝的人(难道全世界不该都来做这样的事?)便借助上帝的力量,在全世界面前揭露他的企图,至少把几个被他误导的人,从他的错误中再引导回来。

"去年,一五五三年十月二十七日,人们为了宗教信仰之故,在日内瓦,受那里教堂的牧师加尔文鼓动,把西班牙人米盖尔·塞尔维特活活烧死。这次火刑激起了许多人的抗议,尤其在意大利和法国。加尔文为了回答这些非难,刚刚出版了一本书。外表来看,此书染上了十分巧妙的色彩,目的是进行自我辩护,打倒塞尔维特并进而证明,塞尔维特判处死刑,实在是咎由自取。我想对这本书进行一次批评性的审阅。根据加尔文的习惯,他甚至会把我称作塞尔维特的学生,从而不致有人受到误导。我并不为塞尔维特的论点进行辩护,而只是攻击加尔文的错误论点。我把一切有关洗礼、三位一体和每一个这类问题的讨论往往搁置一边,我也并不拥有塞尔维特的著作,因为加尔文已把它们全都付之一炬。所以我根本不知道,塞尔维特代表的是什么思想。但是在有些根本不涉及这些原则性意见分歧的其他各点上我将阐述加尔文的谬误。每个人都会看见,被鲜血弄得糊里糊涂的那个人究竟是谁。我不会像他对待塞尔维特那样地对待他。他先把塞尔维特和他的书放在一起活活烧死,等他死了以后,再对他口诛笔伐。如果塞尔维特的敌人,把书籍连同作者一同焚烧,如今还大胆地向我们指出这些著作,引用其中的一些篇章,那么这种做法就仿佛是一个纵火犯把一幢房子烧成灰烬之后,就要求我们审视一下几间房间里的设备。至于我们呢,我们永远不会把一位作者活活烧死,永远不会把一本著作烧成飞灰。我们严厉批判的这本书,人人都可以阅读。这本书已有两个版本,一本是拉丁文版,一本是法文版。为了不让人有可能提出指责,我将一直历数我将引用的每个章节,而把我的回答置于引用的章节之下,标上同样的相应的数字。"

不可能比这次讨论进行得更加公正。加尔文在他业已印制的书籍里,已经清楚明白地确定了他的立场。卡斯台利奥利用这份人人皆可取得的文件,就像一名预审法官使用一名被告的业已记录在案的口供。他把加尔文的全书再抄写一遍,为了不至于有人会说,他不知怎地,歪曲或者篡改了他对手的意见。为了从一开始就能去除这样的怀疑,说他故意删节加尔文的书,从而歪曲加尔文的原文,他就把加尔文书中的每个句子都进行了编号。所以在塞尔维特案件上进行的第二次思想诉讼,要比在日内瓦进行的那第一次诉讼公正得多。在第一次诉讼时,被告人被关在一间小小的囚室里挨冻受冷,与世隔绝,任何证人和辩护人都不予提供。而这一次,塞尔维特案件得以自由无羁地在整个人文主义世界的关注下,作为一桩道德决断审理清楚。

事实情况清清楚楚,不容争论。人们在加尔文的催逼下,奉日内瓦市政委员会之命,以极端残忍的方式把一个人判刑处死,而这个人当火焰在他周围熊熊燃烧的时候,还能用响亮的嗓音宣称他是无辜的。于是卡斯台利奥提出了一系列决定性的问题:米盖尔·塞尔维特到底犯了什么过错?约翰·加尔文并不担任国家公职,而只是担负一个神职职位,他怎么可以把这个纯粹神学的事件,转交给市政委员会?难道日内瓦的市政委员会有权,单凭这个所谓的过错就把塞尔维特判刑?最后——根据哪个权威,依照哪条法律,竟把这个外国神学家判处死刑?

关于第一个问题,卡斯台利奥审阅了法庭记录,加尔文自己的证词,为了首先确认,加尔文控告米盖尔·塞尔维特的罪过究竟是什么。他没有发现其他指责,只发现塞尔维特根据加尔文的意见"以大胆的方式歪曲了《福音书》,并且为一种难以解释的欲望所驱使,妄想擅自修正《圣经》。"所以加尔文指控塞尔维特并无其他罪行,只是独立无羁一意孤行地对《圣经》进行了阐释。于是卡斯台利奥立即进行反击。在宗教改革这一范围内,对《福音书》进行这种一意孤行的阐述的人,塞尔维特难道是惟一的?谁敢声称,他这样做是违反了新的学说的真谛了呢?这种个人的阐述,不是甚至可说,正好是宗教改革的基本要求吗?耶稣教的领袖们,除了对圣言和《圣经》进行了这种全新的阐释之外,还做了什么别的事呢?加尔文,恰好就是加尔文和他的朋友法累尔,难道他们两位不是教会的这种改造和新建的过程中最大胆最坚定的人吗？"不仅是他自己投入到一种真正革新改造的纵情恣肆之中，他甚至还把这种纵情恣肆强加到别人身上，以致违拗他的意志，便成了非常危险的事。他事实上在十年之中进行的革新多于天主教会在六百年内所进行的革新。要说谁有权把耶稣教会中进行的新的阐释说成是罪过，并进行判罪，那么加尔文作为最大胆的宗教改革家就最没有权利说三道四。"

加尔文认为他是不会有舛错的，这已不言而喻。因而他认为他的意见是正确的，别人的任何意见都是错误的。在这里卡斯台利奥立即提出第二个问题：谁让加尔文当上法官，判断什么是对什么是错？"加尔文当然认为所有这些作家都有错误思想，他们不愿成为对他的教条照本宣科的人。因此他要求，不仅要阻止这些人写作，也要阻止他们说话，这样只有他一个人有权把他认为正确的东西说出口来。"可是恰好是这一点，卡斯台利奥要一劳永逸地否定掉，某人或某个党，可以提出要求，说只有我们才知道真理，其他任何意见都是谬误。所有的真理，特别是宗教的真理，可以争论，含义很多，"所以用这样一种刚愎自用的态度，对于只属于上帝的秘密进行争论是狂妄自大的，就仿佛我们介入了上帝最隐蔽的秘密。对于一些归根到底我们毫不了解的事情假装确有把握的样子，借以欺骗别人，这是一种傲慢的态度。"从创世之初起，一切灾难均来自教条主义者，他们焦躁不耐地宣称，他们的意见和世界观是惟一的，只有这些狂热地宣扬思想统一，行动统一的狂热分子才以他们自以为是的好斗精神扰乱了世上的和平，把自然的思想并存变成思想对立和你死我活的相互敌对。卡斯台利奥控告加尔文就是这样一个鼓动思想上绝不宽容的教唆者："所有的宗派都在上帝圣言的基础上建立自己的宗教，都认为他们自己的宗教是正确的。根据加尔文的观点，必须一种宗教迫害另外一种宗教。不言而喻，加尔文宣称，他的学说是正确的。但是别人也同样宣称自己的学说正确。他便说，别人错了。别人也同样说他错了。加尔文要当法官，别人也要当。那么怎么才能做出决断？可是谁又任命加尔文担任最高裁判长裁判所有其他人并拥有最终判处死刑的权力？他用什么充当证物，支持他的法官垄断权？支持他拥有上帝的圣言。可是其他人也声称自己拥有上帝圣言,或者说,他的学说无可争论。可是在谁眼里不可争论?在他自己眼里,在加尔文的眼里。倘若他宣布的真理,真是真理,真是那样显而易见,那他何必写这么多的书?为什么为了证明譬如谋杀或者通奸是个罪行,他一本书也没有写过?因为这些事情每个人都很清楚。倘若加尔文的确渗透了并且揭露了一切思想上的真理,为什么他不给别人留点时间,让他们同样理解这些真理?为什么他从一开始就把他们打倒,从而剥夺了他们承认这真理的可能性?

这样一来,第一步和决定性的一步可以确定下来:加尔文在精神和宗教问题上狂妄地要求得到法官的职位,而他丝毫也没有这种权利。其实有项任务会落到他身上。倘若他认为塞尔维特的意见不正确,他完全有责任向塞尔维特解释他的错误,并让他皈依正确教义。可是他并没有好言好语地进行解释,而是立即采用暴力。"你的第一个行动乃是逮捕,你把塞尔维特关进监狱,你不仅把塞尔维特的每一个朋友都排除在这场官司之外,只要不是塞尔维特的敌人,全都排除出去。"他只采用了古老的,沿用至今的讨论方法,当教条主义者们感到讨论棘手之时,总是采用这种方法:他们自己把耳朵堵上,把别人的嘴巴封住。但是躲在书报检查后面,总是最明确地暴露了这一个人或这一种学说心灵上的毫无把握。卡斯台利奥仿佛预感到他自己的命运,他叫加尔文承担道德上的责任:"我请问你,加尔文先生,倘若你和某人就遗产问题打一场官司。你的敌人争取到法官只让他一个人讲话,同时禁止你发言,你难道不会奋起反抗这样不公平的待遇?为什么你要把己所不欲的事情强加于人?我们是在这里讨论信仰问题,为什么你要封住我们的嘴巴?你对你的事业的寒碜如此确信无疑,你如此害怕被人打败,害怕失去你作为独裁者的权力?"

这一来对加尔文的原则性的控告已经措辞完毕。加尔文依靠他的国家权力,放肆地要求在神性的、道德的和尘世的问题上独自决定一切。这样他就犯了严重侵犯神性的权利的罪过。上帝赋予每个人的脑子进行独立思考,让人的嘴巴讲话,让人的良心成为最后的内心的道德机关的权利。加尔文犯了侵犯每一个人间权利的罪过,因为只要一个人有一点背离正规的意见,他就对此人像对待卑下的罪犯一样进行迫害。

这时卡斯台利奥稍稍中断一下他的官司,为了召来一名证人。叫一位尽人皆知的神学家来反对布道师约翰·加尔文。根据神的法律,单凭思想上的罪过,就进行官方的迫害,是不允许的。令人难堪的是,卡斯台利奥给予发言权的那位伟大的学者,不是别人,正好是加尔文自己。这位证人,非常勉强地给请来参加这次辩论。"加尔文确认,大家全都晕头转向,他便急急忙忙地控诉别人,以便人家不至于对他产生怀疑。但是非常清楚,激起这场混乱的,只有一点,那就是他作为迫害者的态度。他让塞尔维特遭到判刑这惟一的事实,不仅在日内瓦,而是在整个欧洲都激起了恼怒,把所有的国家都弄得动荡不安。现在他试图把他自己犯下的罪过推到别人身上。可是当年,当他自己还属于那些遭受迫害者之列时,他使用的可是另一种语言。当时他还洋洋洒洒地写了好几页,来反对这种迫害。为了不致有人对此表示怀疑,我在这里抄下他的《基本纲要》一书中的一页。"

于是卡斯台利奥就引论《基本纲要》中的字句,当年的加尔文所写的字句。就凭这些字句,今天的加尔文可能就会把作者处以火刑活活烧死。因为当年的这位加尔文一个字母一个音节也不偏离的论点恰好就是卡斯台利奥现在代表的反对他的论点。在《基本纲要》的第一版里,一字不落地写道:"杀死异端分子,纯属犯罪行为。通过铁与火让他们毁灭,就是否定任何人道的原则。"当然,一旦掌权,加尔文就急急忙忙地把承认人道从他作品中划去。在《基本纲要》的第二版,全书的面貌已经改变,原有的明确的决定性的态度已经荡然无存。就像拿破仑当了执政和皇帝就极端仔细地把他青年时代写的那份雅各宾党人的宣传品统统销毁,这位教会首脑加尔文刚从一个受迫害者变成迫害者,就想让他承认宽容的观点永远消失。但是卡斯台利奥不让加尔文从他手里滑走。他逐字逐句地重复《基本纲要》中的字句,并且用手指直指加尔文:"现在请大家把加尔文的第一份宣言和他今天的文章、行为进行比较,大家可以看见,他的现在和他的过去如此迥乎不同,就像光明之于黑暗。因为他把塞尔维特处死,他也就希望,那些和他意见不同的人全都这样毁灭。他违背了他自己制定的法律,要求处死……因为加尔文害怕其他人会过于公开地暴露他的朝令夕改,他的变化多端,会把这一切都公之于众,便想把这些人统统处死,现在大家还对此表示惊讶吗?因为他干了坏事,所以他害怕暴露真相。"

可是卡斯台利奥偏偏要弄清真相。加尔文终于得向全世界阐明,直截了当不要任何模棱两可。他,这位当年主张言论自由的辩护士,出于什么原因,让米盖尔·塞尔维特受尽残暴的酷刑,在香佩尔广场上当众活活烧死:于是铁面无私的审讯重新开始。

两个问题已经解决。首先事实已经调查清楚,米盖尔·塞尔维特无非只犯了一个思想罪,其次是偏离了现在通行的解释,这永远也不该算是一个卑劣的罪行。卡斯台利奥质问,加尔文作为一个教会的布道师,在一个纯理论的抽象问题上,为什么要调动世俗的官厅来镇压不同意见?在有头脑的人们当中,思想问题,只能以思想方法来解决。"倘若塞尔维特手执武器来反对你,那你有权向市政委员会乞求援助。既然他只用羽毛笔和你作战,你为什么用火与剑来对付他的文章?你倒是说啊,你为什么躲在市政委员会的背后?"有关人们内心的良心问题,国家毫无权威可言,"捍卫神学学说,这不是市政委员会该管的问题。宝剑和学说毫无关系,学说纯粹是学者的事。市政委员会对于学者的保护也和保护工匠、工人、医生或者市民一样,倘若他的肉体受到不公正待遇的话。只有当塞尔维特想要杀死加尔文时,市政委员会才有权采取行动,保卫加尔文。可是塞尔维特只用文章和理性的理由在进行战斗,那么人们也只能通过理性的理由和文章来叫他负责,而不能用别的方法。"

加尔文企图通过更高的神的诫命来为他的行动进行辩护,卡斯台利奥却不可反驳地把加尔文的企图都一一驳回:对于卡斯台利奥而言,没有什么神的诫命,也没有什么基督教的诫命,规定可以谋杀别人。加尔文在他的文章里试图依照摩西的法律,要求用火与剑把伪信徒彻底消灭,卡斯台利奥便严厉而尖锐地回答道:"加尔文想怎样用上帝的圣名执行他在这儿祈求的法律呢?那他不是就得在所有的城市里破坏掉住宅、房屋、牲畜和家具。倘若有朝一日他拥有足够的军事力量,那天不是就得去袭击法兰西和其他所有被他看作是异教徒的民族,把城市夷为平地,把人们消灭干净,把孩子们和妇女们,甚至还在娘胎里的孩子也都杀死?"当加尔文为自己辩护时,提出如果没有勇气把一个腐烂的肢体从基督学说的躯体上切割掉,就会危害它。卡斯台利奥便这样回答:"把不信神的人从教会里割除,这是牧师的事情,这只意味着把异端分子逐出教会,赶出社会,但并不意味着要取他的性命。"在《福音书》和世上宣讲道德风习的书里,没有任何地方要求这样不讲宽容。"你最后是不是想说,是基督叫你把人活活烧死的?"他把这句话劈头盖脑地扔向加尔文,此人双手沾满塞尔维特的鲜血,写下了他这一篇绝望的辩护书。既然加尔文一而再再而三地坚持,他是为了捍卫学说,为了保护上帝的圣言,被迫把塞尔维特活活烧死的,既然他一而再再而三地像所有的施暴者那样,试图用另外一种高高在上的超个人的兴趣来为自己的暴行辩护,这时——就像一个黑暗世纪里的一道霹雳,划过天际,照亮夜空,——卡斯台利奥的永不消逝的话语向他迎了上去:"杀死一个人绝不是捍卫一种学说,而只是:杀了一个人。当日内瓦人处死塞尔维特时,他们并没有捍卫任何学说,而只是牺牲了一个人。但是并不是活活烧死另外一个人就表示信奉了自己的宗教信仰,而只是为了这种信仰给自己烧死了一个人。"

"杀死一个人绝不是捍卫一种学说,而只是:杀了一个人。"——这句话说得真了不起,真实、清晰、永不消逝、最富人道的一句话。用这句像用坚硬的铁石铸成的句子,赛巴斯蒂安·卡斯台利奥为古往今来所有时代进行的世界观上的迫害做出了裁决。不论用什么逻辑的、伦理学的、民族的或者宗教的借口蒙骗或者搪塞,来为除掉一个人进行辩护,这些理由无一可以为那个犯了这个罪行或者下令进行这一罪行的人减轻其个人的罪责。永远总有一个人对这血腥的罪过负有罪责,永远也不可能把一次谋杀事件通过一种世界观来进行辩护。真理可以传播,但不能强加于人。没有一个学说因为大吼大叫而变得更加正确,没有一种真理因为大吼大叫而变得更加真实,没有一种真理可以通过暴力宣传能突破它本质自己的空间,人为地拔高,但是如果一种学说,一种真理去迫害那些从内心深处反对它的人们,就更不真实,更失人心:坚定信念是个人的经历和事件,不隶属于任何人,只属于它们所从属的人本身;个人的坚定信念不能限制和训练,哪怕有个真理千百次地以上帝为依据,并且自称为一种神圣的真理,它永远也不能认为自己有权把上帝创造的一个人的生命这样的圣物破坏净尽。生命有限的人为了加尔文认为生命无限的思想而毁灭,这对于加尔文这个教条主义者,这个派性严重的人来说,纯属次要问题,可是对于卡斯台利奥而言,每一个为自己的信念受苦受难以致死亡的人,都是无辜遭到屠戮的牺牲品。但是在思想问题上进行强制,对他来说不仅是反对精神的罪行,也是白费力气一场。"不要强制任何人!因为强制从来也没有能使一个人改过迁善。有些人想强迫人们皈依某种信仰,这些人的行动荒谬绝伦,就像有人想用一根大棒,采用暴力把食品塞进病人嘴里一样的荒唐。"因此应该一劳永逸地结束对持不同思想者的镇压!"请你剥夺你的官厅人员采用暴力和进行迫害的权力!就像圣保罗所要求的,给每一个人以言论和写作的权利,不久你就会认识到,自由一旦从强制中解脱出来,会在人间世上做出多少丰功伟绩!"

所有的事实都审查完毕,所有的问题都得到回答。现在赛巴斯蒂安·卡斯台利奥以受到侮辱的人性的名义做出判决——历史对此签名。一个名叫米盖尔·塞尔维特的人,一个寻找上帝的人,一个圣经大学的学生遭到杀害——加尔文是作为这次谋杀案件的精神发起者受到控告。日内瓦的市政委员会是作为此案的执行机构受到控告。道德复审将此案进行了审查,断定:两个机构,精神机构和尘世机构在此案中都越过了自己的权限。市政委员会犯的是越权罪,"因为它并无权利对一个思想错进行审理。而罪行更严重的是加尔文,他把这个责任强加在市政委员会身上。"根据你提供的证据,以及你的同党提供的证据,市政委员会杀死了一个人。市政委员会同样并不拥有这种能力,在这件事上做出决定或做出区分,就像一个盲人无法区分色彩一样。"加尔文犯有双重罪过:他对这一令人发指的罪行做出的安排和执行全都负有罪责。不论加尔文出于什么动机把这个不幸的人推到火焰中去烧死,他的行动都是一种恶行。"你下令把塞尔维特杀死,要不是因为他所想的正是他所说的,就是因为他出于内心的坚信说出了他所想的。倘若你是因为他表示了他内心的信念而杀死他,那你是因为他说了真话而杀他,因为真理在于,即使身在谬误之中,也说出真实的想法。倘若你仅仅因为他有一个错误观点便下令杀他,那么你其实事先就有责任设法争取他来接受正确的观点,不然就手里拿着文章,向他证明,一切出于诚信而身陷谬误的人都必须统统杀死。"可是加尔文杀了人,毫无道理地除掉了反对派;因此他犯有罪行、犯有罪行、犯有蓄意谋杀的罪行……

有罪、有罪、有罪;三次用喇叭发出的冷酷的钢铁般的声音以雷鸣般的声响向他那时代宣布了判决;最后的最高的道德法庭,人性,做出了决定。但是拯救了一个死人的名誉又有什么用处,没有任何人的赎罪能帮他重新回到光明:现在需要的是保护活着的人,谴责一桩反人性的活动,从而阻止无数次其他反人性的罪行。不仅仅是约翰·加尔文这个人理应受到批判,还有他那本宣扬可怕的恐怖教义和进行镇压的书也要得到批判。卡斯台利奥训斥那个有罪之人加尔文,"你难道没有看见你的书和你的行动将把人们引向何方?有许多人声称,要捍卫上帝的荣誉,但是现在他们如果要杀人可以以你的证明为依据,走上你那灾难深重的道路,他们将和你一样,全身沾满血污。他们将和你一样,把那些和他们意见相左的人统统杀死。"个别的狂热分子并不危险,危险的是狂热主义的灾难性的精神。所以有头脑的人需要反对的不是那些态度生硬、强词夺理、嗜血成性的人,而是要反对每一种摆出恐怖主义姿态的思想,因为—— 一个人在开启一场百年宗教战争时发出的先知般的预言——"即便是最为残忍的暴君,用他们的大炮也不可能使那么多鲜血流淌,比不上你们通过你们血淋淋的符咒流洒的鲜血,和不久还将流洒的鲜血,除非上帝怜悯世间的人类,让君王、官厅都睁开眼睛,让他们最终拒绝他们那些血腥的差使。"就像赛巴斯蒂安·卡斯台利奥在他温和的宽容宣言中所声称的,面对那些被驱赶、被驱逐的人所受的苦难,最后他实在不能再保持从容不迫的态度,就像他在那文告中扬声冲着上帝祈祷,绝望地祈求上帝,赐给人间更多的人性,在这本战斗小书中,他的话语声调高扬,变成了一声令人震撼的诅咒,诅咒一切以他们刚愎自用的仇恨来破坏世界和平的人们。他的这本著作把最高贵的义愤化为电闪雷鸣,击向一切狂热激情,以如下宏大的大型终曲结束:"早在达尼哀尔①时期,这种宗教迫害的无耻行径已大行其道,要是在他的生活行止方面找不到可以攻击之处,他的敌人就说:我们必须在他的信仰上攻击他。今天人们正好就是这样干的。倘若在一个敌人的道德态度方面抓不住他,就依靠'学说',这种做法非常巧妙,因为官厅在这种情况下没有自己的判断,更容易被人说服。用这种方法人们镇压那些更加弱势的人,同时让'神圣的学说'中的口号大声响起。啊,他们的'神圣的学说'——基督在末日审判之日将会多么憎恶它啊!基督将会要求清算他们的品行举止,而不是清算学说,倘若他们对基督说:'主啊!我们曾经与你同在,我们曾经按照你的意旨教导人们',那他会回答他们:'滚开,你们这些罪人!'

"啊,你们这些盲人,啊,你们这些深受蒙蔽的人,你们这些嗜血如命、无可救药的伪君子!你们什么时候才能最终认识真理,你们这些尘世的法官什么时候才会停止随心所欲地盲目地让人们的鲜血流淌!"

---

① 达尼哀尔,即《圣经》中的先知但以理,《旧约全书》中有"但以理书",记载尼布甲尼撒时期之事。

九　暴力压倒了良心

很少有比卡斯台利奥的《批加尔文书》更加坚毅果决的反抗一个思想暴君的战斗檄文，或许也从来没有一篇檄文具有相似的激情光采。这篇檄文以自身感情的真实和论据的清晰，也教训了那个漠不关心的时代。倘若他们不及时的抵抗日内瓦的思想宗教法庭，新教的思想自由以及欧洲精神的思想自由都将荡然无存。因此根据人世间一切或然性来看，可以期待，根据卡斯台利奥的丝丝入扣的证明，在塞尔维特案件上，整个道德世界都会一致同意谴责性的判决，并且签字表示赞同。谁要是在这场斗争中，被这样一只手抓住摺倒，这人似乎就永远给解决掉了，因而卡斯台利奥的宣言对加尔文的绝不让步的正教主义是沉重的一击。

但实际上——什么事也没有发生。卡斯台利奥的振聋发聩的战斗檄文和他妙不可言的呼吁宽容的号召对于现实世界没有一丝一毫的影响，原因非常简单也非常残酷：因为卡斯台利奥的《批加尔文书》根本就没有付梓。奉加尔文之命，此书从一开始就被书报检查所扼杀。它还来不及震醒欧洲的良心。

在最后一刻，——抄写本已在巴塞尔最知己的朋友圈子里流传，此书付梓已做好准备——日内瓦的掌权者们，早有信使送来消息——听到风声，卡斯台利奥正在向他们的权威准备一次性命攸关的危险进攻。他们立即进行反击，在这种时候，一个国家组织所拥有的权力优势高于个人的实力，马上可怕地显现出来。加尔文干了绝灭人性的罪行，使一个思想不同的人备受酷刑，将他活活烧死，由于书报检查的片面性，允许加尔文不受干扰地对他的罪行进行辩护。而卡斯台利奥想以人性的名义提出抗议,却被褫夺了发言权。尽管巴塞尔城本身并无理由,禁止一位自由的市民,该城大学的一位教师进行文学论战,但是加尔文一向精于战略和实战,十分巧妙地在政治上下手。一场外交事件制造出来。不是加尔文作为普通私人个人提出抗议而是日内瓦城由于有人对"学说"进行攻击,公开提出责难。巴塞尔城的市政当局和巴塞尔大学便面临一个棘手的选择,不是扼杀一位自由作家的权利,便是和一个强大的联邦城市陷入一场外交矛盾。在这种情况下永远是权力政治的因素战胜道德。市政官员们宁可牺牲个别人而发出禁令,禁止某些不严格遵守正统的文章发表。于是卡斯台利奥的《批加尔文书》就被阻止,不得付梓,加尔文可以发出欢呼:"所幸那些跟在我们身后狂吠的群狗不能再咬我们了。"

柴堆上的火焰使得塞尔维特的声音被吞没,书报检查也使卡斯台利奥发不出声。世上的"权威"又一次通过恐怖获救。卡斯台利奥的骁勇善战的手被剁了下来,这位作家不许再进行写作,更加不公、更加残忍的是,当洋洋得意的敌人现在以加倍的邪火向他进攻时,他都无法反抗。差不多要过一个世纪,《批加尔文书》才得以付印。卡斯台利奥在他的战斗檄文中预示出来的话,竟变成了可怕的真理:"你为什么将己所不欲之事,硬要强加于人?我们在这里进行一场关于宗教问题的诉讼,你为什么要封住我们的嘴巴?"

然而反抗恐怖,既无权利亦无法官。暴力掌权之处,被战胜者无从发出呼吁。在那里恐怖永远是第一法庭,同时也是终审法庭。被迫采取悲剧的放弃的态度,卡斯台利奥只好勉强接受,承担不公平的待遇。但是对所有那些暴力高踞于精神之上的时代而言,令人欣慰的是,那些被暴力击败的失败者可以保持昂然自得的轻蔑:"你们说的话和你们的武器,只不过是那专制暴政所特有的。你们梦想得到这种专制暴政,这种更多是时间性的统治,而不是精神上的统治。它不是建立在上帝之爱的基础上,而是建立在暴力强制的基础之上。我并不羡慕你们的权力和武器,我有别的,我有真理,有纯净的情感和上帝。他帮助人们并给予恩典。即使真理在某一个时间,被世界,这盲目的法官,所压制,也没有人能对真理施暴。

让我们把一个杀死了基督教的世界的判决搁在一边,别去管这个世界的法庭,在这个法庭面前总是暴力的事业获胜。上帝的真正的王国不在这个世上。"

恐怖又一次有理,更富悲剧色彩的是:加尔文的外在权力并没有因为他干了最恶劣的行为而受到撼动,而是以令人惊讶的方式更加加强。因为在历史的空间寻找虔诚的道德和教科书上感人的公正,纯属徒劳!只好适应:历史,这世界精神的尘世影子,既不道德,亦非不道德,它既不惩罚恶行,亦不酬报善行。既然它在最终的意义上是立足于暴力而不是立足于权利,它往往把外在的好处大多推向权力人士,毫无顾忌的放肆行为、凶残暴戾的专断决定在时间性的斗争中往往把好处而不是坏处给予作案人或作恶者。

加尔文由于他的强硬遭到攻击,也认识到只有一件事可以拯救他:那就是更加强硬、更加肆无忌惮地使用暴力。同样的规律屡试不爽。谁若使用过一次暴力,必须继续使用。谁若开始使用恐怖,别无其他方法(别无他法),只有让恐怖升级。加尔文在塞尔维特案件执行之中,和执行之后所遭到的反抗,只是更加加强了他的认识:对于一个威权统治而言,合法的镇压反对派和仅仅吓唬反对派是个很有缺陷的方法。只有惟一一种方法可以稳固极权(者)的权力:那就是彻底消灭任何反对派。起先加尔文也满足于在合法的道路上使得日内瓦市政委员会里的共和党少数派瘫痪,他暗中活动,使选举制度有利于他。在每一个乡区的议会里从法国逃亡来的新的流亡分子都变成了日内瓦公民,也被写进选举名单中去,他们在物质上和道德上还都依赖于他:用这种方法,议会里的情绪和意见渐渐地会染上对他有利的色彩。所有的机关都推到那些盲目听话的人那里去,古老的共和主义的城市贵族的影响就会完全遭到排挤。但是这种有系统的逐渐陌生化的倾向对于爱国的日内瓦人来说不久变得过于透明、过于露骨。这些为日内瓦的自由抛洒过鲜血的民主主义者很晚、很晚开始不安起来。他们召开秘密集会,他们商量怎么才能抵抗这些清教徒的统治欲,捍卫他们旧日独立自主的最后残余。情绪激动起来,越来越激动。在大街上发生扎根当地的居民和流浪而来的居民之间的激烈争论,最后甚至发展到挥拳相向。当然只是一种相当无害的斗殴,一共只有两个人被石头砸伤。

但是加尔文就在等候这样一种借口。现在他终于可以把他蓄谋已久的政变付诸实现,巩固他的极权。小小的一场街上斗殴立刻被炒作成一场"可怕的叛乱",只有通过"上帝的恩典"才遭到失败。(在这种实践中,令人反感的永远是虚假的道德和故作虔诚的仰望上天的姿态)。一下子,和这次郊区斗殴事件毫无瓜葛的共和党全部领袖统统被捕,并且加以残酷的拷打,直到他们把独裁者为了达到自己目的所需要的一切全都招出来为止:计划进行一次圣巴托罗缪之夜①,加尔文和他的家人将被杀害,外国军队将被引进城来。根据这些仅仅依靠凶狠至极的酷刑逼供才逼出来的"坦白交代",涉及计划中的"叛乱"和巧妙设计的"叛国行径",最后刽子手就可以开始工作。一切哪怕只对加尔文进行过极小反抗的人,只要没有及时逃出日内瓦,统统都被处死。仅仅一夜之间,日内瓦除了加尔文派之外再也没有其他政党。

加尔文在取得了这样彻底的胜利,这样干净地清除了他在日内瓦的最后一批反对派之后,其实满可以无忧无虑地生活,从而变得宽大为怀。但是我们从修昔底德、色诺芬和普鲁塔克那里知道,那些寡头政治家在任何时代任何时候打了胜仗之后,总是只会变得更加缺乏耐心。一切专制暴君的悲剧在于,他们把性格独立的人在政治上弄得无权、无声之后,反而害怕此人。此人一声不吭,不得不保持沉默之后,他们并不满足。单凭此人不是诺诺连声,不再侍奉左右,不再弯腰屈膝,不是急于参加到阿谀奉承之辈和仆从的行列中来,表示他还存在,而他还存在,却使暴君们极为恼火。正因为加尔文在那次凶残的政变之后摆脱了所有的政敌,只有这一位,这位道德上的敌人依然残留下来,他便以万分急切的心情,把他全部的战斗激情全都倾注到这个敌人身上,赛巴斯蒂安·卡斯台利奥。

这次进攻惟一的困难在于,如何把这位生性平和的学者从他那稳妥

---

① 又称圣巴托罗缪大屠杀,是法国宗教战争中天主教势力对基督教胡格诺派的大屠杀,开始于一五七二年八月二十四日(圣巴托罗缪日)夜。

的沉默状况中勾引出来。因为卡斯台利奥自己已经对于公开争吵十分厌倦。人文主义者或埃拉斯姆斯主义者天生的都不是持久作战的战士。热衷党派纷争的人那种坚忍不拔的劲头和他们坚持不懈地劝诱他人改宗自己教会的毅力在人文主义者看来,是有失一个脑力工作者的身份的。他们宣布了一次他们的真理,但是等他们宣布了自己的观点之后,他们就认为一而再、再而三地想用宣传的方式让世界信服,他们的真理是惟一正确、惟一有效的真理,他们就认为,这实在是多此一举。卡斯台利奥在塞尔维特事件上发表了自己的意见,冒着一切危险,为受迫害者进行了辩护,对那些向良心施暴的恐怖行径迎头痛击,态度比他那时代任何一个人都更加坚定不移。但是世界的时势还对他的自由言论不利,他看到,暴力会胜利一段时间。所以他决定,静等机会到来。那时,宽容和不宽容之间的决战又会爆发。他大失所望,但依然坚信,绝不屈服,他回到自己的工作中去。大学终于聘请他为教师。他的伟大的毕生事业,他的两种语言的《圣经》翻译即将完成。一五五五年和一五五六年,语言的武器被人从他手里打掉之后,作为论战专家,卡斯台利奥已完全沉默无声。

但是加尔文和日内瓦人通过探子获悉,卡斯台利奥在他大学狭小的圈子里依然继续保持他的人道的观点。人家把他写字的手捆了起来,他可不让人家把他的嘴完全封住。那些主张不容忍的十字军战士发现,他提出的那个可憎的主张宽容的要求,和他反对宿命论的无法反驳的论据,在大学生当中越来越受到欢迎。一个崇尚道德的人单单通过他的存在就起作用,因为他的本质在他周围创造了一种有说服力的氛围,虽然看上去只对一个狭窄的小圈子起作用,这种内在的影响却像波浪的涟漪一样,不知不觉地、绝不停顿地向远方流去。既然卡斯台利奥很危险地存在着,不肯低头屈服,就必须及时打破他的影响。加尔文想尽计谋,给他设了一个陷阱,重新把他引诱到为异端分子进行的斗争中去。他在大学里的一个同事心甘情愿地为这项差使效劳,充当奉命挑衅者。他写了一封非常客气的信给卡斯台利奥,请求卡斯台利奥和他讨论关于宿命论的观点,仿佛事情只是关系到理论问题而已。卡斯台利奥表示准备参加一次公开的讨论,可是他才开口说了几句,听众当中突然有人冷不丁地站起身来,指责他推行异端行为。卡斯台利奥立刻就觉察到他们的目的。他没有跳进陷阱,为自己的观点辩护(以便他们找到足够的材料来对他进行控诉),他打断了这次讨论,他大学里的同事们阻止任何人对他进一步骚扰。但是日内瓦却不能这么轻易地善罢甘休。这次阴险的奸计失败之后,他们立刻改变方法。既然卡斯台利奥不理会他们的挑衅,不参加讨论,他们便想法用各种谣言和论战小册子来激怒他。他们嘲笑他的《圣经》翻译,让他对不具名的污蔑文章和传单负责。他们向四面八方泼洒出敌意森然的污蔑:仿佛听到一声号令,突然之间从四面八方掀起反对他的疾风暴雨。

但是正因为他们过份起劲,在这期间一切不带派性的人都清清楚楚地发现,他们在剥夺了这位伟大的真正虔诚的学者自由发表言论的可能性后,现在要直接加害他的人身。恰好是这次迫害的阴险奸诈,给这位受迫害者从各方面都招来了朋友。出人意表的是,德国宗教改革的鼻祖麦朗希通,突然走到卡斯台利奥的身边,故意展示他的支持。麦朗希通也和从前的埃拉斯姆斯一样,对于那些认为人生的意义不在和解,而在争吵之上的人所做的荒谬行为,感到深恶痛绝。他本能地写了一封信给卡斯台利奥,他在信中写道:"迄今为止,我不曾给你写过信。因为我事务繁忙,这些俗务数量巨大,令人反感,把我彻底压垮,没有多少时间进行这类通信。其实我很喜欢和人通信。其他阻止我写信的原因是,我看到那些自命为智慧和美德之友的人们中间横亘着可怕的误会,我也就为一阵巨大的悲哀所袭,不能自已。而我对你总很欣赏,欣赏你写作的方式……我希望这封信能向你证明我对你的赞同,证明我对你抱着真诚的好感。但愿永恒的友谊能把我们联合起来。

"你不仅抱怨意见分歧,也抱怨真理之友怀着仇恨对有些人的迫害。你只是增加了我自己经常感到的一种痛苦。寓言说,从泰坦巨人的血液里产生出巨人。那么从僧侣的种子里产生出新的诡辩家。他们试图在宫廷,在家庭,在人民当中进行统治。他们认为,学者们拦住了他们前进的道路。不过上帝将会保护他剩余的羊群。

"所以我们得怀着智慧忍受我们无法改变的事物。对我来说,年龄渐长,缓解了我的痛苦。我希望,不久能进入天国的教会,远离愤怒的风暴,这些风暴如此恐怖地震撼了这里人世间的教会。倘若我还活着,我将和你一起谈论许多事情。祝好!"

这封信表达了麦朗希通试图保护卡斯台利奥的愿望,它立即广为传抄发到大家手里。同时也是警告加尔文,不要再对这位伟大的学者进行毫无意义的迫害。果然,麦朗希通肯定卡斯台利奥的言辞在整个人文主义世界发生强大影响,甚至加尔文最亲近的朋友们也敦促加尔文讲和。伟大的学者波杜安写信到日内瓦:"现在你可以看到,你愤怒地迫害此人,麦朗希通对此狠狠地加以批判,同时你也可以看到,他对你的前后矛盾的论点很不以为然。继续把卡斯台利奥当作第二个撒旦来对待,同时又把麦朗希通尊为天使,究竟有什么意思?"

但是如果认为可以教育一个狂热分子或者平息他的怒气,这种想法实在是天大的错误!矛盾的是,或者合乎逻辑的是,麦朗希通的这封旨在起保护作用的书信恰好对加尔文起到了相反作用。因为人家对他的敌人甚至还表示赞赏,这个事实只是增加了他的仇恨。加尔文知道得非常清楚,这种思想上的和平主义者对他那充满战斗性的独裁而言,是比罗马教会、罗耀拉和他的耶稣会修士更为危险的敌人。因为对于他们来说,只是教条对教条,词句对词句,学说对学说,而在这里,面对卡斯台利奥的自由要求,他感到他愿望和行动的最初原则,建立统一权威的思想,正统教义的意义,全都成了问题。在每场战争中总是自己行列里的和平主义者比好斗嗜战的敌人更为危险。正因为麦朗希通的保护信在全世界面前提高了卡斯台利奥的威信,加尔文现在再没有别的目的,只想彻底破坏卡斯台利奥的名声,从此刻开始,真正的战斗打响了,拔刀相向的战斗。

现在是进行一场毁灭性战斗,由加尔文亲自登场这一事实所证明。就像在塞尔维特一案中,到致以最后的决定性的一击时,他把他的稻草人尼可拉斯·德·拉·芳泰纳推到一边,亲自来手执锋刃,那么现在他也不再使用他的小帮手德·贝兹。现在对他来说不再关乎公平与不公平,不再关乎《圣经》中的圣言及其解释,不再关乎真实与不真实,而只关乎一点:即迅速彻底地、一劳永逸地把卡斯台利奥干掉。进攻他的正确的理由,眼下还不具备,因为卡斯台利奥已经退缩到他的工作中去了。既然找不到理由,那就人为地创造一个,随手抓起一根棒子,向着这个深恶痛绝的家伙拼命打去。加尔文把他的密探在一个游方的商人那里找到的一篇匿名的讽刺文章作为借口,尽管连一点论据的蛛丝马迹都没有,无法证明这篇文章的作者是卡斯台利奥。事实上卡斯台利奥也根本不是此文的作者。但是迦太基必须消灭①,卡斯台利奥必须消灭。于是加尔文就利用这本根本不是卡斯台利奥撰写的书作为把柄,把他当作此书的作者,用卑鄙至极、怒火冲天的辱骂加以大肆咒骂。加尔文的战斗文章不再是一位神学家攻击另一位神学家的文字论战,而是肆无忌惮地疯狂泄愤:卡斯台利奥在当中被加上小偷、流氓、诅咒上帝者的骂名,比一个车夫骂另一个车夫来得更粗鲁。甚至指责这位巴塞尔大学教授的竟然在大青白日偷了别人家里的劈柴。这带有醺然醉意的仇恨逐页增高,最后这本怒气冲天的论战文章用这样一句唾沫星子四溅的愤怒叫嚣结束:"愿上帝把你消灭掉,撒旦!"

加尔文的这篇污蔑文章,可以当作值得纪念的一个范例,证明党派的愤怒可以把一个思想水平很高的人,降低到多么低下的程度。但是此文也是一个警告,警告一个政治家要是无法控制他的激情,行动起来会多么不合政治的要求。因为一个名誉甚好的正派人受到攻击,便是一件可怕的不公正的事情正在发生,巴塞尔大学校董会在这一事件的影响下,撤销了卡斯台利奥作品出版的禁令。一所欧洲级别的大学,让它聘请的教授在整个人文主义的世界面前被人指责为一个卑下的偷柴火的小贼、流氓、无赖、流浪汉,这是和大学的尊严不相协调的。既然这里显然已经不再是讨论关于"学说",而是关系到私人的嫌疑和卑下的贬抑别人名誉的行动,校务委员会就特别明确地批准卡斯台利奥可以公开发表一篇回应的文章。

卡斯台利奥的这篇回敬的文章在人道的、人文主义的论战文章中堪称范文,真的使人激情升华。最最极端的仇恨敌意也不能使这个内心宽容的人为仇恨所毒化,没有什么卑劣行径可以使他自己变得卑劣。文章

---

① 原文是拉丁文。

一开始那节奏便显得那么安详、那么高雅。"我这次踏上这条通向公开讨论的道路并无昂扬的热情。我多么希望和你以兄弟般的情意,本着基督的精神好好讨论,而不是以村夫农家的粗鄙方式互相诟骂,这只会有损于教会的威信。但是既然通过你和你的朋友,我那和平交往的梦想不可能得到实现,我想,以温和来回答你激情满怀的攻击,这对于我所要尽的基督徒的义务而言不是不可协调的。"首先卡斯台利奥揭露加尔文的不诚实的行动方式,加尔文在他那篇关于《"无赖"》的文章的第一稿里公然把他说成是那篇讽刺文章的作者,而在第二稿里——显然已经有人告诉他犯的谬误——没有再说一句话来攻击卡斯台利奥是作者,但是也没有表现出忠诚,老实承认他冤枉了卡斯台利奥。卡斯台利奥以无情的一击把加尔文逼到墙边:"你知道还是不知道,你把那篇文章说成是我写的,是冤枉了我?我自己对这事的原委很难确定。你提出这种控告时,你自己已经知道,这控告并不真实。这是一种欺骗行为。如果你那时还心中无数,那么这一控告至少是相当草率的。无论是前一种情况还是后一种情况,你的态度都不够漂亮,因为你提出来的一切,都不真实。我不是那本小册子的作者,从来没有把它寄到巴黎去付印。倘若它的传播是个罪行,那么为了这个罪行应该受到控告的是你,因为你是第一个对它进行公开宣传的人。"

等他揭露出来加尔文是用哪些站不住脚的借口,向他发起攻击的,卡斯台利奥才涉及攻击的粗鲁方式,"在辱骂方面,你方法很多,你说出了你满溢的心声。在你的拉丁文的小书中你先后称我为污蔑上帝者、诽谤者、作恶多端者、狂吠的狗、满腔无知野蛮成性的放肆之徒、毫不虔诚、糟蹋《圣经》的家伙、一个嘲笑上帝的丑角、一个嘲笑信仰的人、一个厚颜无耻的家伙、还骂我是一条肮脏的狗、一个缺乏敬畏、令人憎恶之徒、一个扭曲变态之人、一个流浪汉、一个坏东西。你先后八次称我为无赖(我把 nebulo 一字这样翻译),你把这些恶毒的字眼心情欢畅地写满了两大张纸,并且给你的书冠以《一个无赖的污蔑》。书中最后一句话是:'愿上帝消灭掉你,撒旦!'与此同时,一切都属于这种风格;这应该是一位拥有使徒般严肃、基督徒般温和者的风格?你领导的那些人民,如果受到这样的思想影响,倘若你的人民得到证实,你的学生和他们的老师相似,你的人民可就惨了。但是你的所有的这些辱骂丝毫也伤不到我……那钉在十字架上的耶稣终将复活,而你,约翰·加尔文将向上帝汇报,你把辱骂加在那个人身上。基督同样为他而死。你难道真的没有感到羞耻,你心灵深处真的没有感到上帝的圣言:'谁若无缘无故地对自己兄弟大发脾气,应该受到法庭审判!''谁若称自己的兄弟是个坏人,将被抛进黑暗中去。'"然后卡斯台利奥——简直可说欣欣然以自信自己不可侵犯的感情,回应了加尔文对他的主要指控,说他在巴塞尔偷了柴火。他嘲笑道:"这事实上,的确是件非常严重的罪行。前提是:我若的确犯了这个罪行的话。但是一个同样重大的罪行是污蔑。我们不妨假设事实真是如此,我的确偷了柴火,因为——(这是极为出色的一下旁敲侧击,暗指加尔文的宿命论学说)——事先被确定下来,偷柴的是我,像你所教的,为什么你要辱骂我呢?是上帝确定我承受这个命运,让我不可能不偷窃,你难道不应该先对我表示同情吗?为什么你满世界的大叫大嚷,说我偷窃?是为了将来阻止我去偷?但是倘若我被迫地、由于上帝预先决定好了去偷窃,那你应该在你的文章里为我开脱,由于我是被强迫去偷的。在这种情况下,我同样不可能不偷,就像让我的身高再增加两三厘米同样不可能。"

等到卡斯台利奥把这无聊的污蔑阐述清楚之后,他才描述这件事情真正的来龙去脉。在一次莱茵河发大水时,他和其他百十来个人一样,用一把大鱼叉从河水中捞取柴火,不言而喻,这不仅是一件法律上允许的行动,因为众所周知,劈柴到处都是自由的财产,甚至还是市政当局特别希望大家捞到的东西,因为这些柴堆在河水泛滥的时候会危及桥梁。卡斯台利奥甚至可以证明,他和其他那些"小偷"一样,因为这次"偷窃行为",从巴塞尔城的市政府那里,得到四分之一个金币作为酬劳。而这一"偷窃"实际上是个有生命危险的辅助性的工作。根据这条记录,即便是日内瓦的小集团从此也不敢再重复那个愚蠢的诬蔑,它不会伤害卡斯台利奥的名誉,只会使加尔文丢脸。

任何否认、任何美化都无济于事:加尔文在狂怒之下千方百计地要把一个政治上、一个世界观上的敌人清除干净,他也同样像在塞尔维特一案中一样,试图放肆地施暴于真理。可是怎么也没法,在卡斯台利奥的人性举止态度上找到最微小的瑕疵。卡斯台利奥可以从容不迫地回答加尔文:"大家可以判断我写的东西,我一点也不害怕别人的意见,只要他不是怀着仇恨评判我。每一个从我孩提时代起就认识我的人,可以证实我个人生活的贫穷。如果必要,我可以请来无数的证人。可是这真的必要吗?你自己制作的伪证和你手下人制作的伪证还不够吗?……甚至你自己的学生也不止一次地不得不承认,对于我严肃的生活态度,不存在最微小的怀疑。既然我的学说和你的相异,他们不得不局限于宣称,我搞错了。你怎么胆敢去散布这种有关我的事情,同时呼唤上帝的圣名?你难道看不出来,加尔文,你呼唤上帝出来作证,对于那些仅仅由仇恨和愤怒引发的指控是多么可怕?

"但是我也同样可以呼唤上帝,你呼唤上帝是为了在众人面前以绝顶狂野的方式控诉我,我呼唤上帝是因为你对我的控告不符事实。倘若我说谎,你说实话,那我请求上帝,按照我罪行的程度惩罚我。我请求众人结果我的生命,毁掉我的名誉。但倘若我说了真实情况而你是个说假话的控告者,那我请求上帝保佑,别让我跌进我的敌人设下的圈套,让你死前还有机会,为你的态度感到悔恨,以便将来你的罪过不至于影响你的灵魂获救。"

这个心灵自由、大大方方的人,面对那位感到自己满有把握、思想僵化的人有着什么样的差别,什么样的优越感!在人性的性格和教条的性格,在从容不迫的人和刚愎自用的人之间存在着永恒的差异。前者只想维护他自己的意见,而后者则不能容忍,并非整个世界都降低身份,对他鹦鹉学舌或者向他顶礼膜拜。在那边纯净清澈的良心以温和合适的方式和人交谈,在这边神经质的统治欲高声大喊,又是威胁又是祈求。但是真正的清澈,不会让仇恨来扰乱自己。精神上最为纯洁的行动不是用狂野主义勉强求得,而是平静地通过自我控制和温和态度而求得。

党派中人则相反,从来不是为了争取公正,而只是争取胜利。他们不愿说别人有理,只是认为自己有理。卡斯台利奥的文章刚发表,他们就立刻发动新的攻势。虽然像"狗""野兽"这样对卡斯台利奥的个人攻击,捏造出来的他偷劈柴这样幼稚的童话已很可耻地自我消散,连加尔文自己也不敢再一次打进这个缺口,所以这次的攻击极为迅速地移到另一方面,移到理论方面。日内瓦的印刷机又一次开动起来,虽说才刚印过上次的诬蔑,油墨未干。台奥多尔·德·贝兹又一次被推到前线。此人忠于他的大师胜过忠于真理,他在官方的日内瓦版《圣经》(1558)的前言中用这样公开谴责的阴毒卑劣的方式把对卡斯台利奥的攻击放在《圣经》的前面,致使他的攻击在这些地方恰好变成了对上帝的亵渎。德·贝兹叫道:"撒旦,我们的老对手认识到,他不可能像从前那样阻止圣言流传的进程,现在以更加危险的方式参与进来。很长时间没有《圣经》的法文译本,至少没有一部称得上这个名字的《圣经》译本。现在撒旦找到了许多译者,数量之多犹如轻浮放肆之徒的人数一样。倘若上帝不是及时制止,说不定他还会找到更多译者。倘若有人问我可有例子,我就指赛巴斯蒂安·卡斯台利奥做的《圣经》的拉丁文译本和法文本。卡斯台利奥此人在我们教会里,既因为他不知感恩,放肆大胆而著称,也因为大家想把他拉上正道、不懈努力而闻名。因此我们认为对他的姓名不再讳莫如深(就像我们迄今为止所做的那样)乃是一种良心的义务,而且警告一切基督徒,今后对于这样一种撒旦遴选出来的人,必须防而又防。"

向惩治异端分子的法庭对一个学者告密,没有比这更露骨、目的更明显的了。但是这位"由撒旦遴选出来的"卡斯台利奥现在用不着再保持沉默。大学校务委员会对那些攻击卡斯台利奥的手段如此卑劣下流感到反感,又受到麦朗希通那封保护信所鼓舞,再次给予受迫害者以发表言论的自由。

卡斯台利奥致德·贝兹的回答含有一种深切的悲哀。我们简直要说有一种神秘的悲哀。像德·贝兹这样思想方式的人竟然能这样暴烈地产生仇恨,这在纯粹的人文主义者心里只能引起同情。尽管他清楚知道,这些加尔文主义者从不在乎真理如何,而只在乎垄断他们的真理。他们如果不把他像迄今为止一切思想上和政治上的敌人一样从前进道路上清除出去,绝不善罢甘休。但是他那高贵的情感拒绝陷进这种低下的仇恨状态中去。他以先知的预感写道:"你们唆使并且鼓动市政当局置我于死地。倘若这事不是通过你们的书籍公开得到证明,我永远也不敢把这样一种说法写出来,尽管我对此确信不疑。我还活着,对于你们来说,这是场真正的噩梦。既然你们看到,市政当局并没有屈服于你们的压力或者至少还没有屈从——这种情况很快就会发生变化——,你们就设法让大家都憎恶我并唾弃我。"卡斯台利奥非常清楚,他的敌人要公开取他的性命,而他的回敬只是针对他们的良心。他对这些侍奉基督圣言的仆役们说:"请你们告诉我,在哪个方面,你们对我的态度可以参照基督?甚至在叛徒把他交给差役时,他也是充满善意地去和那叛徒说话,并且钉在十字架上他还为他的刽子手求情。而你们呢?因为我在个别的学说和意见上背离了你们,你们就怀着敌意,越过世界上许多国家追捕我并且唆使别人也同样怀着敌意来反对我……当你们的举止从上帝那里只得到下面这样一个彻底的批判时,你们想必悄悄地感到极大的痛苦:'谁若仇恨他的兄弟,就是个杀人犯……'这可是清清楚楚的真理的规则,只要把它们从一切神学的掩饰下解脱出来,人人都能接触,你们不是自己也用自己的话,也在你们的书籍里教授这些规则。为什么你们不在自己的生活中也身体力行?"

但是,卡斯台利奥知道,德·贝兹只是一个支到前面去的走卒而已,这种杀气腾腾的仇恨不是从他那里发出,而是发自加尔文,这位思想的独裁暴君,除了他自己的解释企图之外,任何人试图解释,他都要禁止。因此卡斯台利奥越过德·贝兹,直接向加尔文喊话。毫不激动,目光交接,他们两人面面相对。"你承认自己采用了一个基督徒的题目,你承认《福音书》,你引证上帝,并且自诩洞悉他的目的,你声称,知道《福音书》的真理。那么为什么,当你在教训别人时,为什么你不教训教训你自己?为什么当你在讲经台上向下布道时说,不可污蔑,而你自己的书里却充满了污蔑?为什么你们批判我,据说是为了彻底打碎我的骄傲,而你们自己却怀着那么多倨傲,那么多傲慢和那么多自我意识,就仿佛你们就坐在上帝的群神会上,上帝向你们揭示了他内心的秘密……你们真到了反躬自问的时候,力争使这事不致太晚。你们不妨试试,如果可能,对你们自己有一瞬间的怀疑,你们将会看见,其他许多人已经看见的东西。请放下你们这种对自己的爱,它耗尽了你们的精力,放下对别人的恨,尤其是对我个人的那种恨。让我们在宽容方面互相展开竞争,你们将会发现,说我不虔诚,并不真实,就像你们想加诸我的耻辱同样的不真实。请容忍我在几点上背离了你们的学说。难道在虔诚的人之间意见有所不同,但是彼此的心是相通的,这点真的无法达到吗?"

一个人道的、愿意和解的人对激进分子和教条主义者的回答可从来没有比这更温和的了。如果说先前卡斯台利奥只是在语言上,那么现在却是以他人性的行动在这强加于他的斗争中实现了宽容的思想,也许更加可作典范。不是以嘲讽回答嘲讽,以仇恨回答仇恨,——"倘若我用你们对付我的同样的东西来对付你们,我就不知道还有哪个地球、哪个国家让我能逃到那里去。"——他宁可再试一次用人性的争辩来结束这次争吵,根据他的思想,这种争辩,在有头脑的人中间永远是可能发生的。他再一次向他的敌人伸出和解之手,尽管这些敌人正高举谋杀人的利斧,瞄准着他。"所以我请求你们,看在基督之爱的份上,尊重我的自由,不要把虚假的罪名加在我的身上。请让我在不受强制的情况下承认我的信仰,就像人家允许你们承认你们的信仰,我也乐于承认你们的信仰一样。请别老认为那些学说和你们相左的人全都错了,千万别马上就控告他们是异端分子……我和其他那么多虔诚的信徒对《圣经》的阐释和你们不同,但我用我全部力量公开承认信奉基督教的信仰。我们两个当中总有一个肯定是错误的,但是正因为如此我们才彼此相爱!大师将来总会向错误的那一个阐明真理。惟一的一点,我们肯定都知道,你们和我,或者至少我们应该知道的,那便是对基督的爱所抱的责任,让我们实施这一职责,在我们实施的过程中,让我们就这样封住我们所有敌人的嘴。你们不是认为你们的意见是正确的吗?别人也对自己的意见有同样的想法;但愿更有智慧的人立即表现为最有兄弟之情的人,别凭自己的智慧盛气凌人。因为上帝无所不知,他让骄傲的人低下头去,而让谦卑的人抬起头来。

"我向你们说这番话,是出于强大的爱的需求。我把爱和基督的和平献给你们。我呼吁你们一同爱,我是全心全意地这样做,我可以在上帝和活生生的精神面前发誓。

"倘若你们尽管如此还要继续怀着满腔仇恨来打倒我，倘若你们不允许我敦促你们回到基督的爱上来，那我只好继续保持沉默。但愿上帝充当我们的法官，根据我们对他忠诚的程度，在我们两人之间做出决断。"

这样动人、这样充满深刻人性、促使和解的号召，居然不能打动一个有头脑的敌人，这种感情难以理解。但是恰好是搞意识形态的人，总是只信奉一个思想，而对于其他和他们的见解不同的思想，哪怕是最富人性的思想，他们也完全充耳不闻，这属于人世的荒诞不经。思想上的片面性不可避免地会促使人们行动时有失公正，不论哪个人或哪个民族充满了某一种世界观的狂热情绪，那就没有谅解和宽容的余地。这位只是渴求和平的人发出的这份令人震惊的警告，对于加尔文，没有造成一丁点儿的影响。此人既不公开布道又不宣传，也不争吵，没有丝毫野心，也不打算用暴力去把他的思想强加在世上另一个人身上；虔诚的日内瓦把他那份要求基督式的和平信函当作"闻所未闻的怪事"退了回去。同时立刻发出一阵新的密集炮火，射出各式各样的嘲讽和教唆的毒气。一段新的谎言又搬上舞台，为了让众人怀疑卡斯台利奥或者至少让他变得可笑，这也许是一切卑劣行为中的极致。在日内瓦，一切逗乐的戏剧一向被视为罪行，严禁老百姓参与。可是在日内瓦神学院里，加尔文的学生们却排练了一出"虔诚的"学校喜剧，给卡斯台利奥取了一个再透明不过的名字"狗卡斯台利奥"作为撒旦的第一仆人在剧中上场，让他嘴里说出这样的诗句：

> 至于我呢，付钱给我，我就为
> 任何人服务，不论写诗或写散文。
> 此外，我就看不到别的事情。[①]

最后他们污蔑，说这位过着使徒一样清贫生活的人，竟然把自己手中的笔出卖给他人，只是作为某个教皇派的人雇佣的宣传鼓动员，为纯净的

---

① 原文为法文。

宽容学说而战。毫无疑问这最后的污蔑也是在得到加尔文的批准,也是在这位基督教世界的领袖,这位宣讲上帝圣言的布道师的鼓励的情况下,无耻地大胆进行的。至于这是真实情况还是纯属污蔑,对于满腔党派仇恨的加尔文主义者而言,早就变得无所谓了。他们脑子里只有一个念头:把卡斯台利奥从巴塞尔大学的讲台上拽下来,把他的作品付之一炬,如果可能把他本人也一同烧死。

因此对于这些仇恨满腔的阴险小人而言,一项求之不得的稀罕宝贝乃是在日内瓦习以为常的一次抄家活动中,两个市民被人撞见,正在阅读一本没有庄严的加尔文批准付印的文章——这本身就是一项罪行。这本名叫《给阴郁的法兰西的忠告》的小册子既没有作者的名字也没有付印的地点,因而更像一本具有异端气味的作品。这两个市民立刻就被带到教会监理会去,由于害怕遭受夹大拇指和上刑凳这样的酷刑,他们承认,是卡斯台利奥的侄儿把这本小册子借给他们看的。于是这批猎人便以狂热的激情,追踪这新发现的踪迹,为了最终把这追捕中的野兽捕获。

"这本充满了谬误的坏书",的确是卡斯台利奥的一本新作。他又一次犯了他旧日无可救药的"错误",以埃拉斯姆斯式的努力,提醒大家和平解决教会的争端。他不愿不声不响冷眼旁观,宗教迫害在他亲爱的法兰西如何最终结出鲜血淋漓的果实,如何在日内瓦秘密的鼓动下,新教徒在那里拿起武器袭击天主教徒。就仿佛他已经预先看到巴托罗缪之夜和迫害胡格诺教徒之战的令人惊怵的恐惧,他感到自己有责任再一次,在最后关头阐释一下这样流血着实无谓。他写道,不是这一学说,也不是另一学说本身是错误的,——错误和犯罪的行径永远只是试图用暴力强迫一个人信奉一种他并不相信的宗教。世上一切灾难都出自这种强迫意识,出自头脑褊狭的狂热主义一再翻新,一再重复使用的血淋淋的强制良心的尝试。卡斯台利奥指出,无论强迫谁承认一种他内心并不承认的信念,这不仅是不道德的违反法律的,也是无谓的、荒谬的。因为每种让人们信仰某种世界观的强制,只会制造假信徒,每种强迫宣传的施加暴力的方法(如拧紧大拇指的方法只是对外在数字上增加了一个党派的拥护者的数量)。但是实际上,每一种以这种暴力方式争取改变信仰者的世界观以他们虚假的数字计算欺骗不了世界,尤其欺骗不了自己。因为卡斯台利奥的这句话对于各个时代全都有效——"那些只想拥有尽可能庞大的拥护者数量,因而急需许多人的那些人,就像一个傻瓜,他有一只大杯子,盛着很少的酒,于是大量搀水,想增加酒量:但是这一来他并没有增加酒量,而只会把杯里的好酒也弄坏了。你们永远也无法声称,你们强迫他们来承认你们信念的人,的确也打心眼里承认你们的信念。倘若给予他们自由,他们会说:我打心眼里相信你们是不讲公平的暴君,你们逼我说出来的话,毫无价值。蹩脚的酒即使逼着大家喝它,也不会变得更好。"

因此卡斯台利奥总是一而再地以新的激情重复他的信条:不宽容必然会导向战争,只有宽容能导向和平。不是用拇指夹子、战斧和大炮可以把一种世界观贯彻下去,而是只有个人的发自内心深处的确信,才能贯彻。只有通过彼此谅解才能避免战争,各种看法才能互相沟通。所以让那些想当新教徒的人,当新教徒吧。让那些真正皈依天主教的人,继续当天主教徒吧。不要强迫这些人,也不要强迫那些人。整整过去了一代人的时间,三十年,两种信念才在南特,越过几万,几十万无谓牺牲者的坟墓,联合起来,达到和平。而在这里,一个孤独的、具有悲剧色彩的人文主义者已经在为法兰西起草一份宽容敕文。"法兰西,我给你的忠告是停止强迫良心,停止迫害,停止杀人,取而代之的是,你应该允许在你的国土里每个人都能按照自己的意见而不是按照别人的意见来侍奉上帝。"

这样一条让天主教徒和新教徒在法兰西彼此谅解的忠告,不言而喻在日内瓦自然就变成了一切罪行之最。因为加尔文的秘密外交人员正在这时忙于以暴力在法国煽动一场胡格诺派的战争。因此再也没有比这讲究人道的和平主义对他那侵略性的教会政策更讨厌的了。所以一切力量全都调动起来镇压卡斯台利奥的和平敕文,向四面八方派出信使,向所有的新教权威人士发出请求信件。果然加尔文以他组织完善的宣传鼓动达到了目的。在一五六三年八月的宗教改革教派的教会代表大会上通过了一项决议,"教会注意到了《给阴郁的法兰西的忠告》一书的出版,作者是卡斯台利奥。这是一本极端危险的书,大家必须注意防范。"

又一次成功地把卡斯台利奥的一本——对于狂热主义来说!——

"危险的书"在传播之前就予以封杀。现在就来对付人,对付这个坚不动摇、不屈不挠的反教条主义者,和反本本主义者!终于要和他做个了断,终于不仅要堵上他的嘴,也要永远把他的脊梁骨打断!再一次把台奥多尔·德·贝兹弄来,让他拧断卡斯台利奥的脖子。他的《答塞巴斯蒂安·卡斯台利奥的辩护和责难》①献给巴塞尔城的牧师们,单从此书的献词,就向教会的官厅表示,该在哪里着手,来反对卡斯台利奥。德·贝兹暗示,现在是时候了,是紧要关头了,教会的司法机关应该来对付这个危险的异端分子和异端分子之友。所以这位虔诚的神学家在一片乌七八糟乱成一团的胡话之中把卡斯台利奥当作说谎者、污蔑上帝者、最恶劣的再洗礼派教徒、神圣学说的亵渎者、浑身发臭的告密者,不仅是一切异端分子、也是一切通奸者和罪犯的庇护人来大加挞伐。最后他又被极端客气地称作杀人犯,其辩护书是在撒旦的工场里制造出来的。尽管因为愤怒着急,所有这些诟骂污辱乱七八糟地摞在一起,结果互相矛盾、互相抵消。但是在这辱骂攻击汇成一片的喧闹声中有一点是清楚明显的:那就是杀气腾腾的愿望,终于、终于、终于可以把卡斯台利奥变成一个哑巴,最后变成一具死尸。

德·贝兹的文章意味着早已向审判异端分子法庭提出的控告;现在告密者的企图赤裸裸地表现出来,连遮羞布也不用,一副穷凶极恶的挑衅神气。因为他们不容误解地向巴塞尔的教会代表会议提出要求,立即让世俗官厅,把卡斯台利奥像一个下贱的作恶者那样逮捕归案。德·贝兹亲自到巴塞尔去待了几天,为了推动那里的司法程序。可惜他虽然性急,却碰到一个外部手续和他作梗:根据巴塞尔的法律,必须先要有一份书面的具有实名的状子,向官厅告发,案子才能运作。一本印刷的小书永远当不了状子。在这种情况下,倘若加尔文和德·贝兹当真想要控告卡斯台利奥的话,最自然、最不言而喻的办法乃是,他们亲自具上自己的名字,把这样一份控告书递交给巴塞尔的官厅。但是加尔文还是依照他旧日的办法——在塞尔维特一案中运用得很是成功——宁可让随便哪一个第三者

---

① 原文是拉丁文。

去提出控告,也不愿自己承担责任,亲自出马,向一个官厅提出控告,同样伪善的诉讼进程就像在维埃纳,在日内瓦那样地重演了一遍:一五六三年十一月,在德·贝兹的书出版后,一个完全不相干的人,名叫亚当·封·波登斯泰因,向巴塞尔的市政委员会递交了一份书面的状子,控告卡斯台利奥犯有异端行径,而这个亚当·封·波登斯泰因自己恰好是最不合适为新教教义进行辩护的辩护师,因为他父亲不是别人,正是那个臭名昭著的卡尔施塔特,路德曾把他当作危险的宗教狂从威丁堡大学赶了出来,同样,波登斯泰因又是极不虔诚的帕拉契尔苏斯的学生,根本无法算是新教教会的顶天立地的栋梁。然而德·贝兹访问巴塞尔似乎以某种方式成功地使这个波登斯泰因去干这件寒碜的工作。因为此人在他的致市政委员会的信里一字不落地重复了那本书里的一切杂乱不堪的论据,一方面把卡斯台利奥说成是个教皇主义者,另一方面又把他说成是再洗礼派,接着又把他说成自由思想家,然后作为上帝的污蔑者,除此以外还把卡斯台利奥骂成一切通奸者和一切罪犯的庇护人。可是不论是真是假:反正根据他(正式给市政委员会写的至今还保存着)的那封控告信,算是走上了公开的法律程序的道路。既然有一份记录下来的文件在这里,巴塞尔的法院别无他法,只好开始着手进行调查。加尔文和他的一伙人达到了他们的目的:卡斯台利奥终于作为异端分子坐在了被告席上。

照理对于卡斯台利奥而言,反驳这一大堆愚蠢的攻击,进行自我辩护并不困难。因为波登斯泰因以盲目的过度热情,同时攻击卡斯台利奥这么多自相矛盾的事情,也公开暴露出这些事情并不可信。另外大家也清楚知道卡斯台利奥在巴塞尔生活检点,无懈可击,不像在塞尔维特案中那样轻易地就可以把卡斯台利奥立即逮捕,加上镣铐,百般盘问,大肆折磨。作为大学教授,首先要请他在校务委员会对人家提出的指责进行自我辩护。卡斯台利奥根据实际情况把他的控诉人波登斯泰因说成是一个推到前排来的稻草人,并且要求波登斯泰因真正的幕后推手加尔文和德·贝兹亲自现身,如果他们真想控告他的话。他的这番话足以使他大学的同事们满意。"既然有人如此激情满怀地怀疑我,我就真心实意地请求你们允许我进行自我辩护。倘若加尔文和德·贝兹信心十足,就请他们亲自出场在你们面前证明他们控告我的罪行。他们要是意识到,他们所做的事情是对的,他们就不会有任何顾虑,在全世界面前控告我。他们也不必害怕巴塞尔的法庭……我知道,我的控告者强大有力,但是上帝也强大有力,上帝审判起来,对任何人一视同仁。我知道,我只是一个不名一文、籍籍无名之人,非常卑微、没有声誉,但是上帝恰好眼睛看着卑下的人,倘若冤枉地流淌了他们的鲜血,上帝不会让这些鲜血无人赎罪白白流淌。"因而他自己,卡斯台利奥乐于承认这个法庭。倘若在敌人控告的罪行中哪怕有一件得到证明,他都愿意献上他的脑袋作为应得的赎罪。

不言而喻,加尔文和德·贝兹当然不敢接受这样公正诚恳的建议。无论是加尔文还是德·贝兹,都没有现身巴塞尔的刑事裁判所。给人的印象似乎是这些阴险的告密已经烟消云散。这时,一桩偶然事件出乎意料地给卡斯台利奥的敌人帮了大忙。因为恰好这时一件鲜为人知的事件突然曝光,可能产生严重后果。此事大大加强了对卡斯台利奥的异端行径和对异端分子友好的嫌疑。在巴塞尔曾经发生过一件稀奇古怪的事情:在那里有一个富有的外国贵族以让·德·布吕热之名在比宁根的府邸里住了十二年之久,多亏他乐善好施,在所有的市民圈子里都受到极度的尊敬和热爱。当这位高贵的外国人在一五五六年过世时,全城都庄严肃穆地参加他显赫的葬礼。他的棺木安葬在圣·莱翁哈特教堂最为体面的位置上。又过了若干年,有一天突然传出起先令人难以置信的谣传。这位高贵的外国人并非外国贵族,而是那个臭名昭著深受谴责的极端异端分子大卫·德·约里斯,《奇异书籍》一书的作者。在再洗礼教派当中进行残酷的大屠杀时,他神秘地逃出弗兰德尔,消失得无影无踪。在巴塞尔,人们无论在他生前还是死后都公开地把最高的荣誉给予了这个糟糕透顶的教会敌人,这事现在对于巴塞尔全城是件多么令人烦恼的事!为了对于这样欺骗性地滥用好客精神进行明显的补赎,事后由官厅对这位早已过世的人提出起诉,举行了一场令人毛骨悚然的仪式。把这个异端分子业已腐烂了一半的尸体从他的荣誉墓穴中取出,吊在绞架上,然后连同一大堆摞起来的异端邪说的书籍,在巴塞尔宽阔的市场广场上当着成千上万个围观者的面予以焚毁。卡斯台利奥也不得不和大学的其他教授一起观看了这场令人恶心的戏剧,——可以想像,怀着什么样压抑和反感的心情!因为他和这个大卫·德·约里斯这么多年来一直有着良好的友谊关系。他俩当年曾一同设法拯救塞尔维特,大卫·德·约里斯,这个极端异端分子甚至很有可能也是马丁·贝利乌斯的著作《论异端分子》的匿名合作者。反正有一点不用质疑,卡斯台利奥从来也没有把比宁根府邸的主人当作一个像他自己说的,单纯的普通商人,而是从一开始就知道他那所谓的让·德·布吕热的真实名字。但是他在生活中和在作品中一样宽容,他没有想到要去扮演告密者的角色,仅仅因为一个人为一切教会和世俗的各个官厅所摒弃,就放弃此人的友谊。

突然发现了卡斯台利奥和这个再洗礼教派中最为臭名昭著的教徒之间的关系,证实了加尔文教派对卡斯台利奥的控告,说卡斯台利奥是一切异端分子和犯罪分子的庇护人和同谋犯,对卡斯台利奥几乎造成生命危险。祸不单行,偶然总是以双重钳子夹人。在同一时间,卡斯台利奥和另外一个有着严重罪行的异端分子贝尔纳多·奥基诺的紧密关系也暴露出来。奥基诺原本是一个著名的本笃会修士。他的布道无可比拟,闻名整个意大利。突然为了逃避宗教法庭,他逃离故乡。但是在瑞士,他不久也因为他的论点独具一格而使宗教改革派的牧师们大吃一惊。尤其是他的最后一本著作《三十篇对话》,对圣经的诠释,在整个新教世界都被视为难以想像的亵渎:原来贝尔纳多·奥基诺在书中根据摩西的法律宣布一夫多妻制,究其原则而言,这在《圣经》里是允许的,因而也是可行的,虽然并没有把它推荐给大家。

这本书以其骇人听闻的观点以及许多其他为正统教义所不能容忍的观点著称——贝尔纳多·奥基诺立刻被立案审查——不是别人,正是卡斯台利奥把它从意大利文译成拉丁文。这本异端著作就以它的译文付梓,这样卡斯台利奥就以行动对这种罪恶观点的传播起到推波助澜的作用。不言而喻,卡斯台利奥现在作为知情人受到教会法庭的威胁不亚于作者。一夜之间,加尔文和德·贝兹对卡斯台利奥的不甚确定的指控,说卡斯台利奥是最为疯狂的异端行径的庇护人和首脑——通过他和大卫·德·约里斯和贝尔纳多·奥基诺的亲密友谊变得煞有介事,令人不安。

加尔文为卡斯台利奥所写证词的第一页和最后一页

这样一个人,巴塞尔大学不能也不愿继续庇护。在真正对卡斯台利奥提起诉讼之前,他已经输了这场官司。

这位宽容的辩护师即将遭遇的同时代人对他的不宽容究竟是什么,他只消从教会机构对他的同伴贝尔纳多·奥基诺所采用的残忍态度加以衡量,即可知端倪。遭到唾弃的奥基诺在洛迦诺意大利流亡者聚居处当牧师,一夜之间,他就被逐出洛迦诺,尽管百般哀求,也得不到延迟几天的恩赐。奥基诺当时已是七十高龄,身无长物,这也博不得丝毫同情。他的妻子在几天前辞世,也不给他逗留的时间。他不得不带着几个未成年的孩子出外漂泊,也未能消除那些虔诚的神学家的愤怒。时值冬季,山间小道积雪没过脚踝,无路可通。尽管如此,那些狂信宗教的迫害者也不管不顾:就让他在路边倒毙,这个教唆者,这个异端分子! 就在隆冬十二月中,人们把他赶出门去。这个疾病缠身、须发皆白的老人爬过积雪冻冰的山峦和峰岩,拖儿带女,想在世上什么地方寻找一个新的避难之地。但即便是这些令人心悸的惨状,对于这些信奉仇恨的神学家、宣扬上帝圣言的虔诚布道者而言,也还不够残忍,因为到末了,慈悲为怀的好心人的怜悯,还会在中途给这个徒步跋涉的老人和他的孩子们一间暖和的房间过夜或者一束谷草御寒。所以他们抢在这个遭到谴责的人前头,以他们令人反感的虔诚热心,发出一封封信件,寄到沿途各地,叮嘱善良的基督徒不得容忍这样一个怪物在自己的屋檐底下憩息。于是所有的城市乡村家家户户都像遇到麻风病人一样,紧闭大小门户。这位年迈的学者找不到一处休憩之地,只好沿途行乞,挣扎着走过整个瑞士,在谷仓里过夜,冻得心力交瘁,脚步踉跄、摇摇晃晃地走到边境,然后再走过幅员辽阔的德意志,在那里,所有乡镇也都事先得到关于此人的警告;他只希望最终能在波兰,在更有人性的人们那里为自己和孩子们找到歇脚的地方。但是对于这个已经崩溃的男子,这一路挣扎过于费劲。贝尔纳多·奥基诺终于没有走到目的地,没有看到和平。这个完全脱力的老人,成了绝不宽容的一个牺牲品。他在摩拉维亚的某条乡间大道上倒地身亡。在那里人们把他当作流浪汉埋葬在早已被人遗忘的野坟里。

在这面令人怵目心惊的哈哈镜里,卡斯台利奥清楚地预见到他自己的命运。起诉他的这场官司已在准备。他惟一的过失乃是感觉到太多的人性,对太多的被迫害者表示了同情。在这样没有人性的时代他不可能指望会得到同情,得到人性。早在充当塞尔维特的辩护人时,塞尔维特的命运已展现在他眼前。当代的不宽容早已把手放在他们最危险的敌人,宽容的辩护师的脖子上。

但是命运的机缘凑巧使得他的迫害者不可能得到明显的胜利,把赛巴斯蒂安·卡斯台利奥,一切思想专制暴政的死敌,投进监狱、流放国外或者捆在柴堆上。赛巴斯蒂安·卡斯台利奥的猝死,使他在最后关头获救,不必去接受诉讼,不必遭到他的敌人杀气腾腾的攻击。他的身体由于积劳成疾,早已极端虚弱,亏损异常,如今忧虑和激动使他心神交瘁,他那早已掏空的身体再也坚持不住。直到最后时刻,卡斯台利奥虽然还硬撑着,拖着脚步到大学去,到书桌前,然而这已是徒然的抵抗!死亡已经战胜了他生的意志,从事精神活动的意志。大家把这个因为寒热而浑身发抖的人抬上床,剧烈的胃痉挛使他除了牛奶,无法进食,内脏的功能越来越衰竭,最后那受到震撼的心脏,终于不能再继续跳动。一五六三年十二月二十九日赛巴斯蒂安·卡斯台利奥逝世,终年四十八岁。一位富有同情心的朋友在他去世时这样说道:"他通过上帝的帮助逃脱了他敌人的魔爪。"

他这一死,对他的污蔑也就不攻自破。他同城的市民发现,他们对他们这位最优秀的学者捍卫得多么不够,多么有气无力。他的遗物不可争辩地证明,这位纯洁的伟大的学者过着多么像圣徒一样清贫的生活。屋里找不到一件银制的器皿,朋友们只好凑钱为他购买棺木,偿还小笔债务,支付殡葬费用,收养他的那些未成年的孩子们。似乎为了补偿对他的控告造成的耻辱,赛巴斯蒂安·卡斯台利奥的葬礼变成了一次道德的凯旋。一切在卡斯台利奥蒙受异端分子嫌疑时都胆战心惊、小心翼翼地保持沉默的人,现在都挤上前来,以此表明自己是如何深爱他尊敬他,因为历来都是捍卫一个死者比捍卫一个活人,一个不讨人喜欢的人要方便得多。整个大学都庄严肃穆地紧随着送葬行列,大学生们肩扛灵柩,把它移到大教堂里安葬在修道院的散步道旁。他的三个学生自己掏钱,在墓碑上镌刻了献词:"献给遐迩闻名的老师,感怀他伟大的学术成就和他清白的一生。"

　　正当巴塞尔为这位品行纯洁、学识渊博的学者举哀之际,日内瓦可是欢声震天。只是他们听到那备受欢迎的消息时,没有让全城教堂钟声齐鸣。消息传来,思想自由最大胆的战士已经幸运地被消灭掉,这张最为能说会道的嘴巴曾攻击他们强暴良心,如今终于沉默不语!所有这些信奉《圣经》,虔诚的"为上帝圣言效力的仆人",带着不合时宜的快乐,互相祝贺。就仿佛"你们要爱你们的敌人"这句圣言从来没有写进他们的《福音书》似的。苏黎世的牧师先生布林格写道:"卡斯台利奥死了?这样更好!"另一位嘲笑道:"为了免得在巴塞尔的法庭上为他的事业进行辩护,卡斯台利奥逃到地狱去了。"以他告密的箭矢把卡斯台利奥撂倒在地的德·贝兹,赞美上帝把世界从这个异端分子手里解救出来,并且自诩是上帝启示的宣告者:"我是个出色的预言家,我当时对卡斯台利奥说,主将因为你的污蔑而惩罚你。"这位孤军奋战的战士也是双倍光荣的战败者。即使他一命归天也未能削弱这些人的愤怒,仇恨依然一如既往。即便如此,永远是徒劳无功:任何仇恨和嘲弄也不再能使死者受到伤害。卡斯台利奥为之生为之死的思想,也和其他真正人道的思想一样,凌驾于一切尘世间的和阶段性的暴力之上。

十　两级相碰

> 时光阴暗,时光倏尔晴明
> 冷雨过后,晴空万里无云
> 歧见纷纭,争吵喧闹不停
> 不幸将止,和平即将来临,
> 两者之间,苦难无穷无尽!
> ——《奥地利的玛格丽特之歌》①

　　斗争似乎已经结束。随着卡斯台利奥去世,加尔文消灭掉了惟一和他旗鼓相当的思想上的敌人。既然他同时在日内瓦把政治上的反对派也弄到噤声无语的地步,现在他可以毫无阻拦地把他的事业搞得规模越来越大。独裁者在克服了他们发轫之初不可避免地会出现的危机之后,一般说来,有一段时间可以算是地位得到了巩固;就像人的机体开头有些不适,渐渐适应气候的转变和环境的变动,各国人民不久就令人惊讶地习惯于新的统治形式。老一辈的人咬牙切齿地把这使用暴力的现代和他们更加喜欢的过去两相比较,隔了一段时间之后,这些人渐渐死绝,他们身后一批年轻人已经依照新的传统成长起来,以浑然不觉、自然而然的态度把这些新的理念当作惟一可能的理念接受过来。一个民族总是在一代人期

---

① 原文为法文。奥地利的玛格丽特(1480—1530)哈布斯堡王朝的公主,曾任尼德兰摄政,酷爱文学艺术。

间受到一种思想决定性的影响,发生着变化,所以加尔文的上帝的诫命,也是在经过二十年后才从神学的思想材料浓缩成一种感官看得见的存在方式。必须公正地评论这位天才的组织者,他在获胜之后,按照极为出色的计划把他的体系从狭窄的空间导向广阔的天地,渐渐地扩展成面向世界。钢铁般严谨的纪律,使得日内瓦按照外在维护生存的方式变成一所模范城市;从世界各地都有宗教改革者来到这"新教的罗马",欣赏一下新教的神权政治的政权,如何在此地能够模范地得到贯彻执行。严酷的教育,斯巴达式的严格训练所能达到的目的,一无保留地全部达到。尽管独创性的多姿多彩由于冷静刻板、单调乏味而做出牺牲,而欢乐情绪则牺牲于像数学一样冷漠的规范精准,但是这一来,教育自身则提升到一种艺术的高度。所有的学校,所有的慈善机构全都管理得井井有条,无懈可击,给予科学最为辽阔的发展空间。随着"学院"的创建,加尔文不仅创办了新教第一个思想中心,同时也建立了一个相应的机构,来反对他旧日的同伴罗耀拉创办的耶稣会①:逻辑性的纪律反抗纪律,久炼成钢的意志反抗意志。传播加尔文主义学说的传教士和鼓动者将在这里用出类拔萃的神学武器武装起来,根据仔细拟定的作战计划,分别派往世界各地。因为加尔文早已不再想把他的权力和理念仅局限于这个小小的瑞士小城。他那无法驯服的统治欲,早已越过千山万水渐渐把整个欧洲、整个世界纳入他的极权主义的统治之下。苏格兰已经通过他的使节约翰·诺克斯②臣属于他,荷兰和北方各国的一部分,早已为新教的精神所渗透,法国的胡格诺教徒早已武装起来准备决战;只要再成功地跨出一步,《基本纲要》将成为全世界的基本纲要,而加尔文主义将成为西方世界统一的思想和生活模式。

加尔文主义在极其短暂的时间里,把特殊结构强加到那些臣服于它的国家里,由此可见,加尔文主义的学说这样胜利地得到贯彻,使欧洲的艺术形式发生了决定性的改变。凡是日内瓦的教会能够实现其道德、宗

---

① 宗教改革以后,天主教神父罗耀拉创办耶稣会修会,抵制宗教改革。耶稣会修士经过严格训练,对各个王国的君王直接发生影响,左右其政治。
② 约翰·诺克斯(1505—1572),苏格兰牧师,新教在苏格兰的主要代表,加尔文的追随者。

教的苛刻条件的地方——哪怕只是短短的一段时间——,在一般性民族色彩之内,还有一种特别的典型产生:那就是生活作风毫不张扬地、"毫无瑕疵""道德纯洁"地完成其道德和宗教义务的市民典型,自由奔放的感官到处明显地受到压抑,进入讲究方法严加控制的状况,生活淡化成比较冷漠的态度。光从大街上看——一个人强烈的个性竟可以如此强烈地影响实际生活,从而流传至今——今天还可以在每个国家一眼就看出这是现在或是往日的现在,从举止的某种稳重和矜持,服装和态度的收敛,甚至从石砌房屋不讲究富丽堂皇,没有庄严铺张的劲头,都可以看出加尔文主义的管教所造成的往日的现在。在每个方面,都打破个人主义和个人强烈的生活要求,到处都加强官厅的权威,加尔文主义在由它统治的各民族创造出认真服务、谦虚坚毅地融入整体的人们,也就是制造出出色的官员和理想的中产阶级。马克斯·韦伯①有理由在他著名的研究资本主义的著作里指出,没有什么因素像主张绝对服从的加尔文主义那样有助于准备资本主义,因为在学校里就以宗教的方式教育群众平等相处,一丝不苟。国家永远是通过把它臣仆们坚决彻底地组织起来,才能提高自己的军事突击力。起先使荷兰后来使英国占领和移民新大陆的那批了不起的、顽强、坚韧、吃苦耐劳的航海家和殖民者,主要都是清教徒出身。这种精神上的根源又创造性地决定了美国人的性格。所有这些民族取得的多得不胜枚举的世界政治上的成功,都归功于圣彼耶尔教堂的那位来自法兰西北部的布道师的严格管教的影响。

可是,并不尽然,加尔文、德·贝兹和约翰·诺克斯这些"杀死欢乐"者,若以他们最初要求的那种粗野的方式占领了全世界,这将是个多么令人惊恐万状的噩梦啊!什么样的冷漠,什么样的单调,什么样的灰暗色调将笼罩整个欧洲啊!这些反对艺术、仇视欢乐、憎恶人生的狂热分子将会怎样施虐,反对美妙绝伦的花团锦簇,和所有那些人生的温柔高雅的多此一举的妙事啊。恰好在这些多余的妙事里,画家的游戏冲动在天神般的

---

① 马克斯·韦伯(1864—1920),德国社会学家。代表作有《新教伦理与资本主义精神》资本主义的精辟论述,也对中国的儒家、道家进行过研究。

千姿百态之中充分表现出来！狂热分子将会如何把一切社会的、民族的对照差异全部铲除，以便有利于一个干巴巴的单调世界的产生，而这些强烈的对照正因为花样繁多、感觉鲜明，使得西方世界产生文化史上的帝国，这些狂热分子会用他们可怕的准确划一的秩序阻止处于创造过程之中的伟大心灵产生的熏然陶醉！几个世纪以来，他们在日内瓦阉割艺术创作的欲望，他们在踏上英国统治宝座时迈出的第一步就是把世界精神产生的优美无比的花朵之一，莎士比亚的戏剧，毫无同情之心地用脚后跟彻底踩烂，他们在教堂里把古代大师们镌刻的石碑砸得粉碎，用对上帝的敬畏来取代人性的欢乐，那么在整个欧洲每一次狂热的努力，——不同于仅仅用一种神圣化的虔诚来接近上帝，——都会落到一个根据《摩西圣经》的律令，逐出教门的命运。我们内心好好设想一下，欧洲的十七至十九世纪如果没有音乐、没有画家、没有剧院、没有舞蹈，没有它那丰富多彩的建筑艺术，没有它的节日庆典，它的精致绝伦的情欲性爱，它的社交活动的精美技巧，简直就难以想像，只会让人感到憋屈得透不过气来！只有光秃秃的教堂和严峻的布道来怡养心神——只有管教、谦卑和对上帝的敬畏！这些传教士可能会把艺术，我们沉闷阴暗的工作日得到的上帝之光，看成沉湎"犯罪"，纵情声色，当作"不正经的玩意儿"，禁止我们接触。这样伦勃朗将始终是个磨坊长工，莫里哀将始终是个裱糊匠，或者仆役。这批狂热分子会惊恐万状地把鲁本斯创作的那样肉感丰腴的画像全都焚毁，也许把画家本人也一同烧死。他们会阻止一个莫扎特保持他神圣的开朗欢快的情绪，会贬抑一个贝多芬，让他去为《圣经》中的诗篇谱曲！雪莱、歌德和济慈——你们能够设想在虔诚的教会监理会的"诉讼记录"和"印刷准许书"盛行的时候会有这些诗人吗？在《纪律》一书的阴影里康德和尼采能够建造他们思想的世界吗？绘画精神的充溢和奔放从来也没有像在凡尔赛宫和罗马的巴洛克风格的作品中，凝练美化到这样令人难忘的辉煌的程度。洛可可风格柔和的色彩调和也从来没有在时尚和舞蹈上达到这样长足发展的可能。欧洲精神不能在创造性的变幻中发展，将在神学的强词夺理中委顿凋零。因为世界若不能得到自由和欢乐的浸润和滋养，将不能繁衍生长，将永远缺乏独创精神，生命在每一种僵死的制度里都将冻得奄奄一息。

　　幸好欧洲没有被纪律所约束,没有被清教徒化、没有被日内瓦化:生命的意志永远渴望革新,历来反对把世界拘囚在惟一的一个制度里的一切企图,这一次也把它那不可抗拒的反抗力量动用起来。加尔文的进攻只胜利挺进到欧洲的一小部分,即便是在加尔文主义达到统治地位的地方,不久也自愿放弃了它那一成不变,依照《圣经》提出的严格要求。加尔文的神权统治未能长此以往把它的全权强加在任何国家之上。在他死后不久,面对现实的反抗,当年不可调和的"纪律"对人生、对艺术的敌意渐渐缓和,向人文主义转化。因为长此以往,感性的生活总比任何抽象的学说更加强劲有力。生活以它温暖的汁液,流贯任何僵硬,松动一切严峻,缓解一切冥顽不化。就像人的肌肉,不可能持续痉挛,处于极端紧绷的状态,一种激情也不可能一直处于白热化的状态之中,同样,精神的独裁统治也不可能永远持续保持其肆无忌惮的激进主义:大多数情况下也只有一代人得痛苦地承受它的高压。

　　加尔文的学说也很快失去了它那高到极致的绝不宽容的态度,快得超过人们的预期。几乎从来就没有一种学说在度过了一百年之后还和它往日缔造者的模样相似。把加尔文自己要求的东西和加尔文主义在它历史发展的过程中所形成的东西混为一谈,实在是一个灾难性的错误。虽说在让-雅克·卢梭的时代,日内瓦城里还在争论不休,是否允许剧院成立还是应该把它禁止,并且严肃地讨论这个奇怪的问题,"美丽的艺术"究竟意味着人类的一个进步,还是一场灾难,但是《纪律》的最危险的过度紧张已经打破,对《圣经》的僵死的信仰已经有机地适应了人性。因为生动活泼地发展着的精神,总是知道,首先把粗野退步、使我们吃惊的东西,用来达到它神秘的目的:永恒的进步从每一种制度里只采用有促进作用的东西,而把起阻碍作用的东西抛在身后,就像扔掉一只榨干了汁液的果子。独裁统治在人类宏伟的计划当中只是短时间的纠正而已。什么东西逆潮流而动,想要阻止生活的节奏,事实上在使得生活的节奏短暂倒退之后,只能更加迅猛地推它向前:比勒阿姆①永恒的象征是,他原想诅咒,

---

① 比勒阿姆,《圣经·旧约全书》中的先知,又译"巴兰"。

却一反他的意志给予了祝福。于是就从加尔文主义的制度，发生了最为奇怪的转变。这个制度特别阴狠地想要限制个人的自由，结果却从中产生出政治自由的思想；荷兰、克伦威尔①的英国和美利坚合众国，加尔文主义最早的影响地域，竟最为心甘情愿地给予自由、民主的国家理念以实现的空间。从清教徒的精神渐渐形成了新时代最重要的文件之一，美利坚合众国的独立宣言。而这个独立宣言又给予法国的人权宣言以决定性的影响。一切变动中最为奇怪的转变乃是，相反的两级正好相碰——恰好是那些最为不宽容的精神强烈渗透的国家，令人意外地成为欧洲实现宽容的最初的收容所。恰巧在加尔文的宗教成为法律的地方，卡斯台利奥的思想也在那里成为现实。从前加尔文还为了神学方面的一点意见分歧，把塞尔维特活活烧死在日内瓦，后来，"上帝的敌人"，他那时代活生生的反基督徒伏尔泰，竟把这同一个日内瓦看成他逃亡的目的地。但是，请瞧：在任上的加尔文的继任，也就是他当年那些教堂的布道师，都前去拜访伏尔泰，以便和这个藐视上帝者富有人性地共同讨论哲学问题。而那些在人世间走投无路的人，笛卡尔和斯宾诺莎，又都在荷兰撰写他们那些把人类的思想从教会的和传统的各种羁绊中解放出来的著作。恰好在最为严酷的上帝学说的阴影中，完成了从严厉的新教教会转化为启蒙运动的这一转变，平素很少信仰奇迹的勒南②把这称作一个奇迹。许多因为自己的信仰和观点受到威胁的人，从各个国家逃到这里。最为彻底的矛盾，到头来总是最早互相接触；所以这些矛盾在荷兰、英国和美国，宽容和宗教，卡斯台利奥的要求和加尔文的要求几乎像兄弟一样地互相渗透。

因为卡斯台利奥的思想也经受了时间的考验。只有一刹那间，此人杳无音讯，有关他的消息也随之无声无息。又过了几十年之久，沉默围绕着他的名字，遮得密不透风一片黑暗，犹如大地掩盖着他的棺木。谁也不再问起卡斯台利奥，他的朋友纷纷死去，或四下星散，少数几本出版过的书籍也渐渐难以得到，而尚未出版的作品又无人敢于付梓。他的战斗似

---

① 奥利维·克伦威尔(1599—1658)，英国政治家，曾担任英国最高统治者，以清教徒精神治国。
② 约瑟夫·厄奈斯特·勒南(1823—1892)，法国哲学家，作家，研究中东古代语言和文明。

乎是白打了一仗,他这一生似乎是白过了一生。但历史所走的道路神秘莫测:恰好是他敌人的胜利帮助卡斯台利奥复活。加尔文主义侵入荷兰,声势迅猛,也许过于迅猛。牧师们经过狂热的科学院的锻炼,认为在新近皈依新教的国度里,必须比加尔文的严酷更变本加厉。可是这个民族刚刚抵御了君临两个世界的皇帝①,不愿用新近夺得的政治自由为代价,换取一个教条主义的思想禁锢,他们又奋起反抗。在神职人员的圈子里有几位牧师提出异议,以后被称之为抗议派宗教成员。他们反对加尔文主义极权的要求,当他们在这场反对这个顽冥不化的正宗教义的斗争中寻找思想武器的时候,突然想到了那位业已销声匿迹、几乎已成传奇的先驱战士卡斯台利奥。柯恩赫特②和其他自由派的新教徒,提到卡斯台利奥的作品。从1603年起,卡斯台利奥的著作新版和荷兰文译本一版接一版地问世,到处都引起轰动,一直博得日益高涨的赞赏。事实一下子就得到证实,卡斯台利奥的思想丝毫没有埋在地下,似乎只是经过冬眠,熬过了最艰难的时间。现在它真正发挥作用的时刻终于临近。不久他业已发表的著作已经不够满足需要,于是使者被派往巴塞尔寻访卡斯台利奥的遗著。这些遗著运往荷兰,在那里原文与译文又一次次地付印。这位业已消失的学者死后半个世纪,甚至刊印了一套他作品和文章的全集献给他(古达版,1612),这是他永远也不敢期盼的事。这一来,卡斯台利奥第一次由他忠心耿耿的追随者们簇拥着,又参加到论战的中心去,胜利地复活了。他的影响难以估量,尽管这几乎只是一种非个人的影响,无名的影响。卡斯台利奥的思想在外国人的作品里,在外国人的斗争中继续长存。在阿米尼亚纳派③为在新教中争取自由改革而进行的著名的讨论中,大多数论据都取自卡斯台利奥的著作。格劳宾登的传教士冈特纳④,——长得仪表堂堂,值得一个瑞士诗人为他塑造形象——在库尔的教会法庭

---

① 君临两个世界的皇帝,指的是庞大的西班牙王国。荷兰人曾奋起反抗西班牙的统治。
② 狄尔克·柯恩赫特(1522—1590),荷兰诗人,学者,政治家。
③ 阿米尼亚纳派,又称作反抗分子,是荷兰和北德的一种新教派别。他们的学说基于宗教改革的神学家雅克布·阿米尼乌斯(1560—1609),坚决反对加尔文的宿命论,宣扬人的自由意志。
④ 约翰尼斯·冈特纳(1530—1605),瑞士新教牧师,出生于瑞士格劳宾登州的库尔。

上为一个再洗礼教派的成员辩护,发表富有自我牺牲精神的辩护词时,手里就拿着《马丁·贝利乌斯》①一书。在荷兰,卡斯台利奥的作品极为广泛地流传,无论是笛卡尔还是斯宾诺莎已经接触到卡斯台利奥的思想,这种估计在这里几乎具有事实的力量,尽管在文件上还几乎没有证明这点。但是在荷兰不仅仅是知识分子和人文主义者被宽容的思想所征服,这种思想渐渐地渗入到整个民族,这个民族已经对神学家的絮聒不休的争吵和教会之间杀气腾腾的征战极为厌烦。在《乌特累西特和约》②中,宽容的思想已变成国家政治现象,从而走出了抽象的范畴,扎扎实实地进入现实的空间:一个政治上自由的人民听从了卡斯台利奥当年向各国君王发出的感人呼吁,要求互相尊重意见,把它提升为法律。尊重任何信仰和任何思想的想法,已从它未来世界统治的这第一个省份胜利地继续渗透到整个时代之中,一个国家接一个国家本着卡斯台利奥的精神,谴责了每一种宗教的和世界观的迫害。在法国大革命中,终于赋予了个人以权利,自由而平等地承认其信仰和意见,在下一个世纪,也就是十九世纪,自由的思想,——各国人民的自由、人的自由与思想的自由,——作为不可替代的生活准则统治着整个文明世界。

  一直紧挨到我们这个时代,整整一个世纪这种自由的思想统治着欧洲,显得理所当然,不容置疑。人权变成不容侵犯、不可更改的基本柱石,坚实地砌进每部宪法之中,成为支撑每个国家的基本柱石之一,我们都已认为,具有思想专制,强加于人的世界观、思想的严酷要求、对意见进行审查的时代已经永远沉没,每一个人对精神独立的要求,就和对他自己尘世的肉体所抱的要求一样牢固稳定。可是历史有潮涨潮落,永远是忽高忽低;从来不是一个权利一旦夺得,便世世代代夺得,没有一种自由如此牢固,不会遭遇形式总在变化的暴力。每一个为人类而赢得的进步总一再遭到怀疑,即便是不言而喻的事情也会重新遭到质疑。恰好当我们觉得自由已是习惯,而不再觉得是最神圣的财产之时,从欲望世界的阴暗之处

---

① 即卡斯台利奥以马丁·贝利乌斯的笔名撰写的那本书《论异端分子》。
② 《乌特累西特和约》,一七一三年四月十一日,在荷兰乌特累西特签订的和约,结束了西班牙王位继承权引起的战争,西班牙、英国、法国、荷兰、葡萄牙等国均是交战国。

产生出一种神秘的想要强奸它的意图:每当人类过于长久过于无忧无虑地乐享和平之时,渴求力量陶醉的危险的好奇心和发动战争的犯罪的欲念便向它袭来。因为要继续向前挺进,达到它难以测定的目的,历史总不时给自己创造一些我们不可理解的挫折。就像在洪水泛滥时最坚固的堤坝会纷纷坍塌,世代相袭的权利的墙垣也会倒塌。在这种人人心惊胆战的时候,人类似乎倒退到初民群居时部落间的嗜血厮杀和人群犹如羊群只会奴性十足地俯首听命的状态。但是就像每次涨潮之后,洪水必然会回落;所有的专制暴政都会在最短时间内老朽或者冷却,所有的意识形态和它们暂时的胜利都会随着它们时代的终结而终结;只有思想自由的思想,一切思想中的思想,因而不会屈服于任何思想,将会永远重复出现,因为它如精神亘古长存。如若外表上它暂时被剥夺了话语的权力,那它又会逃回到良心的最内在的深处,任何迫害都无法企及。倘若当权者认为,他们已经战胜了自由精神,因为他们已经把它的嘴唇封死,这纯粹是徒劳。因为每一个新人出生,也会有新的良心诞生,它总会思忖他思想上的职责,要掀起旧日的斗争,为了夺回人类及人性的不可转让的权利,总会一再地有一个卡斯台利奥复活,来反抗每一个加尔文,来捍卫思想的堂堂正正、不言而喻的权利,反抗一切暴力之暴力。

后　记

赛巴斯蒂安·卡斯台利奥著作的新文集现在还不存在,除了新出版的一本《论异端分子专集》(法文:Traicté des hérétiques)是 A. 奥利维牧师促成的,附有肖阿西教授(1913,日内瓦)的一篇前言。伊丽莎白·法哀斯特博士小姐正根据存在鹿特丹的手稿为罗马科学院(Academia di Roma)准备的《论怀疑的艺术》(De arte dubitandi)的首发式。本书中的引文一部分取自作品的原稿,一部分是从费迪南·布依松的《赛巴斯蒂安·卡斯台利奥》(巴黎,1892)和哀济埃娜·琪朗的《赛巴斯蒂安·卡斯台利奥及加尔文的改革》(巴黎,1914)这两本书摘引的。这是迄今为止仅有的两部献给赛巴斯蒂安·卡斯台利奥的重要著作。由于资料匮乏,材料四下分散,我必须对维色奈的利里阿娜·罗赛小姐给予我的决定性的启发,和加尔文在日内瓦布道的那座大教堂的牧师让·肖勒先生向我提供的帮助更加表示感谢之忱。此外,对于欣然允许我参看卡斯台利奥手稿的巴塞尔大学图书馆,还有苏黎世的中央图书馆、伦敦的大英博物馆,我都要表示特别的谢意。

斯·茨威格
1936 年 4 月